W9-AEK-070

SUR DE LOINTAINS
RIVAGES

Kristin Hannah

SUR DE LOINTAINS RIVAGES

Traduit de l'anglais (États-Unis)
par Catherine Moran

FRANCE LOISIRS

Titre original : *Distant Shores*.
Publié par Ballantine Books.

Édition du Club France Loisirs,
avec l'autorisation des Presses de la Cité.

France Loisirs,
123, boulevard de Grenelle, Paris
www.franceloisirs.com

Le Code de la propriété intellectuelle n'autorisant, aux termes des paragraphes 2 et 3
de l'article L. 122-5, d'une part, que les « copies ou reproductions strictement réservées
à l'usage privé du copiste et non destinées à une utilisation collective » et, d'autre part,
sous réserve du nom de l'auteur et de la source, que les « analyses et les courtes
citations justifiées par le caractère critique, polémique, pédagogique, scientifique ou
d'information », toute représentation ou reproduction intégrale ou partielle, faite sans
le consentement de l'auteur ou de ses ayants droit ou ayants cause, est illicite (article
L. 122-4). Cette représentation ou reproduction, par quelque procédé que ce soit, consti-
tuerait donc une contrefaçon sanctionnée par les articles L. 335-2 et suivants du Code
de la propriété intellectuelle.

© Kristin Hannah, 2002.
© Presses de la Cité, 2004, pour la traduction française.
ISBN 2-7441-8103-X

Pour Benjamin et Tucker.
Comme toujours.

AUTOMNE

Il y a une marée dans les affaires des hommes.
Elle porte au succès, prise à son flux,
Mais, celui-ci manqué, la vie, ce voyage
Échoue dans les misères et les sables.
Nous sommes aujourd'hui à marée haute,
Prenons le flot tant qu'il est favorable
Ou ce qui est risqué sera perdu.

William Shakespeare, *Jules César*,
acte IV, scène 3

1

Seattle, État de Washington

Tout commença avec un second Martini.

— Allez, prends un autre verre, fit Meghann.

— C'est hors de question !

Elizabeth ne tenait pas l'alcool. Elle en avait eu la preuve dès 1976, alors qu'elle étudiait à l'université de Washington.

— Voyons ! Tu ne peux pas refuser de boire pour mon quarante-deuxième anniversaire. Souviens-toi de mon état d'ébriété, au printemps dernier, à l'occasion de tes quarante-cinq ans.

Une belle débâcle, songea Elizabeth.

Sentant une hésitation, en avocate digne de ce nom, Meghann fonça.

— J'appellerai Johnny pour lui demander de venir nous chercher.

— Tu es sûre qu'il est en âge de conduire ?

— Ne sois pas méchante. Tous mes petits amis ont leur permis de conduire.

— Tu as des principes ? Ça m'étonne.

— Je m'y soumets le moins possible.

Meghann fit signe à la serveuse, qui se précipita vers elle.

— Nous prendrons deux autres Martini. Avec de bonnes grosses chips.

Elizabeth ne put s'empêcher de sourire.

— Ça va faire mal !

Quand la serveuse eut apporté deux nouveaux verres, Meghann leva le sien et trinqua avec Elizabeth.

— À moi, dit-elle.

Pendant une heure, la conversation porta sur le bon vieux temps. Les deux femmes se connaissaient depuis plus de vingt ans. Après l'université, elles avaient suivi des chemins opposés. Tandis qu'Elizabeth s'investissait dans la vie de famille et la maternité, Meghann était devenue une avocate de renom, spécialisée dans les affaires de divorce. Mais leur amitié était demeurée intacte, et elles n'avaient jamais cessé d'être en contact, malgré les pérégrinations d'Elizabeth et de sa famille. Des pérégrinations qui l'avaient finalement rapprochée de son amie, si bien qu'elles n'hésitaient pas à se rencontrer pour les grandes occasions. C'était, pour Elizabeth, l'un des plaisirs incontestables que lui apportait son installation dans l'Oregon.

Quand leur troisième tournée arriva, le bruit de la caisse enregistreuse fit rire Meghann à gorge déployée.

— Tu as remarqué le beau gosse, là-bas, dans son coin ? demanda-t-elle brusquement en jetant un regard en biais vers un lycéen assis près de la fenêtre. Il a l'air esseulé.

— Et on vient juste de lui enlever son appareil dentaire. C'est tout à fait ton genre.

Meghann puisa dans les chips.

— Tout le monde n'a pas eu la chance d'épouser son amour d'adolescence, mon chou. Par ailleurs, je n'ai plus de type d'homme. Désormais, je trouve mon bonheur où je peux.

Le bonheur... Un trop grand mot pour les oreilles d'Elizabeth.

— Je me demande, poursuivit Meghann, si un bon vieux baiser d'une femme dont c'est l'anniversaire... Birdie ? Qu'est-ce qui t'arrive ?

Elizabeth repoussa son Martini et croisa les bras, comme elle le faisait volontiers ces derniers temps. Il lui arrivait de se retrouver seule dans une pièce, les bras tellement serrés sur sa poitrine qu'elle arrivait à peine à respirer, se donnant ainsi l'impression de vouloir retenir en elle quelque chose qui ne demandait qu'à sortir.

— Birdie ?

— Ça va. Ce n'est rien.

Meghann baissa la voix.

— Écoute. Je sais que quelque chose cloche. Je suis ton amie. Je t'aime. Parle-moi.

Si Elizabeth se méfiait de l'alcool, c'était précisément parce qu'elle voulait rester maîtresse de ses émotions, lesquelles avaient une fâcheuse tendance à la submerger sous l'effet de la boisson. Mais elle comprit qu'il était temps qu'elle se confie. Après tout, Meghann était sa meilleure amie.

En bref, son mariage capotait. Mais le penser était une chose, l'avouer en était une autre, presque inimaginable.

L'amour qu'elle avait partagé avec Jack avait laissé place à la routine. La passion s'était envolée depuis longtemps. De plus en plus souvent, elle éprouvait la sensation qu'ils s'accordaient aussi mal que des partenaires dansant sur des rythmes différents. Il aimait faire l'amour le matin, elle, le soir. Leur compromis consistait à s'abstenir pendant des mois et, lorsqu'ils finissaient par rompre l'abstinence, c'était comme par devoir, sans passion, sans même en ressentir le besoin.

Ils n'en continuaient pas moins à incarner, aux yeux de leurs amis, « le couple qui dure ». L'exemple rare, le dernier spécimen d'un musée qui ne cessait de se vider depuis des années.

Mais comment raconter tout cela sans être consumée par ses propres mots ?

— Je ne me sens plus très heureuse ces derniers temps. C'est tout.

— Qu'est-ce que tu voudrais ?

— Je vais te paraître stupide.

— Quand je suis à moitié éméchée, rien ne peut me paraître stupide.

Elizabeth aurait volontiers souri si son cœur n'avait cogné au point de lui donner le vertige.

— Je voudrais... redevenir celle que j'étais.

— Ma chérie, soupira Meghann. Tu n'en as pas parlé à Jack, j'imagine.

— À chaque fois que nous sommes sur le point d'engager une conversation sérieuse, la panique me prend, et je déclare que tout va bien. Après j'ai envie de me donner des coups de marteau sur la tête.

— Je ne t'aurais jamais imaginée si malheureuse.

— Le pire, c'est que je ne le suis pas vraiment, observa Elizabeth en posant lourdement ses coudes sur la table. Je me sens vide, en fait.

— Tu as quarante-cinq ans. Tes enfants ont quitté la maison. La monotonie s'est installée dans ton mariage. Tu as envie d'un nouveau départ. Des femmes dans ta situation, j'en reçois tous les jours.

— Si je comprends bien, je ne suis pas seulement malheureuse et trop grosse. Je suis aussi un cas banal.

— Ce qui est banal n'a que le tort d'être trop répandu. Tu veux quitter Jack ?

Elizabeth regarda le solitaire qu'elle portait depuis vingt-quatre ans et qu'elle n'était même plus certaine de pouvoir enlever.

— J'en rêve, avoua-t-elle. J'aimerais vivre seule.

— Et tu te vois heureuse, indépendante, libre. Mais quand tu te réveilles, tu te sens de nouveau perdue dans cette solitude.

— Oui.

Meghann se pencha vers son amie.

— Écoute, Birdie. Tous les jours des femmes entrent dans mon cabinet en me déclarant qu'elles sont malheureuses. Je rédige les documents qui brisent les familles et les cœurs. Et que se passe-t-il ensuite pour la plupart de ces femmes ? Elles regrettent d'avoir baissé les bras, elles se disent qu'elles auraient dû être plus positives. Mais elles se retrouvent embrigadées dans un travail à plein temps, submergées par les factures. Quant à leurs ex, ils n'ont attendu que dix secondes avant d'épouser la serveuse du fast-food du coin de la rue. Je ne te dis qu'une chose, mais elle vaut son pesant d'or : si tu te sens vide, ce n'est pas la faute de Jack ni même son problème, et le quitter n'arrangera rien. C'est à toi d'assurer ton propre bonheur.

— Je ne sais plus comment m'y prendre.

— Oh ! pour l'amour du ciel, Birdie ! Laisse les Martini faire leur effet et sois honnête. Je t'ai connue pleine de talent, indépendante, passionnée par l'art. À l'université, nous pensions tous que tu deviendrais un peintre célèbre. Aujourd'hui, tu organises des dîners de charité et tu décores ta maison. J'ai obtenu mon diplôme de droit en moins de temps qu'il ne t'en faut pour choisir un tissu d'ameublement.

— Tu es in...

— Je suis avocate. Par conséquent, je me moque d'être injuste...

La voix radoucie, Meghann ajouta :

— Je sais que les déménagements imposés par le travail de Jack t'ont beaucoup contrariée. Tu aurais préféré t'enraciner quelque part.

— Tu n'as qu'une faible idée de ce que j'ai subi. Nous avons changé plus de douze fois d'adresse. Toi, tu vis à Seattle depuis toujours. Tu n'as jamais été l'étrangère dans la ville, l'épouse qui n'a ni amie sur place ni activité professionnelle. Mon intérieur est devenu une obsession, tu as raison, mais c'est parce que je me sens chez moi à Echo Beach, Meg. J'éprouve ce sentiment pour la première fois depuis mon enfance. Je ne me sens pas de passage, dans une villa ou un appartement en location pour un an ou deux. C'est rassurant, réconfortant. Mais tu ne peux pas comprendre parce que tu n'as jamais eu peur.

Meghann parut réfléchir quelques instants.

— Soit, dit-elle finalement. Oublions la maison, mais je me permets de te faire remarquer que je ne t'ai pas vue peindre depuis je ne sais combien de temps.

Déterminée à éviter ce sujet, Elizabeth se rejeta contre le dossier de la banquette en lançant :

— J'ai repeint la cuisine la semaine dernière.

— Très drôle ! rétorqua Meghann.

Puis elle attendit une autre réaction.

— Après la naissance des enfants, le temps m'a manqué, expliqua Elizabeth.

— Aujourd'hui ce n'est plus le cas, ma chère.

Seule une femme sans enfants pouvait penser qu'il était facile de repartir de zéro, du jour au lendemain, songea Elizabeth. Son amie ignorait ce que représentait le départ de deux enfants dont on s'est occupé pendant vingt ans. Elle avait entendu un psychiatre déclarer que ce genre de séparation était comme un trou dans le tissu de la vie, mais il était bien en dessous de la vérité. Elizabeth aurait plutôt parlé d'un immense cratère. Là où il y avait eu des fleurs, des arbres, de la vie, il ne restait plus que des cailloux. Comme après une éruption volcanique.

Néanmoins, elle devait s'avouer qu'elle s'était fait la même réflexion que Meghann. Elle avait d'ailleurs, de temps en temps, essayé de dessiner, mais elle avait eu l'impression d'avoir définitivement raté le coche, et rien n'était plus déprimant. Comment s'étonner alors qu'elle ait mis toute son énergie dans la décoration de sa chère maison ?

— On ne peint pas sans passion, remarqua-t-elle. Ou bien c'est une question d'âge.

— Va dire ça à Grandma Moses, répliqua Meghann.

Puis elle sortit de son sac un petit calepin, prit le stylo glissé dans la spirale en plastique, nota quelque chose, déchira la feuille de papier et la tendit à Elizabeth qui lut :

« Groupe de parole des femmes sans passion, jeudi, dix-neuf heures, Institut socio-culturel d'Astoria. »

— Cela fait près d'un an que j'attends l'occasion de te recommander ces réunions.

— De quoi parle-t-on ?

— Écoute-moi, Birdie. J'ai déjà envoyé pas mal de clientes à ces réunions de femmes – la plupart récemment divorcées –, qui essaient de se retrouver après des années d'oubli d'elles-mêmes.

Le regard fixé sur la note de Meghann, Elizabeth semblait devenue muette. Entre déclarer à sa meilleure amie, sous l'effet de l'alcool, qu'on est malheureuse, et avouer devant un groupe d'inconnues qu'on mène une vie sans passion, il y avait un fossé.

— Merci, Meg, fit Elizabeth en essayant de sourire avec plus d'assurance qu'elle n'en ressentait.

Puis elle fit signe à la serveuse et commanda un autre verre.

Echo Beach, Oregon

Le réveil électronique affichait ses chiffres rouges dans l'obscurité de la chambre. À six heures trente – exactement avec trente minutes d'avance –, Jack tendit le bras et bloqua la sonnerie. Immobile, il fixait les rais de lumière que le store laissait filtrer. Dans la chambre, rayée de blanc et de noir, l'atmosphère semblait étrange. Dehors, il pleuvait doucement. Encore un jour gris, au ciel bas. Mais quoi de plus normal, en décembre, sur la côte de l'Oregon ?

Elizabeth dormait, ses cheveux blond platine répandus sur l'oreiller. Jack entendait son souffle calme et régulier, entrecoupé cependant de légers ronflements qui annonçaient un rhume au réveil. Elle avait dû attraper froid la semaine précédente, lorsqu'elle était allée à Seattle.

Jack songea qu'au début de leur mariage ils dormaient lovés l'un contre l'autre. À partir d'un certain moment, ils avaient ressenti le besoin de laisser de l'espace entre eux. Depuis quelque temps, cet espace s'était considérablement élargi : Elizabeth dormait au bord du matelas.

Mais la journée promettait de changer bien des choses. Finalement, à quarante-six ans, Jack allait peut-être se voir offrir une nouvelle chance professionnelle.

Une société de production de télévision, basée à Seattle, lançait un programme sportif hebdomadaire qui couvrirait les événements marquants de tout le Nord-Ouest. Si on lui confiait la responsabilité de l'émission, il devrait se rendre là-bas trois fois par semaine, mais ses aller et retour seraient largement compensés par l'augmentation de ses revenus. En tout cas, ce serait une sérieuse promotion par rapport aux petits reportages qu'il avait assurés jusque-là.

Il redeviendrait *quelqu'un*, après avoir longuement payé pour ses erreurs. Pendant quinze ans, il s'était démené dans des bleds perdus, progressant avec une lenteur désespérante. Enfin, aujourd'hui, on lui offrait l'occasion de revenir dans la cour des grands, et il n'avait pas l'intention de la rater.

À peine levé, il grimaça de douleur, les genoux rouillés par le climat trop humide. En boitant, il se dirigea vers la salle de bains et, comme d'habitude, il dut enjamber échantillons de tissus d'ameublement, magazines de décoration, pots de peinture... Birdie « refaisait » leur chambre depuis des mois, aussi méthodiquement que si elle coordonnait la défense d'une équipe engagée dans le Super Bowl. Et c'était la même chose dans la salle à manger.

Jack s'était déjà rasé lorsque Elizabeth entra dans la salle de bains en nouant la ceinture de son peignoir.

— Bonjour, dit-elle dans un bâillement. Dieu, que je me sens cassée ! Je vieillis sérieusement, je crois. Tu t'es levé de bonne heure.

— Tu as oublié que je vais à Seattle, observa Jack, déçu. C'est le grand jour pour moi.

— Ah ! c'est vrai ! Oh ! tu l'auras ce job ! J'en suis sûre.

Jack se dit qu'autrefois Elizabeth aurait flatté son ego,

lui aurait assuré qu'il était depuis toujours destiné à de grandes choses. Mais son enthousiasme, comme le sien, s'était émoussé au fil des années, et elle avait même cessé de croire en lui.

Ici, en Oregon, il avait voulu se montrer satisfait de son rôle de journaliste sportif abonné aux compétitions de lycéens. Mais Birdie n'avait pas été dupe. Elle savait qu'il supportait à peine de vivre dans ce trou et détestait sa petite célébrité régionale, constant rappel de sa dégringolade.

— Des revenus plus confortables seront les bienvenus. Surtout avec les filles à l'université, remarqua-t-elle avec un sourire machinal.

Puis elle plongea son regard dans celui de son mari.

— Est-ce que ce job va tout améliorer, Jack ?

Il resta muet quelques instants. C'était toujours la même question qui revenait. En d'autres termes, Elizabeth cherchait à comprendre ce qui n'allait pas dans leur couple. Des années plus tôt, il avait essayé de lui expliquer qu'elle était trop dépendante de lui. Il ne pouvait être le seul responsable de son bonheur. Mais elle n'avait cessé de renoncer à ses aspirations personnelles, sans qu'il trouve le moyen – ou le désir – de l'arrêter, et d'une certaine façon tout était devenu sa faute. Mais il en avait par-dessus la tête de devoir endosser cette responsabilité.

— Pas aujourd'hui, Elizabeth.

— D'accord. C'est un jour décisif pour toi, je le sais.

— Pour nous, rectifia Jack, au bord de la colère.

— Tu sais, j'ai choisi l'endroit où nous fêterons ton succès.

Sourire, changer de sujet, c'était leur façon habituelle d'arrondir les angles.

— Et ce sera où ?

— En Alaska. Dans un campement où l'on observe les grizzlis en liberté, à l'abri d'une tente. J'ai vu une interview du propriétaire – un certain Lawrence John – sur Canal Voyages.

Jack enleva la serviette qu'il avait nouée autour de sa taille, la jeta sur le bord de la baignoire et, nu comme un ver, alla enfiler des sous-vêtements avant de se retourner vers Elizabeth.

— Je m'attendais plutôt à un dîner au Heathman, puis à une soirée au Crystal Ballroom.

Il remarqua qu'Elizabeth faisait nerveusement tourner son alliance tout en s'approchant de lui.

— Je me suis dit que si nous partions quelques jours... si nous vivions une aventure... expliqua-t-elle timidement.

Elle se trompe, pensa-t-il. Changer de décor ne les empêcherait pas de vivre toujours la même chose, de répéter les mêmes phrases. Il voulut cependant dissimuler son cynisme en caressant doucement la joue de sa femme. Il détestait par-dessus tout la blesser, mais elle était devenue si fragile que le risque était permanent.

— Ce campement parmi les ours me paraît une idée excitante. Est-ce qu'on partagera un sac de couchage ?

— On arrangera ça, assura Elizabeth en souriant.

Jack l'attira dans ses bras.

— Nous pourrions déjà faire la fête ici, dans notre lit, dès que je serai de retour.

— Je mettrai le déshabillé que tu m'as offert, d'accord ?

— Aïe ! Comment veux-tu que je me concentre aujourd'hui ?

Jack embrassa sa femme comme il ne l'avait pas fait

depuis longtemps. L'espace d'une seconde, il eut l'impression d'être revenu au temps où leurs rapports sexuels les enchantaient. Passer toute une journée au lit semblait alors la meilleure chose au monde.

S'écartant d'Elizabeth, il regarda avec amour son beau visage, illuminé par un sourire, et il éprouva la nostalgie de cette époque, pas si ancienne que cela, où ils s'aimaient sans penser au reste.

Peut-être. Peut-être que tout allait résolument changer pour eux dans les heures suivantes.

2

La circulation était incroyable dans Seattle, enveloppé de brume et de grisaille, bardé de béton. Même Lake Union avait la couleur terne d'un jour de pluie. Toutes les minutes, on entendait un coup de Klaxon et un crissement de pneus sur l'asphalte mouillé. Mais Jack appréciait de sentir autour de lui la vie tourbillonnante d'une grande ville. L'énergie qui s'en dégageait... Il y avait longtemps qu'il n'avait pas eu l'occasion d'y goûter. Les industries technologiques créaient à Seattle un dynamisme et des vibrations exceptionnelles.

Traversant le pont suspendu, Jack songea qu'il n'était pas revenu dans cette ville depuis ses études à l'université de Washington, et les changements survenus étaient spectaculaires.

Bellevue avait d'abord été, dans les années 1970, une cité-dortoir pour les personnes qui travaillaient à Seattle, mais voulaient vivre comme à la campagne. Des familles avaient fait construire des maisons communautaires, à trois étages, dans des impasses aux noms champêtres. Des artères avaient été aménagées selon des tracés perpendiculaires, orientés nord-sud et est-ouest. Avant même que le macadam ait séché, on avait vu apparaître des grandes surfaces, rutilantes de néons. Pendant des années, cette banlieue s'était développée sans plan précis. À la fin des années 1980, on se serait cru dans le sud de la Californie.

Puis il y avait eu l'explosion d'Internet, et avec l'implantation de Microsoft et d'Immunex s'était soudain fait jour le besoin d'une vraie ville, d'une agglomération où les jeunes loups millionnaires, en nombre croissant, pourraient se sentir chez eux. Le changement du paysage urbain avait été aussi rapide que l'afflux d'argent. Les supermarchés avaient cédé la place à d'élégantes galeries marchandes. Des restaurants avec terrasse étaient apparus. Barnes et Noble avaient construit leur plus beau magasin à la place du vieux bowling.

À l'angle de Main Street et de la 106e Rue s'élevait un bâtiment imposant, à l'architecture sophistiquée, mélange de béton et de verre, avec une entrée à la décoration rococo. C'était l'exemple parfait du « style Bellevue » : onéreux, audacieux, branché, avec juste l'espace nécessaire pour le traditionnel patio local.

Jack se gara dans la rue, devant l'entrée, puis s'attarda une minute dans sa voiture, le temps de se répéter qu'il devait avoir confiance en lui.

Au dix-septième étage, il rajusta rapidement sa cravate, puis pénétra dans la réception, toute de cuivre et de verre, en se disant : « Ils n'attendent que toi ! »

La réceptionniste le gratifia d'un large sourire.

— Puis-je vous aider ?

— Jackson Shore. J'ai rendez-vous avec Mark Wilkerson.

— Un instant, s'il vous plaît.

La jeune femme décrocha le téléphone pour annoncer le visiteur, puis le pria de s'asseoir dans la salle d'attente.

— On va vous recevoir.

Jack s'assit sur le canapé de cuir rouge. Quelques instants plus tard, une femme grande et mince, à la jolie silhouette, s'avança vers lui. L'éclairage faisait étinceler le collier d'or qu'elle portait autour du cou. Elle lui tendit la main.

— Ravie de vous rencontrer, monsieur Shore. Je suis Lori Hansen. Mon père me disait toujours que vous étiez le meilleur *quarterback* que la Ligue Nationale de Football ait jamais eu. Avec Joe, bien sûr.

— Merci.

— Par ici, je vous prie.

Jack suivit Lori Hansen le long d'un large couloir au sol de marbre. Il y avait du monde partout, des gens rassemblés autour de photocopieurs ou regroupés dans l'embrasure des portes. Quelques-uns lui sourirent. La plupart l'ignorèrent.

Finalement, Lori Hansen frappa doucement à une porte, puis l'ouvrit. Un quart de seconde, Jack ferma les yeux, se convainquit de son succès et esquissa un sourire confiant.

L'homme qui était assis derrière le bureau se leva et lui tendit la main. Il était plus âgé que Jack ne l'avait imaginé. Il devait avoir au moins soixante-dix ans.

— Jackson.

Ils se serrèrent la main.

— Asseyez-vous, fit Mark Wilkerson en désignant le fauteuil devant son immense bureau en acajou.

Jack s'assit, tandis que Wilkerson restait debout, très imposant, dans son complet Armani noir, incarnation parfaite de l'autorité et du pouvoir qu'il exerçait – d'ailleurs depuis fort longtemps – à la tête de la plus grande société de production indépendante du Nord-Ouest. Il finit par s'asseoir, avant d'expliquer :

— J'ai visionné vos cassettes. Vous êtes bon. Très bon. À un point qui me surprend, je dois dire.

— Merci.

— Vous jouiez pour les Jets, il y a environ quinze ans, n'est-ce pas ?

— Oui. Mon genou a cédé. Comme vous le savez certainement, j'ai fait remporter deux fois de suite le Super Bowl à mon équipe.

— Je suis évidemment au courant de vos succès passés.

Est-ce mon imagination ou il y avait une légère insistance sur le dernier mot ? se demanda Jack. Il se pencha pour prendre son attaché-case, posé à côté du fauteuil.

— J'ai payé mon tribut aux chaînes locales, comme vous avez pu le constater sur mon CV. L'Audimat, à Portland, a considérablement grimpé pendant les deux années au cours desquelles j'ai présenté les sports.

Ouvrant son attaché-case, Jack ajouta :

— J'ai pris la liberté de rédiger quelques idées pour votre émission. Ça pourrait être de la dynamite !

— Et la drogue ?

Vlan ! La question ruinait tous ses espoirs.

— C'est de l'histoire ancienne, commença-t-il à expliquer en espérant ne pas avoir l'air trop accablé. Je suis devenu accro aux antalgiques pendant mon hospitalisation. Ensuite, je me suis drogué et j'ai raté la chance immense qui m'était offerte avec le *Monday Night Football*. J'étais jeune et stupide. Mais c'est fini. Je ne touche plus à rien depuis des années. Demandez à mes précédents patrons. Ils vous parleront de mon professionnalisme.

— Nous ne sommes pas une très grosse société, Jack.

Nous ne pouvons pas faire face aux scandales et aux désordres qui sont monnaie courante sur les grandes chaînes. En fait, vous êtes dangereux pour nous, et je ne vois pas comment je pourrais prendre le risque de miser sur vous.

Jack regretta de ne plus être le même homme qu'autrefois, celui qui aurait répondu : « Vous pouvez vous le mettre où je pense, votre petit programme de merde ! » Au lieu de cela, il dit :

— Je peux faire du bon travail pour vous. Donnez-moi une chance de vous le prouver.

Prononcer ces mots lui coûtait terriblement, mais Jack se dit qu'un homme ayant sur le dos un emprunt immobilier, un portefeuille d'actions en chute libre et deux filles à l'université n'avait pas le choix.

— Je suis désolé, fit Wilkerson qui ne le paraissait pas du tout.

— Pourquoi m'avez-vous accordé cet entretien, alors ?

— Mon fils a gardé un excellent souvenir de vous, et il pensait qu'en vous voyant je changerais d'avis. Mais... mon cher fils, ajouta Wilkerson en esquissant un sourire, a également touché à la drogue. Il croit qu'on peut donner une seconde chance à un homme. Pas moi.

Jack reprit son attaché-case et se leva. Longtemps il avait cru que l'abandon du foot était la pire expérience de sa vie. Maintenant, il savait que rien n'était plus terrible que la lente et constante érosion de l'estime de soi.

Il rassembla ses forces pour conclure en souriant :

— Eh bien, merci d'avoir accepté de me rencontrer.

Mais en réalité, il pensait : Il n'y a même pas eu de rencontre, espèce de connard prétentieux !

27

Assise dans la salle à manger, des échantillons de papiers peints et des magazines sur les genoux, Elizabeth ne parvenait pas à se concentrer sur ses projets de décoration. Peut-être ce soir, ne cessait-elle de penser.

Depuis des années, elle suivait des émissions de télévision consacrées aux problèmes de couple. D'après les psychologues, la passion, l'amour négligé au bénéfice des occupations quotidiennes, de l'éducation des enfants, de toutes les priorités de la vie familiale pouvaient renaître. Elle espérait que c'était vrai, car, après vingt-quatre ans de mariage, Jack et elle ne savaient plus s'aimer. Le lien qui les unissait encore était bien ténu désormais. Il s'était effiloché comme le fait une vieille couverture au fil des ans, et il n'en resterait bientôt plus rien s'ils ne réagissaient pas à temps. Non, les choses ne s'arrangent pas d'elles-mêmes...

Les psychologues insistaient aussi sur le fait qu'on ne peut obtenir de résultats sans aller de l'avant. Ce soir, elle ferait prendre à son couple un nouveau départ.

Elle se mit finalement au travail, mais elle garda cet objectif en tête pendant toute la journée, et quand elle rentra chez elle, après ses courses, ce fut pour préparer un coq au vin, le plat favori de Jack.

Tandis que les arômes du vin et des épices emplissaient la maison, Elizabeth s'ingénia à faire prendre le feu dans la cheminée du séjour. Puis elle alluma des bougies parfumées à la cannelle – celles qu'elle préférait – et baissa les lumières. Les murs jaunes prirent la douce teinte du beurre fondu. De part et d'autre du canapé en toile, bleu pâle et ocre, les deux tables basses, en acajou, se parèrent de reflets rouges et or. Toute la maison ressemblait à un décor de cinéma, prêt pour la grande scène de la séduction.

Ensuite, elle s'occupa d'elle. Après avoir pris une douche, elle s'épila soigneusement les jambes et enduisit son corps d'une lotion adoucissante parfumée à l'amande. Puis elle exhuma d'un tiroir la petite combinaison en soie blanche et le panty, cadeaux de Jack pour la Saint-Valentin, quelques années auparavant – à vrai dire, de nombreuses années –, et qu'elle n'avait jamais portés, estimant que son mari avait d'abord voulu se faire plaisir.

Finalement, depuis combien de temps souhaitait-il la voir en tenue sexy ?

Elle s'inquiéta brusquement. Jamais elle ne rentrerait dans cette lingerie... Elle s'apprêtait à remettre ces affaires dans le tiroir quand elle aperçut son reflet dans le miroir. Elle avait quarante-cinq ans, les rides de cet âge et tout ce qui allait avec. Autrefois, on lui disait qu'elle ressemblait à Michelle Pfeiffer, mais c'était dix ans plus tôt, et elle avait dix kilos de moins.

Alors, cette combinaison ? Était-elle vraiment trop petite ?

Elizabeth osa la passer. Certes, les seins étaient à peine voilés, mais ça pourrait être sexy en diable dans une lumière tamisée. Et puis, avec un peu de chance, elle se retrouverait très vite nue.

Le panty se révéla étroit, tendu sur les fesses, mais elle réussit tout de même à l'enfiler. Elle se regarda de nouveau dans le miroir et ne se trouva pas catastrophique. Au contraire. Alors ? Peut-être que tout s'arrangerait ce soir. S'il suffisait de bousculer un peu les habitudes pour éviter le naufrage...

Dans sa penderie, elle prit une robe de soie d'un bleu électrique, autre ancien cadeau. La caresse du tissu sur sa peau, douce et parfumée, eut un effet magique : elle se sentit résolument sexy.

La séance de maquillage qui lui permit d'estomper les effets du temps la mena à dix-huit heures trente, heure à laquelle Jack aurait déjà dû être rentré. Il y avait plus de trois heures de route, certes, mais s'il était reparti tard de Seattle, il l'aurait appelée...

À vingt heures, le dîner s'annonçait immangeable. La chair de la volaille s'était détachée des os, et les légumes étaient carbonisés. Quant à la sauce, il n'en restait plus assez pour y goûter.

Soudain, Elizabeth entendit la clef tourner dans la serrure. Elle prit une profonde inspiration pour chasser sa contrariété et les mots de reproche qu'elle avait sur le bout de la langue. Il aurait dû appeler, oui, mais ce n'était pas un drame. Ce soir, elle était la maîtresse de son mari, pas sa femme.

Elle lui versa un verre de vin et marcha à sa rencontre. Quand elle vit son regard, elle comprit aussitôt.

— Bonsoir, chérie, dit-il sans le moindre sourire. Pardonne-moi. Je suis en retard.

Elle s'avança vers lui, se sentant soudain ridicule dans sa robe de soie.

— Ça n'a pas marché.

— Que s'est-il passé ? demanda Elizabeth, bien qu'elle eût la certitude de connaître déjà la réponse.

— Wilkerson n'a pas voulu miser sur un type qui a touché à la drogue. Il y a des choses, comme ça, qui vous rattrapent tout le temps.

Jack esquissa un sourire si triste qu'Elizabeth en eut le cœur brisé. Elle voulut l'embrasser, mais il recula, se dirigea vers le séjour et regarda le feu.

— Tu te souviens du jour où ton genou t'a lâché ?

Dans ta chambre d'hôpital, j'ai tiré les rideaux, je t'ai rejoint dans le lit, et...

— C'était il y a longtemps, Birdie.

Elle se trouva à court de mots, à court de gestes. Il aurait suffi qu'elle tende le bras pour toucher Jack, et, pourtant, il lui semblait à des kilomètres d'elle. Après vingt-quatre ans de mariage, ils en étaient là tous les deux, désarmés, incapables de se réconforter mutuellement. Comme deux étrangers. Finalement, Elizabeth opta pour l'attitude la moins risquée, la plus passe-partout :

— Tiens. Bois ce verre de vin.

Jack prit le verre qu'elle lui tendait, s'assit, puis ouvrit son attaché-case et en sortit une liasse de documents.

— On n'y voit rien ici. Je pourrais avoir un peu plus de lumière ? dit-il sans même lever les yeux.

— Bien sûr.

Elizabeth se détourna, avant qu'il ne puisse s'apercevoir combien elle était blessée, et se dirigea vers la cuisine.

— Je vais t'apporter quelque chose à manger.

— Je t'aime, Birdie.

— Je le sais, répondit-elle doucement tout en s'éloignant. Moi aussi, je t'aime.

3

Le lendemain matin, assise sur un tabouret derrière le comptoir de la cuisine, une tasse de camomille entre les mains, Elizabeth regardait Jack se servir du café.

— Tu en veux ?

— Merci. Non. J'essaie d'éviter la caféine.

— Encore ?

— Oui, encore, répéta Elizabeth.

Elle posa sa tasse sur le granit du comptoir, puis redessina du bout du doigt les stries de la céramique, l'anse, légèrement incurvée. Cette tasse était une relique de sa période poterie. Souvent, elle songeait qu'après sa mort il serait facile à un anthropologue de suivre la succession de ses passe-temps. Il y avait eu la poterie, puis le vitrail, les tapis crochetés, les bijoux confectionnés à partir de vieilles cuillères en argent, le macramé, la photo, les albums de souvenirs. Sans parler des nombreux ateliers qu'elle avait suivis, s'instruisant en littérature shakespearienne, histoire de l'art, sciences politiques. À partir du moment où elle était devenue incapable de peindre, elle n'avait cessé de courir après un substitut, quelque chose qui puisse rallumer le feu de la créativité. Mais en vain.

Jack rinça la cafetière et la remit en place. Il était

visiblement fatigué, et c'était normal après une nuit passée à chercher le sommeil.

— Tu devrais rester à la maison aujourd'hui. On sortirait pour déjeuner. On pourrait peut-être faire une promenade le long de la plage. Ou commencer les achats de Noël. Les magasins sont déjà tout décorés.

— Il fait trop froid.

Que proposer d'autre ? Il y avait eu une époque où ni la pluie ni la neige n'auraient eu d'importance. Être ensemble passait avant tout. Maintenant, même le climat s'interposait entre eux.

Jack s'approcha d'Elizabeth et posa un instant sa main sur son épaule.

— Je suis désolé.

La honte qui se lisait dans ses yeux faillit faire pleurer Elizabeth. Elle revit le passé, le garçon dont elle était tombée amoureuse.

— Tu auras une autre chance, Jack.

— Je t'aime, Birdie.

Cette fois-ci, elle sut que ce n'était pas une simple déclaration rituelle.

— Moi aussi.

— Alors, pourquoi est-ce insuffisant ?

— Que veux-tu dire ?

— Voyons, Birdie. C'est bien le point crucial, non ? L'éternelle question. La discussion que tu es toujours prête à entamer. « Qu'est-ce qui ne va pas entre nous ? » Eh bien, maintenant, c'est moi qui te le demande !

— Je l'ignore. Nous devrions être heureux.

— Nous nous compliquons la vie inutilement, je crois.

— Sans doute.

Être honnête, avouer sa crainte qu'ils ne s'aiment

plus comme autrefois... Elizabeth n'en avait jamais eu le courage.

Jack laissa ses épaules s'affaisser, et sa bouche se crispa.

— Tu me fatigues, Elizabeth, dit-il en s'écartant d'elle. Tu geins, tu te plains d'être malheureuse, mais quand j'essaie finalement d'en parler avec toi, tu te fermes.

— Je n'ai jamais dit que j'étais malheureuse.

Aussitôt, Elizabeth regretta ce mensonge. Mais ils tournaient autour de quelque chose qui l'effrayait tant qu'elle se refusait à l'analyser.

— C'est vrai. En fait, tu ne dis jamais les choses clairement. Tu ne dis rien !

— Pourquoi le ferais-je ? Tu n'écoutes pas, de toute façon.

Ils se regardèrent, hésitants. Dans quelle direction fallait-il poursuivre ? Tapie au fond de leur brusque silence, il y avait la peur que l'un ou l'autre admette finalement la vérité.

— Bien, fit Jack au bout d'un moment. Je pars travailler. Le grand reportage est peut-être pour aujourd'hui.

Comme s'il avait voulu changer de file sur l'autoroute, Jack avait mis son clignotant, l'espace de quelques secondes. Puis il s'était aperçu qu'il lui était interdit de déboîter.

Jack se gelait dans le vent glacial qui balayait le parking, devant l'entrée du stade, en soulevant des feuilles mortes et des brindilles. Il offrit malgré tout à la caméra son sourire de reporter patenté.

— Chers téléspectateurs, bonjour. C'est aujourd'hui la finale du championnat de football des State Boys

B-8. Peu importe si nos joueurs sont encore petits et peu nombreux. Ils ont de la détermination et du moral à revendre. En direct du stade central de Portland, c'est Jack Shore qui vous présente votre rendez-vous sportif de la mi-journée.

Dès que la caméra s'arrêta de tourner, il donna son micro à la scripte.

— Merde ! Quel froid ! dit-il en boutonnant son pardessus.

Puis, sur un petit salut, il prit le chemin de la station, préférant marcher qu'attendre que les techniciens aient remballé leur matériel, ce qui demandait toujours un temps fou.

Il s'arrêta au distributeur de boissons pour prendre un cappuccino avant de regagner son antre. Assis derrière son bureau métallique bon marché, il chercha ce qu'il pourrait faire. Rien ne lui vint à l'esprit. Alors il se leva, s'approcha de la fenêtre. Tout était gris dehors, à l'exception des feux rouges et verts de la circulation, et de leurs reflets sur les trottoirs mouillés par une bruine presque imperceptible.

Il pouvait toujours descendre à l'université et voir ce qui se passait chez les Ducks. Mais il savait que leur équipe de basket ne promettait rien d'extraordinaire. Peut-être y aurait-il quelque chose de plus excitant chez les Trail Blazers...

On frappa à sa porte.

— Entrez, fit-il, sans se retourner.

Quelle que soit la personne qui venait le voir, il devrait afficher son sourire professionnel, avoir l'air en pleine forme, dynamique, prêt à présenter le match du siècle. Mais il sentait que, ce matin, il lui fallait prendre son élan.

— Monsieur Shore ?

Il se retourna. C'était Sally... quelque chose, l'une des nouvelles assistantes de production. Elle était jeune, belle et avant tout ambitieuse, ce que Jack avait senti dès le premier jour. Le simple fait de voir l'enthousiasme et l'énergie briller dans son regard accentua sa lassitude.

— Que puis-je faire pour vous ?

— Je voulais vous remercier pour mardi soir.

Jack dut réfléchir un instant.

— Ah oui ! Le Bridgeport Pub.

Une brochette de producteurs et de cameramen était allée boire un verre après le travail. À la dernière minute, Jack avait invité Sally.

Tandis qu'elle lui souriait, il tomba sous le charme de ses yeux noirs.

— C'était vraiment gentil de votre part de m'emmener avec vous.

— Je me suis dit que ce serait une bonne chose pour vous de faire plus ample connaissance avec les producteurs. C'est un milieu assez fermé.

Sally fit un pas en avant.

— J'aimerais vous rendre service à mon tour.

— D'accord.

— Drew Grayland.

Jack fut surpris, bien qu'il n'eût su dire ce qu'il attendait.

— Le centre des Panthers ?

— Oui. Ma petite sœur était à une soirée avec lui, samedi. Elle m'a dit qu'il buvait sec et se droguait, et qu'il a emmené une fille dans sa chambre. Elle en est ressortie en pleurant, les vêtements arrachés. Plus tard, dans la nuit, un chauffard ivre a écrasé un chien sur Cascade Street. Il paraît que c'était Drew. Mais la police du campus couvre cette affaire. Jeudi, comme vous le savez, c'est la finale pour les équipes de l'UCLA.

Un tuyau de ce genre, Jack n'en avait eu que... Non, en fait, jamais. Pas une seule fois.

— Ça peut faire du bruit, dit-il.

Il se voyait déjà sur tous les écrans du pays à une heure de grande écoute. D'autant que Henry, le premier reporter sportif de la chaîne, était en vacances de l'autre côté du Pacifique.

— Vous me prenez comme assistante sur ce coup ? demanda Sally.

— Bien sûr. Il faut voir s'il fait l'objet d'une plainte. On ne peut pas s'en tenir à une rumeur.

Sally ouvrit un calepin et, tandis qu'elle commençait à prendre des notes, Jack annonça :

— Je vais parler au directeur de l'info. Préparez les questions. Nous verrons en premier lieu la police du campus. Rendez-vous dans le hall dans... une demi-heure, précisa Jack en jetant un coup d'œil à sa montre. Il est midi moins le quart.

— Parfait.

— Sally. Merci.

— Je ne fais que vous renvoyer l'ascenseur, Jack, souligna Sally.

Puis elle lui décocha un sourire qui lui redonna un peu confiance en lui.

Elizabeth rentra exténuée. Son atelier de littérature avait commencé avec une heure de retard. Ensuite, elle avait encore perdu du temps avec un menuisier qui pratiquait des prix au-dessus de ses moyens.

Elle jeta son sac sur la table de la cuisine, puis alla s'asseoir dans le rocking-chair de la véranda. Le mouvement lent et régulier qu'elle imprima au fauteuil, le grincement familier du rotin étaient justement ce qu'il lui fallait pour calmer ses nerfs.

Devant elle, au-delà de la pelouse encore perlée de gouttes de pluie après l'averse de l'après-midi, s'étendait, jusqu'à l'horizon, l'océan, couleur de bronze au soleil couchant. Deux vieux sapins bleus, aux lourdes branches inclinées, encadraient le panorama tel un tableau.

Une fugace nostalgie s'insinua en elle, mais elle la repoussa aussitôt. La peinture, elle n'y touchait plus depuis longtemps. Il était trop tard maintenant pour reprendre le pinceau. Mais elle se dit tout de même qu'elle avait sous les yeux un paysage qui l'aurait inspirée si elle n'avait laissé s'éteindre les flammes d'une passion autrefois dévorante.

Un gros corbeau fit entendre un croassement sonore, probablement indigné de devoir partager son espace. Mais que croyait-il ? Elizabeth était chez elle. Chacun des trois cents bulbes qu'elle avait plantés dans le jardin, chaque piquet de la clôture qu'elle avait peinte en blanc, chaque meuble à l'intérieur de la maison reflétaient ses rêves. Quant à la véranda, c'était son refuge, son espace de réconfort. Même harassée ou particulièrement malheureuse, elle y retrouvait la paix, face à l'océan.

Elle regarda le globe d'or du soleil disparaître lentement derrière l'horizon, puis elle se leva pour aller préparer le dîner. Le téléphone sonna au moment où elle pénétrait dans la maison.

— Allô ?

— Salut, mon chou !

Elizabeth sourit en dépit de sa fatigue.

— Bonsoir, Meg. Ça me fait plaisir de t'entendre.

Elle se laissa tomber dans un fauteuil au tissu rayé bleu et jaune et étendit ses jambes sur le repose-pied.

— Qu'est-ce qui se passe ?

— Nous sommes jeudi. Je voulais te rappeler que c'est le jour de la réunion dont je t'ai parlé.

« Les femmes en quête d'une passion... »

— Je n'avais pas oublié, mentit Elizabeth en perdant son sourire.

— Tu y vas ?

— Non. J'ai réfléchi. Ce n'est pas mon truc.

— Et quel est ton truc, en fait ?

— Ne prends pas ta voix d'avocate.

— Que comptes-tu faire ce soir ? Ranger tes épices ? Crois-moi, Birdie. Un jour tu te réveilleras en te disant que tu as soixante ans et que tu ne sais plus ce qu'est le bonheur depuis longtemps.

Ce genre de scénario, Elizabeth l'avait imaginé plus d'une fois, et elle le redoutait plus que tout.

— Écoute. Si j'y vais – et ne crois pas que je suis déjà en train de capituler –, qu'est-ce que je vais trouver ?

— Des copines qui ont envie de parler. D'expliquer leur sentiment d'être perdues au milieu de la vie.

Évidemment, à première vue, ce n'était pas l'Inquisition.

— Il faudra que je parle aussi ?

— Si tu veux jouer les mimes Marceau, tu peux.

— Tu penses vraiment que ça pourrait m'aider ?

— Voyons les choses de la façon suivante : si tu n'y vas pas aujourd'hui, je te rendrai la vie tellement impossible d'ici à jeudi prochain que tu auras hâte d'y aller.

Comment ne pas sourire ? Quand Meghann avait eu le cœur brisé par son divorce, Elizabeth l'avait traitée de la même manière. Elle avait eu envie de la secouer, de la réveiller. Les amies sont aussi faites pour ça.

— Bon. D'accord. J'y vais.

— Promis ?

— Juré.

— Au cas où j'aurais mal entendu, tu peux répéter ?

— Je te le promets. C'est juré. Maintenant, tu as peut-être un pauvre mari à mettre sur le gril ?

— Non. En revanche, j'ai un rendez-vous. Avec un Italien qui s'appelle Giuliano.

— Tu as épuisé tous les Américains ?

La conversation se poursuivit un bon quart d'heure sur l'absence de relations sérieuses dans la vie de Meghann, puis les deux amies raccrochèrent. Elizabeth se versa un verre de vin, sortit deux blancs de poulet du congélateur, et, pendant qu'ils décongelaient dans le micro-ondes, elle écouta le répondeur. Il y avait un message de sa cadette, Jamie, et un de Jack annonçant qu'il était sur la piste d'une affaire qui promettait d'être retentissante et qu'il rentrerait tard.

Après s'être douchée, elle ouvrit sa penderie et regarda ses vêtements soigneusement rangés : un festival de couleurs vives, des pulls tricotés à la main, des écharpes peintes à la main, des jupes, des blouses, des robes en batik. L'art sous toutes ses formes la séduisait, et elle devait avouer que sa façon de s'habiller lui valait des compliments depuis son adolescence. Mais, ce soir, elle avait envie de passer inaperçue.

Elle essaya plusieurs tenues et opta finalement pour un pantalon en lainage couleur chocolat et un pull à col roulé en cachemire crème. Puis elle se maquilla, tira ses cheveux blond platine en arrière – au passage, elle nota qu'elle avait besoin d'un shampooing colorant –, se fit une natte, enleva ensuite les pendentifs d'argent et de turquoise qu'elle avait l'habitude de porter et les remplaça par deux perles.

Le miroir lui renvoya l'image d'une femme aussi anonyme qu'une auxiliaire de l'armée en uniforme.

— Parfait, se dit-elle à haute voix, comme une vieille folle qui parle toute seule.

À dix-huit heures, elle laissa sur le comptoir un mot pour Jack, au cas où il rentrerait avant elle. Précaution complètement inutile. Il était si peu doué pour trouver quelque chose dans la maison qu'elle aurait le temps d'être ménopausée avant qu'il lise son message.

Une demi-heure plus tard, elle se garait sur le parking du centre socioculturel, un bâtiment en béton, avec un toit de zinc, plat, peint en orange. Les arbres nus qui bordaient les allées créaient une atmosphère de tristesse, accentuée par les décorations de fête – bons-hommes de neige gris et menoras décolorées – encore suspendues aux lampadaires et bruissant du souffle du vent.

Son sac coincé sous le bras, Elizabeth entra dans le centre et se félicita aussitôt de porter des mocassins qui ne claquaient pas sur le sol. Personne ne l'entendrait si elle décidait de s'éclipser au dernier moment. Être une ombre, quoi de plus rassurant pour une fois ?

En revanche, elle regretta l'absence de vitre sur la porte de la salle 106 : elle ne pouvait jeter un coup d'œil à l'intérieur pour trouver une bonne raison de changer d'avis. Lentement, elle ouvrit la porte, puis entra, sans plus se poser de questions.

La salle était petite, ordinaire. Le tableau vert portait les traces d'une équation de maths trop hâtivement effacée. Au centre, des chaises pliantes, en métal, for-maient un demi-cercle. Quelques-unes étaient vides. Les autres étaient occupées par des femmes visiblement nerveuses. À gauche, sur une table recouverte d'une nappe blanche, un plateau de brioches tenait compagnie à une cafetière.

— Ne soyez pas timide. Venez.

Elizabeth tressaillit, pivota sur ses talons et se retrouva nez à nez avec une superbe femme en tailleur rouge. Il suffisait de lire son badge pour découvrir son identité : Sarah Taylor.

— Je suis Sarah, dit-elle, le sourire éclatant. Bienvenue à notre réunion.

Elizabeth ne parvint pas à lui rendre son sourire, mais se présenta à son tour.

Se voulant rassurante, Sarah lui serra un instant l'épaule.

— Nous sommes toutes nerveuses la première fois. Charlotte, ajouta Sarah en se tournant vers le groupe. Vous devriez accueillir notre nouveau membre.

Elizabeth sentit la panique l'envahir. L'intégration était peut-être un peu rapide. Mais, déjà, Charlotte – une femme forte, en pull de velours noir et chaussée de galoches de jardinière en caoutchouc vert – s'avançait vers elle.

— Bonsoir. Bienvenue dans le groupe. Venez vous asseoir.

Charlotte prit le coude d'Elizabeth et la conduisit vers une chaise, à côté d'une jeune femme toute petite, les yeux brillants, vêtue d'une combinaison en jean et chaussée de bottes de cow-boy passablement éraflées.

— Je m'appelle Joey, fit-elle avec un large sourire. Mon mari m'a laissée tomber pour jouer de l'harmonica dans un groupe de rock. On voit de tout dans la vie !

Elizabeth hocha la tête sèchement. Joey continua à parler sans se départir de son sourire. Les autres femmes bavardaient entre elles, discutant de choses ordinaires, leurs voix entrecroisées bourdonnant dans la salle. De nouvelles arrivantes vinrent s'asseoir. Certaines se mêlèrent aux conversations, d'autres, comme Elizabeth, restèrent muettes.

Lorsque Sarah estima que plus personne ne viendrait, elle prit place au milieu du groupe.

— Bienvenue, mesdames. Je suis ravie de voir tant de nouveaux visages ce soir. Nous sommes réunies pour favoriser l'expression des passions féminines et la soutenir. Mais ne vous inquiétez pas, précisa Sarah. Il n'est pas question d'érotisme comme on pourrait le croire.

Parmi les rires qui fusèrent, certains furent empreints de nervosité.

— Notre objectif est de nous entraider. Nous avons en commun un sentiment de perte. Nous arrivons à un certain âge, et nous nous apercevons que nous avons laissé de côté une part de nous-mêmes, dont nous avons pourtant un besoin vital. À défaut d'une meilleure expression, je dirai qu'il s'agit d'un manque de passion. Nous cherchons ici à partager ce que nous ressentons, dans une atmosphère de respect et de compréhension. Ensemble nous pouvons être fortes. Maintenant, nous allons commencer par faire le tour des personnes présentes, et chacune nous fera partager son rêve.

Sarah ajouta en se tournant vers sa voisine :

— Mina. Vous êtes déjà venue. Pourquoi ne pas commencer par vous ?

Pulpeuse, rousse, la quarantaine, en robe d'intérieur fleurie, Mina parut très à l'aise.

— Il y a six mois, j'ai appris que mon mari était atteint de la maladie d'Alzheimer. Depuis, je viens à ces réunions. C'est... c'est une chose horrible que de perdre quelqu'un qu'on aime un petit peu plus chaque jour... Toujours est-il que j'ai promis à ma fille de venir ici régulièrement. Je ne pensais pas vraiment me trouver une passion. Et pourtant, aujourd'hui, j'apprends à conduire. Pour les jeunes, ça n'a rien d'extraordinaire, mais pour moi, c'est une façon de m'émanciper. La semaine prochaine, je passe l'examen, et j'espère bien que, la prochaine fois que je viendrai ici, ce sera par mes propres moyens.

Le groupe applaudit, et Mina eut un petit rire d'adolescente. Lorsque le silence fut revenu, sa voisine prit à son tour la parole.

— Je m'appelle Fran. Mon mari est parti avec... *son* secrétaire. La seule chose qui m'intéresserait en ce moment, ce serait de m'acheter un revolver. Mais je ne sais pas si je dois tirer sur lui ou sur moi.

Fran émit un ricanement nerveux, puis expliqua :

— Je plaisantais.

— Qu'aimez-vous dans la vie, Fran ? lui demanda Sarah.

— Jusqu'à présent, j'aimais être une femme d'intérieur, une épouse... Je dois dire que mes amies agissent avec moi comme si j'étais atteinte d'une maladie mortelle. Ce soir, c'est ma première sortie depuis des semaines, sur le conseil de l'avocat qui s'occupe de mon divorce. Mais je ne sais pas comment on peut m'aider.

— Nous nous posons toutes la même question, remarqua Joey, provoquant un murmure d'assentiment.

— Dites-nous, Fran, fit Sarah. Que feriez-vous si vous étiez certaine de réussir ? Répondez en deux mots, sur-le-champ. Ne vous censurez pas.

— Je chanterais... Autrefois, c'est ce que je faisais.

— J'appartiens à une chorale féminine, intervint Mina. Nous allons dans des maisons de retraite, dans des hôpitaux. Et nous cherchons toujours de nouvelles choristes.

— Oh ! je n'ai pas dit que je chante bien !

— Nous chantons pour des gens qui portent des prothèses auditives, expliqua Mina en riant. Je vous invite vraiment à vous joindre à nous. Nous nous amusons beaucoup.

— J'y penserai, conclut Fran, indécise.

Plusieurs femmes se mirent à parler. Plusieurs d'entre elles rêvaient à des activités surprenantes : voler, sauter en chute libre, courir un marathon. De l'avis général, rien n'était impossible.

— Tout est là, résuma Sarah. Nous ne pensons pas en termes de carrière et d'argent. Nous cherchons notre moi profond. Celui que nous avons négligé en faisant passer les besoins des autres en premier. Fran, vous seriez certainement surprise de constater combien le simple fait d'intégrer une chorale peut changer votre vie.

Puis, regardant la voisine de Fran, Sarah l'engagea à s'exprimer d'un signe de tête. La femme, grande et mince, toute de noir vêtue, la quarantaine, les cheveux décolorés et les racines noires, frotta ses mains l'une contre l'autre, nerveusement.

— Je m'appelle Kim. J'ai commencé à boire quand mon imbécile de mari m'a quittée pour une femme qui portait encore un appareil dentaire, et je peux vous assurer que c'était devenu une passion. J'ai arrêté il y a trois mois, mais j'ai tout le temps soif. Je ne sais pas ce que je pourrais substituer à l'alcool. Ma mère a entendu parler de ces réunions à la télé et m'a fait promettre de venir. Alors je suis venue.

— Comment occupez-vous vos loisirs ? lui demanda Sarah.

Kim tira sur l'un de ses longs pendentifs d'argent.

— Les loisirs, je ne connais que ça. Mon ex m'a laissé une fortune. Je me suis décoloré les cheveux, je me suis fait tatouer un « Va te faire foutre Don ». Ce sont des pas en avant, non ?

Kim ne souriait pas et, derrière leur maquillage charbonneux, ses yeux reflétaient une grande douleur.

— Vous pourriez peut-être chercher un travail, suggéra quelqu'un. Gagner votre propre argent.

— Croyez bien que je l'ai gagné, cet argent ! riposta Kim. Et puis, qu'est-ce que je pourrais faire ? J'ai abandonné mes études pour me marier et élever ma fille qui a maintenant dix-huit ans et me prend pour une gourde. Être femme au foyer, mère et épouse ne vous donne pas de qualifications particulières, et je me verrais mal dans un self proposer des frites avec le hamburger.

— Il y a bien quelque chose qui vous intéresse.

Kim se rejeta contre le dossier de sa chaise, fit courir ses doigts sur son pantalon noir, comme si elle jouait un air de piano.

— Non. Rien. Désolée. À moins que... Est-ce qu'essayer de se venger peut être considéré comme une passion ?

Un silence tomba.

— Si vous écoutez les autres personnes présentes ce soir, vous cesserez peut-être d'avoir si peur, finit par dire Sarah.

— Je n'ai pas peur, affirma Kim.

Elle prit son sac et en sortit un paquet de cigarettes. Puis, s'apercevant de ce qu'elle venait de faire, elle remit précipitamment le paquet dans son sac.

— Vous êtes dans un désert en ce moment, en train de mourir de soif, lui expliqua Sarah. Et pourtant, vous avez peur de chercher de l'eau. Ne renoncez pas, Kim. Tôt ou tard viendra le moment où il vous sera difficile de continuer à ne rien faire. À ce moment-là, vous bougerez.

— Est-ce qu'on peut trouver cette belle histoire brodée sur un oreiller ? fit Kim, une lueur méprisante dans le regard.

Il y eut un nouveau silence, que Sarah laissa se prolonger un moment. Puis elle fit signe à la voisine de Kim, qui prit volontiers la parole, et ainsi de suite, jusqu'au moment où Elizabeth se rendit compte que c'était à son tour.

Tous les regards convergèrent vers elle.

Je pourrais rester muette comme le mime Marceau, n'est-ce pas, Meg ? pensa-t-elle.

Elle prit une profonde inspiration et se lança, résignée à passer pour une idiote.

— Je m'appelle Elizabeth. Je suis une ménagère ordinaire, avec deux grandes filles. Stephanie a presque vingt et un ans, Jamie a dix-neuf ans. Je ne suis ni divorcée ni veuve. Je n'ai pas été abandonnée par mon mari. Je suis la seule responsable de ce qui ne tourne pas rond dans ma vie.

— Ne vous faites pas de reproches, Elizabeth. Ce n'est pas ce que nous attendons. Dites-nous ce que vous voudriez faire de votre vie. Parlez-nous de vos rêves.

Réalisant que si elle ne répondait pas, elle resterait sur la sellette plus longtemps, Elizabeth déclara :

— Je peignais autrefois.

Dits à haute voix et en public, les mots lui furent douloureux.

— Je travaille dans un magasin de fournitures pour

peintres, intervint une participante. Picture Perfect, sur Chadwick. Venez samedi, et je vous aiderai à trouver tout ce qu'il vous faut.

Elizabeth avait déjà le matériel nécessaire, mais personne ne pourrait la convaincre que son problème se réduisait au choix de pinceaux et de tubes de peinture.

— Je n'en ai pas besoin, répondit-elle.

— N'ayez pas peur, lui dit Sarah. Achetez du matériel et voyez ce que ça déclenche.

— Vous avez de la chance, remarqua Joey, rêveuse. Vous avez une passion. Moi, je viens ici depuis des mois, et je n'ai toujours rien en tête.

— J'aimerais savoir peindre, ajouta une autre femme.

Elizabeth regarda les visages tournés vers elle. Toutes ces femmes croyaient que la nostalgie d'une passion représentait déjà quelque chose de positif. Or, elle vivait tout le contraire.

— D'accord, concéda-t-elle afin de se libérer. J'irai dans ce magasin. Ce sera peut-être distrayant de me remettre à peindre.

Elle crut que la salle allait, dans son enthousiasme, se transformer en piste de danse acrobatique. Seule Kim resta immobile sur sa chaise, dans ses vêtements couleur de deuil, la regardant sans illusion.

4

Pendant toute une semaine, Jack et Sally passèrent dix-huit heures par jour à enquêter. Ils arrivaient très tôt à leur travail et en repartaient tard dans la soirée. Jack quittait la maison avant le lever du soleil et, par deux fois, il passa même la nuit dans son bureau.

Ils firent des douzaines d'interviews, suivirent de multiples pistes et tentèrent de forcer plus d'une porte. Les rumeurs, anecdotes, commérages dont on les abreuva leur permirent de conclure que Drew Grayland était un jeune homme peu fréquentable, mais qui avait une haute opinion de lui-même, un mépris évident pour les sentiments des autres et la conviction que les règles de la société ne le concernaient pas. En d'autres termes, c'était un dangereux emmerdeur qu'il valait mieux éviter. Mais il avait pour lui d'être le meilleur basketteur que l'Oregon ait connu depuis vingt ans, et on le pensait capable de mener à la victoire une équipe sur le déclin depuis pas mal de temps.

En conséquence, personne chez les Panthers n'avait voulu parler. L'entraîneur avait fait dire qu'il était indisponible toute la semaine, et il semblait que seule la sœur de Sally ait vu une jeune fille sortir de la chambre de Drew, en pleurs et les vêtements déchirés.

Cela dit, Grayland était, à l'évidence, détesté dès qu'il sortait du terrain de jeu.

À l'issue d'une nouvelle journée infructueuse, Jack et Sally allèrent manger un steak dans un petit restaurant du coin et s'installèrent dans un box, au fond de la salle, à l'écart du bruit et des néons.

— Et maintenant ? demanda Sally, à la fin du repas.

Jack regardait les notes étalées sur la table. Levant les yeux, il s'aperçut que le restaurant s'était vidé.

— Je crois que c'est le moment de prendre un autre verre.

Il fit signe à la serveuse, qui s'empressa d'accourir.

— Qu'est-ce que je vous sers, monsieur Shore ?

Jack eut un sourire las. Pour une fois, il aurait préféré l'anonymat, et il se sentit prêt à s'enivrer.

— Un whisky avec glace.

— Un margarita, avec des glaçons aussi, mais sans sel, commanda Sally à son tour.

Le service fut rapide. Jack but son whisky, le regard de nouveau fixé sur les notes prises au cours de la journée, essayant de débusquer un détail significatif qui lui aurait échappé. Mais en vain. Une fois de plus, il subissait un échec.

— Henry rentre de vacances demain. Vous devriez peut-être le mettre sur le coup.

— Cette enquête est la nôtre, Jack.

La confiance n'abandonnait jamais Sally. En dépit des multiples impasses et des interviews refusées sans appel, elle continuait à croire en Jack, et c'était la première fois depuis un temps infini que quelqu'un lui manifestait une telle confiance.

Il la regarda, constata que l'optimisme continuait à briller dans ses yeux noirs. Quoi de plus normal, après tout ? À vingt-six ans, elle ne connaissait pas encore le goût saumâtre de la désillusion.

Au même âge, en pleine gloire, sur les terrains de foot, il était comme elle, bien loin d'imaginer sa chute. Recruté par les Jets, il avait remplacé le *quarterback* dont tout le monde avait oublié le nom à la fin de la saison. On ne voyait plus que lui. Les foules scandaient son nom, les flashes crépitaient autour de lui partout où il allait. Il avait mené deux fois son équipe à la victoire dans le Super Bowl. Il avait été une superstar, un héros...

Et puis il y avait eu l'histoire de son genou, qui avait mis fin à sa carrière.

— Jack ?

La voix de Sally le fit revenir au présent et à son verre de whisky.

— Qu'est-ce qui vous est arrivé ? Vous ne m'en avez jamais parlé ?

Jack soupira. Personne ne le laisserait en paix. Jamais.

— Quand j'étais petite...

Bien sûr... pensa-t-il.

— ... avec mon père, je suivais les matchs de foot à la télévision. Vous étiez son idole. Il commentait votre jeu, l'analysait avec délectation. J'avais onze ans lorsqu'il a succombé à un cancer. Quand j'allais le voir à l'hôpital, nous regardions encore des matchs ensemble. C'était mieux que de parler et de dire des banalités pour oublier le drame qu'il vivait.

Sally s'interrompit un instant, puis ajouta en laissant un sourire se dessiner sur ses lèvres :

— Il ne tarissait pas d'éloges sur vous. Vous étiez le meilleur *quarterback* de toute l'Amérique. Aujourd'hui, vous commentez les sports dans l'Oregon, sur une chaîne de troisième zone. Qu'est-il arrivé, Jack ?

Tôt ou tard, la question finissait toujours par tomber comme un couperet, et Jack répondait invariablement :

— Vous savez bien que mon genou a cédé.

Penchée vers lui, Sally le regarda, les yeux dans les yeux.

— Il y a eu autre chose, non ?

Jack sentit le danger, le glissement possible dans ses rapports avec Sally. Tous les hommes de son âge faisaient ce genre d'expérience. Il était averti, mais il se sentait seul depuis si longtemps que le poids du passé lui parut soudain trop lourd.

Il se mit à tout raconter à Sally : la dépendance créée par les antalgiques, l'accident qui avait mis fin à la présentation de *Monday Night Football*, la galère qui avait suivi et n'en finissait plus.

Il avait essayé de toutes ses forces de se convaincre que la fin de sa carrière de footballeur n'était qu'une péripétie, mais en vérité, sans le foot, ses jours et ses nuits se succédaient comme les scènes en noir et blanc d'un film muet. Le foot était sa vie, et il avait dû s'anesthésier pour supporter cette perte, en abusant des médicaments et de l'alcool. Ses excès étaient devenus légendaires. Ses états comateux lui avaient fait traverser de longues périodes dont il ne gardait aucun souvenir.

En revanche, l'accident, il ne l'avait pas oublié. Il s'était produit par une nuit froide, neigeuse, à l'approche de l'aube, après une longue beuverie. Jack entendait encore le crissement des pneus quand il avait freiné, leur odeur de brûlé, comme si c'était hier.

— Je n'ai tué ni blessé personne, souligna-t-il. Mon agent a fait en sorte que la presse ne soit pas informée, mais ma carrière de présentateur-vedette s'est tout de même arrêtée là. Après une période de réhabilitation, je n'ai trouvé qu'un boulot dans une station locale, à Albuquerque. De là, j'ai lentement remonté la pente. Si on peut dire...

Regardant Sally, Jack comprit que quelque chose avait changé entre eux. Pour la première fois, elle voyait l'homme derrière la légende.

Tandis qu'il cherchait vainement à détourner le regard, elle posa la main sur son bras, provoquant comme une étincelle.

— Cette affaire est une aubaine. Pour nous deux.

Jack s'efforça de regarder les papiers étalés entre eux. Il essaya de lire, mais les mots lui parurent vides de sens, incohérents. Puis il remarqua quelque chose.

— Le campus ferme pour les vacances d'hiver, dit-il.

— Je le sais.

Jack éprouva le besoin de réagir, de faire n'importe quoi plutôt que de se laisser aller à fantasmer sur cette jeune femme.

— Que diriez-vous de retourner faire un tour là-bas ? Le personnel d'encadrement sera parti. Quelqu'un acceptera peut-être de nous parler maintenant.

— Ça vaut la peine d'essayer.

De retour sur le campus, ils recherchèrent leurs interlocuteurs des jours précédents et firent en sorte que leur présence ne passe pas inaperçue. Mais rien ne se produisit.

Garé sous un lampadaire, Jack regarda finalement sa montre, constata qu'il était déjà une heure du matin, et il se résignait à repartir quand, soudain, on frappa à la vitre.

Que voulait ce policier attaché au campus qu'ils avaient tenté d'interroger quelques heures plus tôt ?

— Vous cherchez des trucs sur Drew Grayland ? murmura-t-il, dès que Jack eut baissé la vitre.

Aussitôt, Sally ouvrit son calepin sur une page blanche.

— Exact, fit Jack. Nous avons entendu dire qu'il s'est fait arrêter pour conduite en état d'ébriété, samedi soir.

— Ce n'est pas la première fois. Mais tous les sportifs comme lui sont couverts par la police. Ça me dégoûte. J'ai des filles, vous comprenez.

— Pouvez-vous nous confirmer son arrestation, samedi soir ?

— Je doute qu'on l'ait arrêté, remarqua le policier en riant.

— Quel est votre nom ?

— Mark Lundberg.

— Vous seriez prêt à témoigner ?

— Non. J'ai deux gosses à nourrir. Mais je ne peux pas rester plus longtemps sans rien faire. Tenez.

Lundberg tendit une enveloppe en papier kraft. Jack nota qu'elle ne portait aucune inscription ; quand il voulut se tourner de nouveau vers le policier, celui-ci avait disparu.

Parcourant les documents qu'il venait de sortir de l'enveloppe, Jack laissa échapper une exclamation.

— Oh ! mon Dieu...

— Qu'est-ce que c'est ? demanda Sally, vibrante de curiosité.

— Quatre dépositions de femmes qui accusent Drew de viol.

— Et il n'a jamais été poursuivi ?

— Jamais.

Une dernière fois, Elizabeth vérifia sur sa liste qu'elle n'avait rien oublié. Elle était passée à la teinturerie, à la poste, elle avait fait suspendre les livraisons de lait,

54

changé les batteries des détecteurs de fumée et confirmé ses réservations à l'agence de voyages.

Tout était en ordre. Demain, à la même heure, elle serait chez son père, entourée de ses filles et de sa famille, pour fêter Noël, comme autrefois.

Après une ultime inspection de la maison – qui tenait d'un comportement compulsif –, elle attrapa son sac et sortit par la véranda.

Au même instant, il y eut une soudaine éclaircie. Le soleil brilla entre deux nuages et donna au jardin l'aspect magique d'une clairière trop longtemps oubliée au cœur d'une forêt enchantée. Les pierres rondes et lisses qui pavaient les allées lui firent penser à celles que le Petit Poucet avait dû semer derrière lui ; elles semblaient inviter Elizabeth à se diriger vers le fond de la propriété. Mais elle contourna la maison et se dirigea vers sa voiture.

Pour une fois, il ne pleuvait pas, et la circulation était fluide dans le centre-ville. Elizabeth y vit le reflet de la situation actuelle. Le boom de l'électronique appartenait au passé. L'époque des achats frénétiques était terminée. Cette année, on n'avait pas attendu chez Meier et Frank au comptoir des paquets-cadeaux.

À la station de télévision, Elizabeth se gara dans le parking souterrain, à l'emplacement réservé aux visiteurs, puis prit l'ascenseur.

— Bonjour, Eleanor, dit-elle à la réceptionniste. Bonnes fêtes de Noël !

— Bonjour, madame Shore. Je ne fête pas Noël. C'est trop commercial à mon goût. Mais merci quand même.

Elizabeth se retint de sourire. Elle n'avait jamais été une contestataire, même dans sa jeunesse. Pendant que les autres étudiantes passaient des nuits à refaire le monde, à discuter de la révolution iranienne, par exemple, elle s'était immergée dans la peinture. Un peu de rébellion, un piercing ou un tatouage ne lui auraient pourtant pas fait de mal...

Elle trouva le bureau de Jack vide. Jetant un coup d'œil inquiet à sa montre, elle descendit précipitamment au studio d'enregistrement et se glissa dans sa pénombre. Il y avait moins de monde que d'habitude – une partie des techniciens devait être en vacances. Jack était à l'antenne. Maquillé, en pleine lumière, il avait tout d'une star de cinéma. Mais n'était-ce pas habituel ? Elizabeth eut brusquement envie de crier à l'injustice. Pourquoi se voyait-elle vieillir, pendant que Jack restait si jeune ?

— L'enquête de Canal 6, disait-il, a permis de découvrir que plusieurs accusations d'abus sexuels ont été portées à l'encontre de Drew Grayland, le centre des Panthers. Au cours des deux dernières années, quatre femmes ont déposé plainte. Selon le chef de la police, Stephen Landis, les responsables du campus n'ont pas transmis ces plaintes à ses services. Bill Seagel, directeur de l'Olympic University Club, s'est contenté d'affirmer qu'à sa connaissance aucune charge n'avait été retenue à l'encontre de Grayland. Quant à son entraîneur, il nous a confirmé que son centre participera aux matchs contre l'université de Los Angeles, la semaine prochaine. Nous ne manquerons pas de suivre cette affaire et de vous informer de son évolution.

Jack adressa un sourire à la coprésentatrice. Ils échangèrent quelques propos, puis Jack enleva son micro et se leva. Il traversait le studio quand il remarqua la présence d'Elizabeth. Avec un large sourire, il la prit par la main, l'entraîna dans son bureau et, d'un coup de talon, referma la porte derrière eux en riant.

— Tu te rends compte, Birdie ? C'est l'affaire sur laquelle j'ai travaillé toute la semaine dernière. Avec un peu de chance, les chaînes nationales vont s'y intéresser.

Jack souleva Elizabeth dans ses bras. Elle partagea son rire. Le succès lui allait mieux qu'à quiconque, se dit-elle. Dans le bon vieux temps, il avait l'impétuosité d'un torrent par lequel elle aimait se sentir emportée.

Desserrant son étreinte, il la laissa reposer les pieds par terre. Ils se regardèrent, perdirent leur sourire, et, après un long silence pesant, elle lui demanda :

— Tu es prêt ? On s'en va ? Notre avion part dans deux heures, ajouta-t-elle en jetant un coup d'œil à sa montre.

Jack plissa le front.

— Nous partirons demain.

Salaud. Il recommence.

— Non. Aujourd'hui, 22 décembre, dit-elle, ferme mais calme, et fière de l'être.

— Oh ! merde...

— Tes sacs sont dans le coffre, ne t'inquiète pas. Il ne reste plus qu'à prendre la route de l'aéroport.

La porte du bureau s'ouvrit brusquement. Une jeune femme, en robe de lainage gris et bottes noires, fit irruption dans la pièce.

— Vous n'allez pas le croire ! fit-elle en se précipitant vers Jack.

À mi-chemin, elle se rendit compte qu'il n'était pas seul, s'immobilisa, eut un sourire charmant pour Elizabeth.

— Pardonnez-moi d'interrompre votre conversation. Mais je viens de recevoir une nouvelle importante. Je suis Sally.

Profondément contrariée par ce que venait de lui

57

dire son mari, Elizabeth ne se sentait guère d'humeur sociable.

— Bonjour, Sally, dit-elle avec un sourire crispé. Je crois que nous nous sommes rencontrées au pique-nique de la station le jour de la fête du Travail.

— Ah... en effet.

Apparemment, je lui ai fait grande impression...

— Excusez-moi encore, Jack, reprit Sally, mais je pense que ça va vous plaire.

Elle tendit à Jack une feuille de papier.

— Trois autres jeunes femmes ont porté plainte contre Grayland, et il est toujours libre. J'ai noté la déclaration de Rivers, l'entraîneur : « Dans ce grand pays qui est le nôtre, un homme bénéficie de la présomption d'innocence tant que sa culpabilité n'a pas été prouvée. »

— Autrement dit, si Drew n'est pas derrière les barreaux, il sera sur le terrain.

— Exactement. Mais la bonne nouvelle est la suivante : je viens de recevoir un appel d'une de ces jeunes femmes. Elle est prête à témoigner devant la caméra.

— On se retrouve dans le hall dans une demi-heure. Nous allons préparer ça.

— Entendu.

Après un bref signe de tête à l'adresse d'Elizabeth, Sally ressortit. La porte claqua derrière elle.

— Laisse-moi deviner, fit Elizabeth. Tu ne pars pas avec moi.

Jack la prit dans ses bras et murmura à son oreille :

— Allez, chérie. Tu sais bien que c'est mon oxygène.

Elle regretta de ne pas avoir le courage de lui répondre : « Tes besoins sont toujours essentiels, n'est-ce pas, Jack ? » À quel âge finirait-elle par dire ce qu'elle pensait ?

— Je me ferai pardonner, promit Jack d'une voix de velours. Pour commencer, je ne vous laisserai pas réveillonner sans moi.

Comme toujours, il était certain de pouvoir agir à sa guise, sans conséquence. Il avait tellement l'habitude d'obtenir la bénédiction d'Elizabeth en toutes choses, comme si elle pensait que leur mariage ne tenait plus que grâce à cela.

Ils n'auraient pas eu besoin de se rapprocher l'un de l'autre pour s'embrasser, et pourtant elle sentait un fossé entre eux.

— C'est promis, Jackson ?

— Oui.

— Bien. On se voit là-bas, mon chéri, dit-elle.

Jack l'embrassa en la tenant par les bras, puis la lâcha. Déséquilibrée, elle tituba en arrière.

— Je t'aime, Birdie.

Elle voulut répondre, mais en fut incapable, sans qu'il ait l'air de le remarquer. Il avait déjà l'esprit ailleurs.

Tandis qu'elle se dirigeait vers sa voiture, sur le parking déserté, Elizabeth se demanda – et ce n'était pas la première fois – pendant combien de temps une femme pouvait plier sans se rompre.

Prendre l'avion seule donnait à Elizabeth l'impression extrêmement désagréable d'être un bâton de réglisse dans un bol de riz : manifestement pas à sa place ! Elle se plongea dans un roman et ne prononça qu'un « merci » à l'adresse de l'hôtesse.

À son arrivée à Nashville, elle loua une voiture de taille moyenne ; tandis qu'elle remplissait le formulaire, elle se dit que c'était bien la première fois qu'elle faisait cela. Elle s'était toujours tenue aux côtés de Jack, silencieuse, pendant qu'il s'acquittait de ce genre d'obligation, son rôle consistant à garder le document en lieu sûr jusqu'à la fin de la location.

Elle partit en direction du Sud, heureuse de retrouver son cher Tennessee, le seul endroit au monde, mis à part Echo Beach, où elle se sentait chez elle. Dès qu'elle quitta l'autoroute, à la hauteur de Springdale, elle remarqua les changements intervenus depuis sa dernière visite. Springdale s'était sensiblement étendue. La ville semblait s'être déplacée vers l'est, comme si toutes les belles et anciennes demeures des autres quartiers avaient été mises à l'écart pour des raisons sanitaires.

Une artère à quatre voies traversait l'agglomération et était bordée, de chaque côté, de centres commerciaux entièrement décorés pour Noël de guirlandes lumineuses, vertes et rouges. Mais, au coin de First et de Main Street, entre deux nouveaux commerces, Elizabeth retrouva la taverne où, plus d'une fois, elle était allée chercher son père... « Qu'est-ce qu'il y a ? s'étonnait-il régulièrement de sa grosse voix, prêt à éclater d'un rire tonitruant. Ce n'est tout de même pas l'heure du dîner ? »

Peu après la sortie de la ville, la route devenait plus étroite. Elle traversait des champs de tabac qui s'étendaient à l'infini. Ici et là, un bouquet d'arbres nus interrompait la monotonie du paysage. Les plantations appartenaient à une poignée de propriétaires, dont les demeures se cachaient depuis des lustres derrière des écrans de conifères. Seules des dizaines de manufactures, surmontées de panneaux publicitaires, attestaient un changement d'époque. Au bout de plusieurs kilomètres, un carrefour apparaissait. À l'un de ses angles se dressait un grand poteau coiffé d'une plaque métallique, aujourd'hui rouillée, portant le dessin d'un tracteur orange. Depuis toujours, il marquait l'entrée de Sojourner Road.

Elizabeth s'engagea sur la longue route de gravier qui bordait les terres paternelles. Sur la droite, tout appartenait à Edward Rhodes. C'était des acres et des acres de terre rouge labourée. Bientôt viendrait l'époque des semailles. En juillet, le maïs atteindrait déjà la taille d'un homme. En octobre, les feuilles, d'un brun doré, seraient fines comme du papier à cigarette et, sous les premiers vents hivernaux, bruisseraient aussi fort que des essaims d'abeilles.

Le cycle des saisons, les variations de la lumière solaire avaient toujours rythmé la vie d'Edward Rhodes.

Enfin, elle arriva devant l'arche en fer forgé, à l'entrée de l'allée qui menait à la maison familiale. Dans le vent léger, un panneau de cuivre, suspendu au sommet de l'arche, se balançait lentement. Des lettres ajouraient le cuivre, devenu bleu-vert avec les années : SWEETWATER.

Elizabeth ralentit en s'engageant dans l'allée, entre deux rangées d'arbres dont les branches dépouillées se dressaient vers le ciel gris, comme pour l'implorer. Elle était de retour chez elle.

La maison en brique rouge, majestueuse, à l'architecture ancienne, était précédée de haies soigneusement taillées, délimitant un périmètre dont le dessin parfait n'était interrompu, de-ci de-là, que par des noyers centenaires. À l'un d'eux était encore suspendu le vieux pneu qui avait servi de balançoire à Elizabeth et avait fait son bonheur, lorsqu'elle était enfant, les jours d'été.

En dessous subsistaient les traces d'un sentier abandonné depuis longtemps.

Elizabeth se gara devant l'ancienne remise à voitures transformée en garage, coupa le contact et ouvrit la portière. Elle respira aussitôt des odeurs de feu de bois, de terre humide, d'humus. Elle prit sa housse de vêtements sur le siège arrière, se dirigea vers le perron et sonna. Des bruits de pas lents et une voix étouffée ne tardèrent pas à se faire entendre.

Ce fut Edward qui ouvrit à sa fille. Il portait une chemise de flanelle à carreaux bleus et un pantalon kaki froissé. Sa couronne de cheveux blancs évoquait Albert Einstein, mais son sourire chaleureux avait de quoi émouvoir aux larmes n'importe quelle jeune fille.

— Mon petit sucre ! fit-il de sa voix rocailleuse. Nous ne t'attendions pas si tôt. Ne reste pas là à me regarder avec ces yeux ronds. Embrasse ton père.

Elizabeth se jeta dans les bras d'Edward et, retrouvant l'odeur de la fumée de sa pipe, de son chewing-gum à la menthe et de sa lotion de grande marque, sentit resurgir son enfance. Quand elle s'écarta de lui, il toucha son visage avec cette douceur toujours étonnante de la part d'un homme qui avait des mains si puissantes.

— Tu nous as terriblement manqué, dit-il.

Puis il jeta un coup d'œil derrière lui.

— Dépêche-toi, maman. Notre petite fille est là.

Aussitôt, des hauts talons martelèrent le sol de marbre. Puis l'air apporta un parfum de gardénia : c'était la marque d'Anita, la belle-mère d'Elizabeth. Anita apparut en effet, en pantalon de soie rouge cerise, escarpins noirs et haut en stretch doré, extrêmement décolleté. Sa torsade de longs cheveux platine, sur le sommet de la tête, était aussi haute qu'un bonnet d'âne.

Quand elle vit Elizabeth, elle poussa un petit cri en accélérant l'allure, complètement survoltée.

— Nous ne t'attendions pas avant une bonne heure, Birdie, remarqua-t-elle.

Puis, elle donna l'impression de vouloir serrer Elizabeth dans ses bras, mais se retint à la dernière seconde et resta à côté de son mari.

— C'est bon de t'avoir à la maison, Birdie. Tu es restée trop longtemps sans venir.

— C'est vrai.

— Eh bien...

Un sourire fugace se dessina sur les lèvres maquillées d'Anita. Il y eut l'un de ces silences embarrassés qui ponctuaient habituellement les conversations d'Elizabeth et de sa belle-mère.

Puis Anita annonça à Edward :

— Je vais vérifier la température de mon cidre pendant que tu conduis Birdie à sa chambre, papa.

Elizabeth s'efforça de rester souriante. De toutes les manies de sa belle-mère, celle d'appeler Edward « papa » l'irritait au plus haut point.

Edward prit la housse des mains de sa fille et la conduisit à sa chambre d'adolescente, au premier étage. Le décor restait immuable : murs jaune pâle, plancher de chêne, grand lit blanc à montants qu'Edward était allé acheter à Memphis, bibliothèque blanche également et bureau. Quelqu'un – probablement Anita – avait allumé une bougie qui sentait le sapin. Il y avait toujours sur le mur, près du bureau, une photo, encadrée et dédicacée, de Davy Jones. On pouvait lire : « À Liz, avec toute mon amitié, Davy. »

Elizabeth l'avait trouvée dans une brocante. Pendant trois ans, de la septième à la neuvième, elle l'avait considérée comme un trésor, oubliant rapidement que la dédicace ne lui était pas adressée.

— Alors, où est notre star ? demanda Edward en suspendant la housse.

— Il est sur une enquête importante et a besoin d'un jour supplémentaire pour la terminer. Il arrivera demain.

— Dommage qu'il n'ait pas pu prendre l'avion avec toi, remarqua Edward d'une voix traînante, comme s'il voulait laisser des blancs, en dire plus, ou peut-être moins.

— Oui, fit Elizabeth, en évitant de regarder son père.

Il savait qu'il y avait des problèmes entre sa fille et son gendre. Il le savait forcément puisque, pour lui, Elizabeth avait toujours été transparente. Mais il se voulait discret. D'ailleurs, rien n'était mieux gardé qu'un secret dans les familles du Sud.

— Ta mère nous a préparé du cidre chaud, annonça Edward, après un silence. Allons nous asseoir un moment dans la véranda.

— Anita n'est pas ma mère, observa Elizabeth.

Elle regretta aussitôt sa réaction.

— Je suis désolée, fit-elle avec un geste d'impuissance.

Au fil des ans, ils avaient appris l'un et l'autre à éviter ce sujet : le débat était vain et inutile... Il n'y avait jamais eu d'atomes crochus entre Elizabeth et sa belle-mère. C'était aussi simple que cela, chacun savait à quoi s'en tenir, et il était trop tard pour feindre la complicité.

Edward poussa un gros soupir déçu avant de passer à autre chose.

— Allons-y. Emmène ton vieux père dehors. Tu vas me raconter ta vie exaltante dans la jungle yankee.

Probablement pour la millième fois, bras dessus bras dessous, ils descendirent le grand escalier aux rampes d'acajou incurvées, traversèrent le hall, carrelé de marbre blanc et noir, et se dirigèrent vers la cuisine d'où s'échappaient des effluves de cidre chaud.

S'apprêtant à supporter des échanges polis mais secs avec sa belle-mère, Elizabeth fut soulagée de trouver la cuisine vide. Deux grandes tasses et un sucrier d'argent attendaient sur le billot.

— Elle n'oublie jamais que tu aimes le sucre, remarqua Edward.

— Je vois. Va t'asseoir. Je t'apporte ton cidre.

La véranda, à l'arrière de la maison, ressemblait plutôt à un portique. Autour de ses piliers blancs s'accrochaient une glycine et un jasmin qui ressemblaient, en hiver, à de grosses veines noueuses sur les mains d'un vieil homme. Au-dessus des têtes, on croyait voir des cordes distendues, dont le poids incurvait les poutres. En cette saison, le portique avait quelque chose de sinistre, mais quand le feuillage renaissait au printemps, il se transformait en une tonnelle parfumée.

Au-delà, caché dans les ombres de la nuit, se trouvait le jardin de la mère d'Elizabeth.

Elle tendit une tasse de cidre chaud à son père, puis s'assit à côté de lui, dans l'un des fauteuils de jardin en fer forgé noir.

— Je suis heureux que tu aies pu venir cette année, lui dit-il, et elle crut déceler dans sa voix une sorte de sous-entendu.

Intriguée, elle scruta son visage.

— Tout va bien ? Tu n'as pas de problème de santé ?

Edward eut un rire franc.

— Eh ! doucement ! Je ne suis pas si vieux que ça, et

je me porte comme un charme. Ta mè... Anita et moi, nous comptons faire du kayak au Costa Rica, le printemps prochain. Il y a un endroit – Cloud Mountain ou quelque chose de ce genre – que j'ai très envie de découvrir. L'année prochaine, nous monterons au Machu Picchu. Non, vois-tu, je suis tout simplement heureux que tu sois ici. Toi et mes petites-filles, vous me manquez beaucoup.

— Tu oublies Jack, remarqua sèchement Elizabeth.

— Comme tu oublies facilement de parler d'Anita. Bon sang, ma chérie ! Nous avons passé l'âge de dissimuler nos sentiments. Mais tant que tu es heureuse avec ton mari, je n'ai rien à dire... Tu *es* heureuse, n'est-ce pas ?

— Papa ! Ne t'inquiète donc pas. Tout se passe bien. J'aurai bientôt achevé mes travaux. Il faudra que tu viennes nous voir cette année. Pour le 4-Juillet, par exemple. Il fait très beau en juillet sur la côte.

— J'entends parler d'un temps splendide depuis deux bonnes années. Mais à chaque fois que tu m'appelles, il pleut. Y compris pendant l'été.

En riant, Elizabeth se rejeta au fond du fauteuil, laissa son regard errer sur les silhouettes des plantes du jardin argentées par la lune. On entendait gronder le ruisseau, en contrebas : c'était presque une rivière, à cette époque de l'année, alors qu'en été il ressemblait à un serpentin perdu dans la campagne, sur lequel venaient s'accoupler les libellules.

Elizabeth se souvint brusquement des heures qu'elle avait passées dans le jardin, après l'enterrement de sa mère. Elle n'était encore qu'une petite fille. Une enfant qui avait soudain compris qu'elle ne reverrait plus jamais sa maman. Assise dans l'herbe, elle capturait des lucioles à l'aide d'un pot en verre, tout en écoutant le murmure des conversations venant de la maison. C'était en avril, la nuit sentait le chèvrefeuille et le jasmin, que sa mère aimait tant. Quand tout le monde avait été parti, son père était venu la chercher :

« Tu veux dormir dans ma chambre, ce soir, petit sucre ? » lui avait-il demandé après s'être accroupi auprès d'elle.

Et cela avait été tout. Il ne lui avait parlé ni de sa maman ni du chagrin qui ne s'effacerait jamais. Mais cette simple phrase avait suffi à marquer la fin d'une vie et le commencement d'une autre.

Elizabeth revoyait encore son air défait qui l'avait tellement effrayée. On lui avait bien dit que sa maman « était partie au ciel », mais c'était la première fois qu'elle voyait la souffrance et la peur sur le visage de son père.

Tandis que s'estompait le fantôme argenté de cette petite fille qui regardait des lucioles au fond d'un pot en verre, Elizabeth dit d'une voix songeuse :

— La lune était exactement la même, ce soir-là.

— Quel soir ?

— Le soir après les obsèques de maman.

Elizabeth entendit son père étouffer un soupir. Le sujet était tabou.

— Je suis restée dans le jardin toute la journée. J'ai encore l'impression que tout le comté est venu m'embrasser.

Edward plaqua ses mains sur son pantalon et se leva d'un bloc. Dans la clarté bleuâtre de la lune, il paraissait presque maigre.

— Je crois que je vais me coucher.

Penché sur sa fille, il repoussa ses cheveux – en un geste aussi familier pour Elizabeth que son propre reflet dans une glace – et posa un baiser sur son front.

— Bonne nuit, Birdie.

Évoquer sa mère était toujours le plus sûr moyen de faire fuir son père. Elle s'arma de courage au moment où il allait ouvrir la porte-moustiquaire.

— Tu ne parles jamais d'elle, remarqua Elizabeth d'une voix feutrée.

La porte grinça en s'ouvrant, mais Elizabeth crut entendre son père soupirer :

— Non. Jamais.

Le ton d'Edward signifiait que la conversation s'arrêtait là. Comme d'habitude, Elizabeth n'insista pas, sachant combien la douleur de son père se ravivait dès qu'il pensait à sa première femme.

— Bonne nuit, papa. Dis à Anita que je la verrai demain matin.

— Il y a des blessures très profondes, Birdie, observa Edward d'une voix extraordinairement douce. Tu ferais bien de t'en souvenir.

La porte claqua, et Elizabeth se retrouva seule.

5

Andrea Kinnear, la jeune fille qui avait manifesté son intention de témoigner contre Grayland, partageait avec deux autres personnes une petite maison en brique des années 1930, près de l'université. Derrière une grille, une cour aux pavés de béton, usés et moussus, précédait une véranda, envahie par de vieux bacs à fleurs et des chaises disparates. Des canettes de bière vides formaient une pyramide à côté de la porte.

Jack s'arrêta devant la grille.

— Restez en retrait, dit-il à Kirk, le cameraman, et à Sally. Je vais d'abord me présenter.

La nervosité le gagnait. C'était la première fois qu'il allait interviewer devant une caméra la victime d'une agression sexuelle. Mais en professionnel digne de ce nom, il devait se souvenir que ce n'était qu'une victime présumée et qu'il ne devait accuser personne sans preuve. Incontestablement, il sortait de son domaine habituel. Mais sa détermination était telle qu'il aurait fallu lui marcher sur le corps pour qu'il renonce à cette enquête.

Il traversa la cour, monta les marches du perron, tandis que Kirk et Sally le suivaient à bonne distance. Il frappa à la porte, attendit, commença à se demander si Andrea n'avait pas changé d'avis, se retourna vers Sally qui haussa les épaules, perplexe.

Enfin, la porte s'ouvrit, et une jeune fille apparut. Petite, pâle, les cheveux couleur carotte, elle portait une jupe de coton sergé, un chemisier blanc et un blazer bleu marine.

— Bonjour, monsieur Shore. Je... je suis Andrea.

— Ravi de vous rencontrer, Andrea. Je vous en prie, appelez-moi Jack. Voici mon assistante, Sally Maloney.

Sally s'avança.

— Bonjour, Andrea. C'est moi que vous avez eue au téléphone.

— Enchantée.

Quand Andrea recula pour laisser entrer ses visiteurs, Jack fit signe au cameraman de les suivre.

Le petit séjour où les conduisit la jeune fille était rempli de vieux meubles. Des papiers et de grandes tasses à café encombraient toutes les tables.

— Où voulez-vous que je m'assoie ? demanda Andrea à Jack.

Ce fut Kirk qui proposa.

— Pourquoi pas sur cette chaise, près de la fenêtre ?

Andrea s'assit, le corps raide, les mains serrées l'une contre l'autre. Jack s'installa en face d'elle, sur une vieille ottomane en jean, consulta ses notes une énième fois, puis les mit de côté.

— Je vais vous poser des questions très directes, d'accord ? Je ne chercherai pas à vous piéger... Ça va aller ? Vous avez l'air inquiète.

— C'est... humiliant, quand même.

Sally s'avança et toucha l'épaule de Jack. C'était le signal que la caméra commençait à tourner. Jack pouvait présenter la jeune fille et lui poser sa première question, mais il voulut éviter de changer de ton trop rapidement.

— Vous n'avez pas à avoir honte, Andrea.

Elle esquissa un pâle sourire qui serrait le cœur.

— Pourtant, j'ai été complètement idiote. Je ne connaissais Grayland que pour l'avoir vu jouer quand j'étais une *pompom girl*, à Corvallis. Je le trouvais... parfait sur les terrains de foot. Je savais qu'il attirait les filles. Moi, je ne me trouvais pas assez jolie ou pas assez culottée pour l'approcher. Mais ce soir-là, j'avais bu quelques verres qui me donnaient de l'audace. Alors je suis allée vers lui, j'ai entamé la conversation. Il m'a regardée comme si je pouvais l'intéresser. Quand il est allé chercher de la bière, il m'en a rapporté une, et puis il a écarté de lui les autres filles qui s'approchaient. Sa façon de me sourire, de poser sa main sur mon bras en me parlant me donnait vraiment le sentiment de... de ne pas être n'importe qui.

La gorge nouée, Andrea joua avec la croix en or qu'elle portait au cou.

Tu n'es pas n'importe qui et tu n'as pas besoin d'un garçon pour te le prouver, pensa Jack en espérant qu'on aurait dit la même chose à ses filles.

Andrea laissa retomber sa main sur ses genoux, baissa les yeux, et reprit :

— À partir d'une certaine heure, les gens ont commencé à s'en aller. Drew...

— Grayland ?

— Oui. Grayland me racontait une anecdote amusante, à propos de son dernier entraînement, quand je me suis aperçue qu'il n'y avait presque plus personne dans la pièce. À ce moment-là, Grayland s'est penché vers moi et m'a embrassée. Mais de façon très correcte, et alors j'ai accepté lorsqu'il m'a demandé de monter dans sa chambre avec lui. C'est... c'est là que j'ai commis une faute, ajouta Andrea, la lèvre tremblante.

Touché par l'extrême jeunesse de la jeune fille, Jack ne put s'empêcher d'intervenir.

— Vous n'avez que dix-neuf ans. Ne vous jugez pas trop durement. Faire confiance à quelqu'un n'a jamais été un crime.

— Mais ce que je lui ai donné l'occasion de faire en est un ! riposta Andrea, avec un regard d'une surprenante fermeté.

— Que... qu'a-t-il fait ? demanda Jack, contrarié par son hésitation, et espérant que cette seconde serait coupée au montage.

— Nous sommes d'abord restés allongés sur le lit, à nous embrasser. Mais au bout d'un moment, il est devenu agressif. Il me plaquait sur le lit, et ses baisers... Je ne pouvais plus respirer. J'ai essayé de me débattre, il a ri, m'a retenue en me serrant violemment les bras. Je lui ai crié d'arrêter. Il m'a frappée au visage, poursuivit Andrea, au bord des larmes. Puis il m'a arraché mes vêtements et m'a... violée.

Voyant qu'elle était incapable de retenir plus longtemps ses pleurs, Jack lui tendit un mouchoir.

— Merci, murmura-t-elle.

L'interview resta suspendue un bon moment avant qu'elle puisse achever son récit.

— Je ne sais même plus comment je suis sortie de cette maison, finit-elle par expliquer. Ma colocataire m'a emmenée aux urgences, mais l'attente s'est tellement prolongée que j'ai voulu rentrer.

— Vous n'avez pas vu de médecin, cette nuit-là ?

— Non. À quoi bon, de toute façon ? J'ai suivi plus d'un débat à la télévision sur ce genre d'affaire. Je sais qu'on m'aurait accusée de l'avoir cherché. Je suis allée dans sa chambre, non ?

Jack constata qu'il serrait les poings. Puis, en se disant que cette interview délicate risquait de mal passer à une heure de grande écoute, il calma le jeu.

— En dehors de votre colocataire, à qui avez-vous raconté ce qui s'est passé ? À vos parents, peut-être ?

Andrea sembla ravaler un sanglot.

— Non. C'était au-dessus de mes forces. Il faudra que je les prévienne ce soir, je suppose. Par contre, je suis allée voir la police du campus le lendemain. Sans illusions. Mais je voulais au moins qu'ils soient avertis.

— Que s'est-il passé ?

— Un policier m'a écoutée raconter mon histoire. Ensuite, il est sorti de la pièce, et un quart d'heure plus tard, j'ai vu entrer Bill Seagel, le responsable de l'athlétisme chez les Panthers. Il a été très clair : je n'avais aucune preuve, pas de rapport médical et pas de témoin. Je pouvais m'être fait un œil au beurre noir en rentrant dans un mur, parce que j'avais bu. Il m'a dit que si je déposais plainte, Drew ne serait pas inquiété, mais qu'en revanche moi, je devrais quitter l'université. Alors j'ai laissé tomber.

— Puis vous avez changé d'avis. Pourquoi ?

— Je vous ai entendu à la télévision. J'ai découvert que je n'étais pas sa seule victime et que ces salauds de policiers le savaient. Je ne voulais pas que la série continue.

— Alors vous êtes allée voir la police de Portland.

— Oui. Sans doute pour rien, encore une fois. J'ai attendu trop longtemps. J'ai vraiment fait des erreurs. Mais je me sens quand même mieux. Au moins j'ai surmonté ma peur de parler. Je ne me sens plus passive. Croyez-vous que j'aie bien fait ?

Jack devait s'abstenir de manifester une opinion personnelle s'il voulait que cette interview reste crédible. Mais elle était là, devant lui, accablée de tristesse, et tellement jeune...

— J'ai une fille de votre âge : Jamie, commença à expliquer Jack d'une voix rauque d'émotion. Chaque jour je prie pour qu'il ne lui arrive rien à l'université. Mais si elle devait connaître une épreuve comme la vôtre, j'espère qu'elle aurait autant de courage que vous. Vous avez fait ce qu'il fallait.

Au montage, ils seraient obligés de réenregistrer sa réponse, c'était certain. Bon sang ! Il avait presque eu des larmes dans la voix.

— Merci de vous être confiée à notre chaîne.

— Merci de m'avoir écoutée, répondit Andrea.

Jack sentit le malaise succéder brusquement à la densité de leurs échanges. Lui-même ne savait plus que dire, et Sally se taisait. Kirk fut le premier à plier bagage. Puis Jack et Sally dirent au revoir à Andrea et regagnèrent leur voiture.

Ils étaient en route pour la station depuis un bon moment lorsque Jack se rendit compte à quel point il était secoué. Et dégoûté aussi.

— Quel salaud, ce Drew Grayland ! fit-il en tapant sur le volant.

— Comment rester de marbre devant cette situation ? observa Sally. Je pensais à ma jeune sœur. C'est sa première année à l'université, vous savez. Je l'ai mise en garde contre les inconnus. Mais que dire contre les amis ?

— Surtout ne me le demandez pas ! Je me suis senti concerné comme si j'étais son père. Ma carrière va plonger quand ça sera diffusé.

— Si vous étiez resté insensible devant cette fille,

74

vous n'auriez pas eu le droit de lui poser les mêmes questions. Votre émotion, elle la méritait.

Qu'ajouter de plus ?

Ils prirent des hamburgers avec des frites en passant devant un self-service, mangèrent en route, puis passèrent quatre heures dans la salle de montage.

— Cette fois-ci, ça y est, Jacko, finit par annoncer, mains levées, le technicien de service pendant les fêtes. Ou tu es satisfait ou tu me vires, mais moi, je rentre à la maison.

Jack vit que l'horloge indiquait vingt-deux heures. Trop tard pour s'arrêter chez le directeur de l'information. Merde ! Ce serait la première chose à faire le lendemain. Mais le lendemain, il devait prendre l'avion à sept heures. Non ! il ne pouvait pas partir. Elizabeth allait le tuer...

À l'aéroport de Nashville, il régnait un calme inhabituel en cette période de vacances. Depuis les attentats du 11 septembre 2001, les gens prenaient l'avion moins facilement, et beaucoup avaient préféré rester chez eux.

Arrivée avec une heure d'avance, Elizabeth se promena à la librairie, lut les gros titres des journaux, feuilleta un magazine qui promettait « un ventre plat, musclé, grâce à dix minutes d'exercices quotidiens ». Puis elle acheta le dernier roman de Stephen King avant d'aller attendre ses filles devant les portes qui donnaient sur les pistes.

Quand elle s'aperçut qu'elle tapait du pied sur le sol, elle fut gênée de trahir son impatience comme une gamine. Mais il fallait reconnaître qu'elle n'avait jamais fait partie de ces femmes qui considèrent leurs enfants comme un acquis.

Lorsque Stephanie avait eu douze ans, que ses seins

avaient commencé à pointer et ses jambes à s'allonger, Elizabeth avait enfin réalisé que le temps passait. Elle avait regardé cette préadolescente flirter pour la première fois, malgré son appareil dentaire, et s'était assise, les jambes flageolantes. En un quart de seconde, par un matin d'hiver glacial, elle avait compris le caractère éphémère de la famille, et elle n'avait plus jamais été la même à partir de cet instant-là. Elle s'était mise à filmer toutes les réunions familiales, les fêtes, les anniversaires, avec tant de constance qu'elle provoquait un agacement général à chaque fois qu'elle disait : « Attendez ! Je reviens tout de suite. » Chacun savait qu'elle allait chercher son caméscope.

Elle entendit l'annonce d'une arrivée, elle releva les yeux. L'avion venait d'atteindre la passerelle de débarquement. Elle se leva, mais s'interdit d'avancer. Ses filles avaient horreur de la voir au premier rang des parents ou des amis. C'était une chose qu'elle avait retenue de l'époque où ses enfants revenaient en bus des pistes de ski. « Nous ne sommes plus des bébés », lui avait lancé Jamie.

Sa cadette avait toujours été précoce, marchant à neuf mois, parlant à deux ans, impatiente, sans doute, de ne plus être considérée comme un bébé, et elle n'avait jamais ralenti sa progression. Jamie dévorait la vie et en redemandait sans cesse.

— Maman !

Stephanie émergea de la foule des passagers. En pantalon kaki – au pli impeccable –, pull à col roulé blanc et blazer noir, un bandeau de velours noir dans ses cheveux auburn, maquillée légèrement mais avec soin, elle restait fidèle à son souci d'élégance classique. Dès son enfance, elle avait possédé une grâce discrète mais incontestable. Tout semblait lui être accessible, et ce qu'elle faisait, elle le faisait bien.

Elizabeth se précipita vers elle et la serra dans ses bras.

— Je rêve ? s'étonna Stephanie en riant. Tu n'as pas pris ton caméscope pour immortaliser notre descente d'avion ?

— Très drôle ! fit Elizabeth, embarrassée par l'émotion incontrôlable qui lui serrait la gorge. Où est ta sœur ?

— Nous n'avons pas pu avoir deux sièges voisins. Elle va arriver.

Jamie sortit la dernière de l'avion. Elle était aisément repérable dans la foule : grande, avec des cheveux blonds comme les blés qui tombaient en cascade jusqu'à sa taille, elle était entièrement vêtue de noir, de la chemise – avec sa douzaine de fermetures Éclair – aux bottes de combat, en passant par le pantalon en cuir moulant. Même ses yeux bleus semblaient virer au noir sous l'épaisse couche de mascara couleur charbon qui alourdissait ses cils.

Elle traversa la foule à la manière d'un attaquant sur un terrain de foot.

— Grand Dieu ! s'écria-t-elle. Quel vol ! Le pire de ma vie. On devrait enfermer le gosse qui était assis à côté de moi.

Il n'y avait pas de juste milieu avec Jamie. Elle versait dans le pire ou dans le meilleur. Elle embrassa Elizabeth sur la joue.

— Bonjour, maman. Tu as l'air fatiguée. Où est papa ?

— Merci, ma chérie. Tu es vraiment réconfortante. Quant à ton père, il a pris un jour de retard. Il est sur un reportage à ne pas rater.

— Ah ! quel choc ! reprit Jamie. Franchement, ils ne pourraient pas mettre encore un peu plus de sièges dans ces avions, tant qu'ils y sont ? Quand le type, devant moi, a incliné le sien, j'ai failli recevoir mon plateau sur la figure. Et puis il faut être Calista Flockhart pour arriver à s'extraire de ces sièges tellement étroits !

Jamie parlait encore lorsqu'elles arrivèrent à destination. Edward et Anita devaient guetter leur retour depuis un bon moment. Ils étaient déjà sur le perron quand Elizabeth coupa le contact.

Jamie bondit hors de la voiture, les cheveux au vent, les bras ouverts, et se précipita dans ceux de son grand-père, tandis que sa mère et sa sœur sortaient les bagages de la voiture. Puis elle tomba dans les bras de sa grand-mère.

La maison était remplie des parfums de Noël : l'odeur des branches de sapin fraîchement coupées, qui décoraient la cheminée et la rampe de l'escalier, les effluves de la cannelle et des petits pâtés à la citrouille, à peine sortis du four, ceux des bougies à la vanille qui brûlaient sur chaque table dans de petits bougeoirs en cristal taillé...

Ils passèrent des heures à parler, à jouer aux cartes, à faire des paquets-cadeaux qu'ils ajoutaient à ceux qui étaient déjà au pied du sapin. Au milieu de l'après-midi, Stephanie et Anita disparurent dans la cuisine pour préparer des sauces et faire cuire des légumes, tandis qu'Elizabeth, Jamie et Edward jouaient au poker, à leur manière, en misant des cure-dents.

— Alors, jeune fille, fit Edward, la pipe à la bouche, les yeux sur les cartes. Comment ça va à Georgetown ?

— C'est dur.

Elizabeth s'étonna d'entendre Jamie admettre qu'elle connaissait des difficultés, elle qui ne parlait que d'escalader l'Everest, de publier des poèmes japonais et d'être une nageuse olympique.

— Jamie ? Qu'est-ce qui ne marche pas en cours ?

— Ne tombe pas dans le mélo, maman. C'est juste un trimestre difficile.

— Comment va Eric ?

— Je l'ai largué il y a quinze jours. On n'en parle plus.

— Ah...

Elizabeth se sentit soudain à la traîne, déconnectée de la réalité. Il semblait loin le temps où elle savait tout de la vie de ses filles. Maintenant, les petits amis apparaissaient puis disparaissaient sans prévenir. Dans la pièce voisine, le téléphone sonna, et quelqu'un décrocha.

— Tu vois quelqu'un d'autre ?

— Bon sang, Birdie ! intervint Edward. Les garçons passent après la natation. Où en es-tu, ma chérie ? Est-ce qu'on réserve des places pour te voir nager aux prochains Jeux olympiques ?

À onze ans, le jour où elle avait remporté sa première compétition, Jamie s'était juré de gagner une médaille d'or.

— Bien sûr, affirma-t-elle, le sourire radieux.

Mais Elizabeth décela un sourire de façade. Quelque chose ne tournait pas rond dans la vie de Jamie, et elle allait essayer de lui tirer les vers du nez quand Anita apparut, le téléphone sans fil serré sur son ample poitrine.

— Birdie, ma chérie, c'est Jack.

Elizabeth s'attendit aussitôt à une déception.

Elle avait cherché le sommeil toute la nuit. Puis, à cinq heures du matin, elle avait fini par se lever, s'habiller et descendre à la cuisine.

Jack n'était pas venu la veille, retenu par « quelque chose de très important. L'interview est formidable, ma chérie... Bla-bla-bla... Je serai avec vous demain soir. C'est promis. »

Les promesses ressemblent beaucoup aux impressions. C'est la première qui compte...

Elizabeth se fit un thé et, debout devant la fenêtre, regarda la neige tomber. Puis elle alla allumer un feu dans la cheminée du séjour. Sur le guéridon, elle vit la boîte en carton rouge dont on sortait les décorations de Noël chaque année. Son père avait dû la laisser là, hier soir, à son intention. Elle posa sa tasse et prit le ravissant angelot blanc en fine porcelaine, avec des ailes de tissu argenté : le dernier cadeau d'anniversaire offert par sa mère. Pour ses quatre ans.

Chaque année, elle le sortait de son papier de soie et l'enveloppait de nouveau à la fin des fêtes, avec un soin particulier, et le mettait toujours en évidence sur le sapin. Elle ne l'avait pas emporté avec elle, préférant le laisser à sa place, dans cette maison où sa mère avait vécu.

— Hé ! maman, dit-elle doucement en souriant à l'angelot.

Il lui avait paru grand, autrefois, alors qu'aujourd'hui il tenait dans sa paume.

« Je peux suspendre l'ange maintenant, maman ? Je peux ?

— Bien sûr, ma chérie. Tu décores l'arbre comme tu veux. Mais attends. Laisse-moi te soulever... »

Les souvenirs qu'elle gardait de sa mère lui étaient d'autant plus précieux qu'ils étaient limités.

Elle suspendit l'ange sous l'étoile rayonnante, au faîte de l'arbre, alluma les guirlandes, puis recula de quelques pas. Avec ses lumières blanches, ses guirlandes dorées et ses multiples décorations hétéroclites, mais conservées avec amour depuis des décennies, l'arbre était splendide.

Anita entra dans le séjour en déshabillé rose vaporeux, chaussée de mules assorties, à gros pompons, dignes d'une poupée Barbie.

— J'ai eu un mal fou à retrouver cette boîte, dit-elle.

— C'est toi qui l'as laissée ici à mon intention ?

— Tu imagines ton père mettre le grenier sens dessus dessous pour retrouver des décorations de Noël ?

— Non. C'est vrai, reconnut Elizabeth en souriant malgré elle.

Anita s'assit de biais sur le canapé et ramena ses pieds sous elle, faisant disparaître les pompons.

— C'est dommage que Jack n'ait pas pu venir hier.

N'ayant aucune envie de parler de cela, Elizabeth se retourna vers le sapin. Et, pour la énième fois, elle songea qu'Anita, avec son air de dire « Qu'on ne me raconte pas d'histoires ! » manifestait parfois une perspicacité embarrassante.

— Il est sur un reportage qui pourrait faire du bruit.

— C'est ce que... tu nous as déjà expliqué, remarqua Anita, d'un ton peu convaincu.

— C'est vrai, rétorqua Elizabeth.

Anita soupira bruyamment.

Comme d'habitude, les deux femmes communiquaient par à-coups. Se renvoyaient la balle. Et cela durait depuis le jour où Edward avait amené sa nouvelle femme à la maison. Elizabeth avait alors treize ans, un âge qui avait été particulièrement ingrat pour elle, et Anita Bockner, esthéticienne à Lick Skillet, Alabama, était bien la dernière personne qu'elle aurait choisie pour belle-mère.

« Voici ta nouvelle maman, Birdie », lui avait annoncé son père, comme si une mère se remplaçait à la manière d'une pile électrique.

Et puis, on n'avait plus parlé de la vraie maman dans cette grande maison blanche, entre champs de tabac et champs de blé. Pas un seul portrait d'elle n'était resté visible sur une table ou sur le manteau de la cheminée. Aucun souvenir n'avait jamais été évoqué. Le récit de sa vie, qui aurait pu réchauffer son cœur de fille solitaire, Elizabeth ne l'avait jamais entendu.

Anita avait essayé d'être une mère pour elle, mais elle s'y était si mal prise que l'adolescente s'était braquée, et ni le temps ni les kilomètres entre elles n'avaient arrondi les angles. Quand la conversation devenait trop personnelle, l'une ou l'autre changeait de sujet.

— Papa m'a dit que vous iriez au Costa Rica, le printemps prochain.

— Je suis folle ! J'aurais pu aller me prélasser sur une plage de rêve et siroter des margaritas servis par de charmants garçons. Et au lieu de cela, j'ai accepté de visiter un pays célèbre pour ses serpents et ses araignées.

— Il y a un tas de femmes qui rêvent de passer des vacances exotiques avec leur époux chéri.

— Oui. Et sais-tu pourquoi ? Parce qu'elles ont oublié pourquoi elles sont tombées amoureuses de leur mari. Autrement... C'est parfois tout un travail de se souvenir des bonnes choses.

S'agissait-il d'un simple bavardage ? Elizabeth se le demanda, puis décida que c'était sans importance, de toute façon. Elle n'avait aucune intention de parler de ses difficultés matrimoniales avec Anita. C'eût été ajouter l'insulte à la douleur.

— Tu as vu ? Il neige. Le jardin est magnifique, dit-elle, tout en fouillant machinalement dans les décorations.

— Ah ! le temps ! Notre conversation préférée. Oui, Birdie, j'ai remarqué qu'il neigeait. Edward a envie que nous allions patiner ce soir.

— Je pense...

La sonnette de la porte d'entrée interrompit Elizabeth. Elle se tourna à demi vers sa belle-mère.

— Vous attendez quelqu'un ?

— Non. Mais c'est peut-être Benny. Quand il a une journée chargée, il lui arrive de commencer ses livraisons aux aurores.

— Qui peut bien sonner à cette heure ? s'étonna Edward depuis le premier étage.

Elizabeth alla ouvrir et se retrouva face à Jack, fatigué, les vêtements froissés, les cheveux en bataille, comme un adolescent, ses yeux bleus mangés par les cernes.

— Bonjour, chérie, fit-il avec un sourire en coin. J'ai réveillé le directeur de l'information à minuit pour lui remettre l'enregistrement de l'interview. Puis j'ai sauté dans un avion. Tu me pardonnes ?

Elizabeth laissa un sourire s'épanouir sur ses lèvres.

— Tu débarques, comme ça ! Juste quand je me disais que j'allais te remplacer.

Jack prit sa femme dans ses bras, et quand il l'embrassa, elle lui rendit son baiser.

6

L'étang gelé ressemblait à un miroir préservé des chocs par une épaisse couche de coton. De la rive, les phares d'un tracteur au moteur ronflant éclairaient la glace, tandis qu'un haut-parleur, branché sur un magnétophone, diffusait *Blue Christmas*, d'Elvis Presley.

Patiner ici était depuis toujours une tradition familiale, et, dans le grenier de la maison, on trouvait des douzaines de paires de patins, dont certains devaient être quasi centenaires. Elizabeth avait quatre ans lorsque sa mère lui avait appris à se tenir sur des patins. Elle l'entendait encore lui dire : « N'aie pas peur. Je ne lâcherai pas ta main, ma chérie. Tu ne risques pas de tomber. » Souvent, par la suite, Elizabeth s'était rappelé la promesse de sa mère, en particulier depuis l'arrivée d'Anita à Sweetwater.

Ce soir, assise sur la table de pique-nique et enveloppée dans une couverture multicolore, elle regardait Jamie enseigner à son père l'art de patiner à reculons. Sur le sol, à côté d'elle, un feu de camp crépitait en envoyant des cendres vers le ciel crépusculaire.

Empoté, les mouvements désordonnés, Jack faisait rire ses filles, mais il finit par tomber lourdement sur la glace. Jamie se précipita vers lui, inquiète, s'assura qu'il n'avait rien de cassé, et recommença à rire de plus belle.

Ce fut Anita qui aida Jack à se relever. Puis ils s'éloignèrent ensemble, patinant en duo tels Adonis et Dolly Parton. Une minute plus tard, Edward glissa dans la direction de sa fille, pila devant elle et dit, tandis que son souffle se condensait dans l'air glacé :

— Tu n'as pas beaucoup patiné aujourd'hui.

— Ce n'est pas mal non plus d'observer les autres.

— Tu ne t'en prives pas en ce moment, petit sucre. Allez ! Viens patiner avec ton vieux père.

Elizabeth laissa retomber la couverture, quitta son perchoir, le pied sûr, rejoignit son père et glissa sa main gantée dans la sienne. Comme ils l'avaient fait des centaines de fois auparavant, ils évoluèrent harmonieusement sur la glace scintillante, à la clarté de la lune. L'espace d'un instant – un instant de perfection –, Elizabeth redevint une petite fille coiffée de couettes, patinant dans un ensemble de ski molletonné rose, deux fois trop grand pour elle, sous les yeux attentifs de ses parents.

— Tu as toujours été une bonne patineuse, remarqua Edward en faisant demi-tour à l'extrémité de l'étang. En fait, tu étais douée pour un tas de choses.

Déprimée par cette observation, Elizabeth sentit brusquement le froid l'envahir et repensa à sa dernière conversation avec Meg : « Laissons les Martini faire leur effet, Birdie, et soyons honnêtes. Tu avais plein de talents, tu étais indépendante, tu étais une artiste, une intellectuelle... Nous pensions tous que tu serais la prochaine Georgia O'Keeffe. »

— La vie est courte, Elizabeth, ajouta Edward. Depuis quand ne t'es-tu pas retrouvée dans un endroit exotique ? Depuis combien de temps n'as-tu pas eu une frousse bleue ? Ou fait un truc fou comme du delta-plane ou du saut en parachute ?

Cette conversation, ils l'avaient eue un nombre incalculable de fois ces dernières années. Et Elizabeth se sentait toujours remise en question.

— J'ai déjà assez à faire avec les émotions de la vie courante, papa. Par exemple quand je laisse mes enfants aller étudier à l'autre bout du pays. Ça, c'est vraiment un truc qui te fout la trouille. Qui te terrorise même, insista Elizabeth dans un éclat de rire, comme s'il s'agissait d'une plaisanterie.

Edward la prit par la taille, la tint face à lui, l'obligeant ainsi à patiner en arrière.

— Écoute, Birdie. Ce que je vais te dire, je ne te le dirai pas une seconde fois. Nous pourrons même faire comme si tu n'avais rien entendu.

Edward baissa la voix.

— Tu passes à côté de ta vie. Elle te file entre les doigts.

Un coup de poing n'aurait pas eu plus d'effet sur Elizabeth.

— Comment le sais-tu ? demanda-t-elle, le souffle à moitié coupé.

— Mes lunettes ont beau être aussi épaisses que le verre d'une bouteille de Coca, elles ne m'empêchent pas de voir le cœur de ma petite fille. J'ai remarqué la façon dont tu parles à Jack... et aussi ta façon de faire semblant de lui parler. Je sais reconnaître un mariage qui bat de l'aile quand j'en vois un.

— Voyons, papa. Tu t'es marié deux fois par amour. Tu ne peux pas savoir... De toute façon, je ne baisserai pas les bras.

— Penses-tu que je n'aie jamais eu le cœur brisé ? Réfléchis, ma fille. Ta mère a failli me tuer.

— Nous avons tous eu le cœur brisé par sa mort, papa. Ce n'est pas pareil.

Voyant son père sur le point de dire quelque chose, puis se raviser, Elizabeth sentit qu'il avait eu envie d'avouer un secret.

— Papa ?

Edward se contenta de sourire. Une fois de plus, leur complicité s'était heurtée aux limites du sujet tabou. Ce n'était pas encore aujourd'hui qu'il parlerait à Elizabeth de sa mère.

— Allez, fais le tourniquet comme Anita te l'a appris, ma fille.

Sous l'impulsion que lui donna son père, Elizabeth tournoya jusqu'au vertige. Puis, essoufflée, elle ralentit et traça des cercles lents sur la glace.

Soufflant comme une locomotive, Jack avança maladroitement vers elle, lui prit la main et la serra fortement.

— Est-ce qu'on en a bientôt fini avec cette tradition désuète ? Si je patine dix minutes de plus, je suis sûr que je vais me fracturer la hanche.

Elizabeth sourit, satisfaite d'être, dans un domaine au moins, plus experte que Jack.

— Va près du feu.

Jack jeta un coup d'œil vers le feu de camp. Edward et Anita s'y réchauffaient déjà, serrés l'un contre l'autre.

— Pour faire la conversation avec ton père ? demanda-t-il. Non, merci. Hier soir, il m'a pratiquement traité d'alcoolique, alors qu'il sirotait son quatrième bourbon-soda.

— Il n'arrive pas à comprendre qu'on puisse gagner sa vie en faisant ce que tu fais. C'est tout.

— Je le sais. Jouer au foot était une activité dérisoire pour lui. Commenter des matchs est encore plus vain.

Jack manqua soudain de tomber, et Elizabeth le retint.

— C'est ce que nous pensons toi et moi qui compte, remarqua-t-elle.

— J'attends avec impatience que tu voies l'interview que j'ai faite. Voilà comment les choses se sont passées... Non. Laisse-moi commencer par le commencement. Il y a environ une semaine...

« Tu passes à côté de ta vie. Elle te file entre les doigts. » Elizabeth aurait voulu écouter Jack, mais elle ne cessait de repenser aux paroles de son père. Peu importait, après tout. Jack essayait comme d'habitude de se mettre en valeur, rien de plus.

« N'oublie pas que la vie est courte. »

Bien sûr. Mais à côté de cette vérité, il y en avait une autre : quand on a quarante-cinq ans et une vie ratée, le temps s'éternise...

Habituellement, la semaine qui suivait Noël était calme, pour ne pas dire terne. On remisait les décorations dans les greniers, entre deux sandwichs faits avec les restes de la dinde, puis on regardait de vieux films à la télévision. Mais vingt-quatre heures après leur retour à Echo Beach, Elizabeth comprit que cette année ne serait pas ordinaire. Pendant qu'elle se détendait en famille dans le Tennessee, les choses avaient quelque peu changé en Oregon. Jack était en passe de redevenir un héros.

Au lendemain de Noël, l'affaire Grayland était devenue publique. Le surlendemain, le footballeur avait été arrêté pour viol, et cet événement avait fait la une du *National Enquirer*. À travers tout le pays, on ne parlait plus que de cela. Les radios demandaient à leurs auditeurs d'exprimer leur opinion. Les journaux consacraient leurs éditoriaux à cette actualité brûlante qui faisait, entre autres, resurgir les éternelles accusations sexistes à l'égard des femmes.

À partir du moment où Jack et Elizabeth étaient rentrés chez eux, le téléphone n'avait pas cessé de sonner. Tout le monde voulait interviewer Jack. Après tant d'années d'obscurité, il retrouvait la notoriété. Il redevenait quelqu'un. Pour une fois, son passé le servait. L'affaire n'avait pas été révélée par n'importe quel journaliste, mais par un homme qui, après avoir été porté au pinacle, avait un jour fait un faux pas et s'était égaré.

De la Californie à New York, la résurrection de Jack Shore faisait fantasmer tous les frustrés vieillissants et bedonnants. Et si ça m'arrivait à moi aussi ? Si ma vie prenait un tournant radical en quelques secondes ? Jack incarnait soudain l'optimiste acharné qui ne renonce jamais, celui qui se relève après la chute, se redresse avec un sourire épanoui et dort sur ses deux oreilles.

Malheureusement, comme par un effet de balancier, Elizabeth se sentait de plus en plus mal dans sa peau, d'autant qu'elle ne parvenait pas à partager sincèrement la satisfaction de son mari et s'en voulait. Malgré elle, elle était secrètement jalouse du succès et du plaisir de son époux. Mais comment aurait-elle pu le lui avouer sans le blesser ni le déstabiliser ? Et puis, il lui aurait dit, le front plissé, comme toujours quand elle cherchait à parler d'eux : « Eh bien, Birdie, dis-moi ce que tu aimerais faire de ton côté. »

La veille, tandis qu'ils regardaient la télévision, le téléphone avait sonné tous les quarts d'heure, et Jack avait répondu à chaque fois, parlant longuement de lui et de son fameux reportage avec un enthousiasme qui ravivait bien des souvenirs dans la mémoire d'Elizabeth, certains lui mettant même du baume au cœur.

Au début, elle avait apprécié le football et regardé jouer Jack avec exaltation. Élevée dans un cocon, ayant appris à parler doucement et uniquement lorsqu'on lui adressait la parole, elle avait été fascinée par le monde survolté du foot. À chacune de ses victoires, Jack rentrait à la maison avec une auréole, créait une ambiance de fête et de gloire. Ils s'aimaient alors follement, totalement, profondément.

Mais, avec le temps, tout avait changé. En cours de route, il était devenu une star, et les stars ne se comportent pas comme les gens ordinaires. Elles passent des nuits entières dehors, à boire avec leurs copains ou leurs coéquipiers, dorment le jour, oublient leur vie de famille, trompent leur femme...

Leur mariage avait connu des jours très sombres. Au bord du naufrage, il n'avait été sauvé que par l'accident de Jack et la drogue, parce qu'à ce moment-là, dans sa dérive, il avait eu besoin d'Elizabeth.

La veille, elle l'avait écouté exprimer son autosatisfaction et avait entrevu un avenir qui ressemblait par trop au passé. Brusquement, en regardant la salle à manger, elle s'était dit qu'il manquait une portefenêtre. Le lendemain matin, tout de suite après le départ de Jack, elle s'était empressée d'aller acheter le matériel nécessaire et s'était aussitôt mise au travail. Et chaque fois que le téléphone avait sonné, ses coups de marteau sur les murs avaient redoublé de force.

Presque huit heures plus tard, essoufflée, les bras douloureux, Elizabeth fit quatre pas en arrière et contempla son œuvre. Un énorme trou béait face au jardin et à la grisaille hivernale. Selon les calculs d'Elizabeth, cette ouverture avait les dimensions standards d'une porte-fenêtre. Elle scotcha sur le pourtour un épais plastique bleu, en attendant de se procurer la porte. Avec un peu de chance, le magasin en aurait en stock, ou bien il se la ferait livrer rapidement.

En sifflant joyeusement, elle alla préparer le dîner qui se résumerait, ce soir, à un poulet avec du riz. Mais elle eut du mal à ouvrir le four tant ses mains et ses bras étaient douloureux.

Vers dix-neuf heures, elle entendit la voiture de Jack remonter l'allée. Cette fois-ci, se dit-elle en jubilant, il ne pourrait qu'applaudir à la rapidité de sa décision.

Il entra dans le hall, souriant.

— Bonsoir, lui dit-elle en le débarrassant de son attaché-case et de son manteau. J'ai quelque chose à te montrer...

— Tu ne croiras jamais ce qui m'est arrivé aujourd'hui. J'ai voulu te téléphoner, mais tu devais être sortie.

— Je suis allée à la quincaillerie.

— Je t'aurais laissé un message si je n'avais pas été curieux d'entendre ta réaction.

Le bras autour de sa taille, Jack entraîna Elizabeth vers le canapé du séjour. Dès qu'ils furent assis, il étendit les jambes, mais ne prêta aucune attention au plastique bleu, pourtant visible d'une pièce à l'autre.

— Devine qui m'a appelé !

— Tu sais bien que je n'aime pas les devinettes.

— Allez. Tu as droit à trois réponses.

— Julia Roberts. Mohammed Ali. George W. Bush.

— Non. Mais tu n'es pas très loin de la vérité, observa Jack dans un éclat de rire. Il s'agit de Larry King, le producteur.

— Tu plaisantes ?

— Pas du tout. Il me réserve l'interview d'un politicien – une pointure ! – mardi prochain. Et ça ne se fera pas à distance, par satellite, tu sais. Non. Je serai dans le studio.

Elizabeth en oublia sa porte-fenêtre.

— Eh bien ! Voilà que tu prends un nouveau départ.

Elle avait mal choisi ses mots, songea-t-elle. Elle se mettait en retrait en s'exprimant ainsi.

— Il m'envoie deux billets de première classe. Nous allons passer quelques bons moments. J'ai entendu parler d'un restaurant... Birdie ?

Regardant le mur éventré de la salle à manger, Elizabeth se disait qu'elle ne pourrait jamais installer sa porte-fenêtre à temps pour partir avec Jack, et bien évidemment, ils ne pouvaient pas laisser la maison ainsi, sans surveillance. La région était plutôt calme, mais de là à tenter le diable... Elle essaya de penser à quelqu'un qui serait prêt à les aider. Mais il n'y avait pas de célibataire parmi leurs amis. Ils étaient tous mariés avec des enfants, et une famille entière ne viendrait pas facilement s'installer ici pendant tout un week-end. Sans doute pourrait-elle boucher le trou avec du contreplaqué – si elle en trouvait. Mais, après tout, passer quarante-huit heures seule lui semblait également une aubaine.

— À quoi penses-tu, ma chérie ?

— J'ai abattu une partie du mur, aujourd'hui, expliqua-t-elle, en montrant la salle à manger.

Jack se leva, le front soucieux, s'avança vers la salle à manger, s'immobilisa soudain sous la voûte qui séparait les deux pièces, se retourna.

— Qu'est-ce qui t'a pris ?

— Tu sais bien que je voulais une grande fenêtre,

pour qu'on voie mieux le jardin. Finalement, j'ai opté pour une porte-fenêtre.

— Tu as décidé ça ? Aujourd'hui ? Il t'a fallu sept mois pour choisir la couleur de la cuisine, et quelques minutes pour décider de fracasser un mur ?

Elizabeth leva les mains dans un geste d'impuissance ; elle se sentait quelque peu idiote.

— Comment est-ce que j'aurais pu prévoir que Larry King t'appellerait ?

Jack poussa un énorme soupir, mit un pied sur les gravats qui jonchaient le plastique recouvrant le plancher.

— Tu ne peux pas laisser la maison comme ça, dit-il sans se retourner.

Elizabeth se leva, alla le rejoindre et, glissant ses bras autour de sa taille, posa sa joue sur son épaule.

— Excuse-moi, Jack. Je suis navrée.

Il se retourna et la prit dans ses bras.

— C'est moi qui suis navré, expliqua-t-il, s'efforçant visiblement de rester juste. Je ne voulais pas être désagréable. Tu as un fait un énorme travail, et je suis sûr que le résultat sera très bien.

Pourquoi est-ce que tout se compliquait en ce moment ? se demanda Elizabeth. Elle arrivait même à préférer la solitude à une escapade en amoureux. Autrefois, elle aurait soulevé des montagnes pour trouver une solution. Elle préféra sourire plutôt que de tenter de nouveau une discussion sur les difficultés de leur relation.

— En attendant, pensons à ce que tu vas porter. Je serai peut-être obligée de sortir Mme Delaney de son lit pour un rapide nettoyage à sec.

Jack sourit à son tour. Ce fut un sourire las, mais l'effort n'était pas négligeable.

— J'ai pensé à ce complet bleu marine que tu m'as acheté pendant les soldes d'été, chez Nordstrom.

— Avec la chemise et la cravate jaunes ?

— Qu'en dis-tu ?

— Je crois que tu seras d'une incroyable séduction, comme ça.

— Je t'aime, Birdie.

— Je le sais, répondit-elle, sans que l'émotion soit au rendez-vous. Moi aussi, je t'aime.

HIVER

La femme doit parvenir à la majorité par elle-même [...] apprendre à la fois à ne pas dépendre de l'homme et à ne pas se sentir obligée de prouver sa force en rivalisant avec l'homme [...]. Aucun de ces deux extrêmes [...] ne saurait être pour elle le centre, le vrai centre d'une femme complète. Ce centre, elle doit en faire la découverte toute seule.

Anne Morrow Lindbergh, *Solitude face à la mer*

7

L'absence du soleil, caché par d'épais nuages gris, rendait cette journée hivernale sombre et froide. Jack se présenta à la réception de l'hôtel, monta dans sa suite où il suspendit sa housse de vêtements dans la penderie, se dirigea immédiatement vers le minibar en merisier du salon et prit un petit flacon de Chivas Regal. Il était en train de verser le whisky dans un verre quand le téléphone sonna. Ce devait être Birdie. Elle avait le don d'appeler à la seconde où il entrait dans sa chambre.

— Allô ?

— Monsieur Shore ?

— Lui-même, répondit Jack en s'asseyant sur le lit, le verre à la main.

— C'est Mindy Akin, l'un des producteurs associés. Une voiture viendra vous chercher, vous et Mlle Maloney, demain à quinze heures.

— Merci.

« Vous et Mlle Maloney... » La phrase le troubla, et il se demanda s'il n'aurait pas mieux fait de venir seul. Mais Sally avait bien mérité de l'accompagner, et puisqu'il avait reçu deux billets d'avion – et en première classe ! –, il eût été dommage de ne pas les utiliser tous les deux. Bien entendu, Elizabeth avait eu la priorité, mais elle n'avait pas pu en profiter.

À peine eut-il raccroché que le téléphone sonna de nouveau. Cette fois-ci, c'était bien Elizabeth.

— Bonsoir, mon chéri. Tu as fait bon voyage ?

Jack s'adossa aux multiples oreillers et allongea ses jambes sur le lit.

— Si tu voyais ma suite, Birdie. Tu serais séduite.

— Une suite ? Rien que ça, Jack...

Décidément, elle s'obstinait à rester froide, distante, et il commençait à en avoir assez. Leur relation évoquait pour lui une mer perpétuellement agitée par des courants invisibles et des vagues de fond.

— Oui. C'est la classe.

— La salle à manger est déjà transformée. J'attends avec impatience que tu la voies.

Encore la maison ! Comme s'il s'agissait d'une villa à Bel Air et non d'un cottage de vacances retapé dans un trou perdu.

— C'est bien.

— Combien de temps resteras-tu absent ?

— Je passe deux nuits ici. L'interview est prévue pour demain. J'arriverai tard dans la soirée de vendredi.

— Je suis jalouse.

Tant pis pour elle ! Elle aurait dû être avec lui. Pourquoi n'avait-elle pas demandé à l'une de ses amies de garder la maison ?

Il eut un signal d'appel et demanda à Elizabeth de patienter une seconde. C'était Sally sur l'autre ligne. Elle lui annonça qu'elle le rejoindrait à la voiture, dans une heure. Il ressentit une pointe de culpabilité, comme s'il faisait quelque chose de répréhensible, alors qu'ils allaient simplement dîner entre collègues.

— Parfait. À tout à l'heure, dit-il.

Puis il revint sur la première ligne.

— Chérie ? Il faut que je me dépêche. J'ai un dîner.

— Je suis fière de toi, Jackson, fit Elizabeth d'une voix douce.

Jack s'aperçut qu'il avait attendu cette déclaration sans même sans rendre compte.

— Je t'aime, Birdie, fit-il avec l'envie d'exprimer une fougue qui le surprit.

— Je t'aime aussi. Je t'appellerai demain, après l'interview.

— J'y compte. Au revoir, ma chérie.

Dès qu'il eut raccroché, il alla se doucher. Puis, avant même d'enfiler un pantalon gris et un polo noir, il se versa un second verre qu'il sirota debout devant la fenêtre, en attendant le moment de descendre.

À dix-neuf heures, il trouva la limousine devant l'hôtel. Le chauffeur, en uniforme noir, sortit pour lui ouvrir la portière. Quelques instants plus tard, il la rouvrit pour Sally.

En robe noire toute simple, les cheveux d'un blond platine – il remarquait pour la première fois son extrême blondeur – tombant jusqu'au milieu du dos, elle était d'une beauté renversante. Quand elle s'assit, il remarqua ses escarpins à talons aiguilles et, du même coup, ses jambes.

— Vous êtes très belle, observa-t-il.

Puis il tira sur son col, comme s'il le serrait trop tout à coup.

— Vous avez mis le chauffage ? demanda-t-il au chauffeur.

Sally se pencha vers lui.

— Laissez-moi faire.

Tandis qu'elle défaisait le premier bouton de son

polo, il respira son parfum et la fragrance fraîche, citronnée, de son shampooing.

— Voilà. Maintenant, vous avez l'air un peu plus cool, décréta-t-elle.

Il baissa les yeux sur des lèvres pulpeuses et rouges.

— Je suis trop vieux pour ça, répliqua-t-il, tentant de dresser entre eux la barrière de l'âge.

— Vous confondez être vieux et avoir de l'expérience.

Une onde de désir électrisa brusquement l'atmosphère.

Jack s'adressa au chauffeur.

— Tagliacci Grill, s'il vous plaît. Nous avons réservé pour vingt heures.

Elizabeth se sentait exténuée, après douze heures de travail dans la salle à manger. En raison de l'annulation d'une commande, le magasin de bricolage avait pu lui proposer immédiatement une porte-fenêtre. Par chance, elle correspondait à ce qu'avait souhaité Elizabeth, qui avait même eu droit à une remise. Mais celle-ci avait été contrainte d'agrandir un peu l'ouverture dans le mur, puis elle avait dû faire plusieurs essais de montage avant de trouver la bonne solution, et finalement, cela lui avait pris des heures.

Les épaules douloureuses, les doigts engourdis, Elizabeth posa son marteau, enleva sa ceinture à outils, se prépara un thé et l'emmena sur la véranda. La pleine lune, énorme, d'un bleu laiteux dans un ciel argenté, diffusait sa clarté sur la petite péninsule d'Echo Beach, où les étoiles semblaient à portée de la main. Elizabeth se sentait minuscule mais en sécurité dans ce décor, ni plus ni moins importante qu'un brin d'herbe dans le grand schéma de l'univers. Elle descendit les marches de la véranda et fit quelques pas sur la pelouse humide, en bordure du jardin. Elle allait rentrer quand un son la surprit. Elle pensa d'abord au vent dans les arbres, mais il n'y avait pas le moindre souffle ce soir. Alors, elle se retourna lentement, face à l'océan. Au loin, des vagues hachées scintillaient sous la lune.

Le son se reproduisit. Elizabeth perçut nettement une sorte de plainte, languissante, comme l'écho des dernières notes d'une mélodie qui vient de s'achever. Cette fois-ci, elle comprit ce que c'était. Traversant le jardin, sans se soucier de la boue qui se collait à ses vieilles bottes de travail, elle alla jusqu'au bord de la falaise, à la hauteur de l'escalier taillé dans la pierre qui menait à un croissant de sable sur la grève. Elle entreprit prudemment la descente sur les marches, qui risquaient d'être glissantes. Puis elle les vit.

Elles étaient une bonne douzaine de baleines tueuses, la nageoire dorsale dressée hors de l'eau, comme prête à couper la lune en deux. Leur cri recommença, sorte de corne de brume émergeant du fond de l'immensité océane. L'une des orques se souleva au-dessus des vagues, puis se laissa retomber. Une seconde plus tard, le bruit d'un souffle puissant résonna sous la lune, et un geyser jaillit au-dessus de l'eau.

Elizabeth était fascinée.

Puis les baleines s'éloignèrent, laissant derrière elles un océan apaisé, sans aucune trace de leur passage. Elizabeth aurait pu croire à une hallucination. Elle regretta l'absence de Jack, regretta de ne pouvoir se retourner vers lui et le laisser la prendre dans ses bras. Jack était loin d'ici, avec... Larry King. Merde ! Elle avait oublié de l'appeler comme promis. Pire : elle avait oublié de regarder l'interview. Qu'est-ce qui ne tournait plus rond chez elle, à la fin !

Elle remonta l'escalier aussi vite qu'elle le put, courut vers la maison. Des excuses, des mensonges se bousculèrent dans sa tête tandis qu'elle composait le numéro. Désolée, mon chéri, mais j'ai été coincée dans un embouteillage provoqué par un accident. Dès que je suis sortie de là, j'ai couru à une cabine téléphonique... Ou bien : J'ai mangé quelque chose qui m'est resté sur l'estomac et j'ai perdu connaissance.

Le standard de l'hôtel lui passa la chambre, mais les sonneries se succédèrent sans résultat.

— Sors de ton lit, Jack, murmura Elizabeth, tendue.

Elle devait absolument lui parler ce soir. Il méritait au moins cela.

Elle tomba finalement sur la boîte vocale, laissa un message et raccrocha. Au cours des trois heures suivantes, elle rappela tous les quarts d'heure. Vainement.

Pourquoi ? Même s'il avait bu après l'interview, il aurait dû être réveillé par ces sonneries insistantes. Elle le connaissait assez pour savoir qu'il répondait toujours à un appel. Alors, où était-il ?

Jack avait volé la vedette à Larry King. Peu après le début de l'interview, Larry lui avait posé une question très directe : « Est-ce que les athlètes d'aujourd'hui peuvent servir de modèles, Jack ? Est-ce qu'ils devraient tenir ce rôle ? »

Jack s'était préparé à une question de ce genre, avait répété dix fois sa réponse. Et puis, devant les caméras, il avait tout oublié pour laisser parler son cœur.

— Je vais vous dire, Larry. Je suis en colère. Nous transformons des gamins de dix-neuf ans en célébrités multimillionnaires, en les déchargeant de toute responsabilité hors du terrain. Ils conduisent en état d'ivresse, et nous leur donnons une tape sur la main. Ils commettent des viols, et on accuse les femmes de complaisance. Quand j'étais dans la LNF, j'ai vu le monde s'ouvrir à moi. Il me suffisait d'être un bon joueur. Je trompais ma femme, je négligeais mes enfants, et vous savez quoi ? Personne ne me blâmait. On se contentait d'évoquer la pression qui pèse sur un *quarterback*. Mais la vie est dure pour tout le monde. Il m'a fallu quinze ans, mais j'ai fini par comprendre que je n'étais pas un être exceptionnel. Je savais lancer un ballon. Et alors ? Nous devons cesser d'accorder tous les droits à nos athlètes. Nous avons besoin de retrouver les vraies valeurs du sport.

— Voilà une réponse qui plaira beaucoup. Mais pas à tout le monde.

À cet instant-là, Jack avait compris que son honnêteté, sa franchise étaient payantes. Il venait de relancer sa carrière. Les dirigeants des clubs, les joueurs se comportant comme des voyous hors des terrains le haïraient, mais les fans et les parents l'encenseraient. Et, sur le plan médiatique, rien ne valait une controverse pour faire sensation. Il avait été convaincu que, dès le lendemain, des extraits de l'interview seraient diffusés sur toutes les chaînes. En sortant du studio, il était rentré immédiatement à son hôtel pour appeler Birdie. Mais elle était absente. Puis il avait téléphoné à ses filles, sans plus de succès. Déçu, il était descendu au bar de l'hôtel et avait commandé un double whisky glace.

Une heure plus tard, il en commanda un autre. Il le but d'un trait, puis contempla le verre vide. Il n'était pas un adepte de la solitude, et elle lui pesait particulièrement ce soir.

— Ce n'est pas le moment rêvé pour rester seul.

Il leva les yeux et découvrit Sally, debout à côté de

lui, vêtue d'une robe-bustier bleue moulante. Un papillon bleu nuit retenait ses cheveux en arrière. La naissance de ses seins avait une couleur laiteuse. Elle eut un sourire ravageur.

— Vous ne m'invitez pas à m'asseoir ?

— Si. Bien sûr, fit Jack d'une voix rauque qui l'obligea à s'éclaircir la gorge. Je croyais que vous deviez aller chez votre tante, ce soir.

En riant, Sally se glissa sur la banquette.

— J'y ai passé quelques heures, et ça m'a suffi. Une anecdote de plus au sujet de la première dent du petit Charlie et je sortais en hurlant. Qui n'a pas fait sa première dent ? Ce n'est tout de même pas aussi remarquable que d'écrire un concerto pour piano.

Jack sentit la jambe de Sally contre la sienne. Tout son corps irradiait une douce chaleur. Sentant le péril, il essaya de se souvenir de la dernière fois où le désir avait brillé dans les yeux d'Elizabeth. En vain. Il était loin, le temps de leurs embrasements, si loin qu'il devenait irréel. Il y a des feux qui s'éteignent, tout simplement, un jour ou l'autre, et cèdent la place à un froid glacial.

La serveuse s'avança vers eux. Jack regarda Sally.

— Un margarita avec des glaçons, sans sel, c'est ça ?

— Exact. Quelle mémoire !

Il commanda un autre verre pour lui.

— Vous avez été fantastique aujourd'hui.

— Merci.

La serveuse revint avec leur commande. Quelque part, un juke-box commença à jouer *Time After Time*.

— Vous allez retrouver la célébrité dès demain, fit Sally.

Jack avait également l'impression de retrouver sa

jeunesse, comme si Sally lui insufflait la sienne. Il la regarda, malgré une émotion sans doute visible.

— Vous êtes marié, je le sais, murmura-t-elle, et je ne suis pas une briseuse de ménages. Mais j'aimerais passer une nuit avec vous. Une seule. Ensuite, on oublie. Jamais personne ne le saura.

Jack tenta de faire surgir devant ses yeux le visage d'Elizabeth, mais il avait disparu de sa mémoire, et il y avait si longtemps qu'ils n'avaient pas fait l'amour qu'il en avait aussi oublié ce qu'il ressentait en couchant avec sa femme. Pour la première fois depuis des années, il se sentait désiré, et tout son corps brûlait de répondre à ce désir.

— Moi, je le saurai, parvint-il à dire.

Sally toucha sa joue, l'incita à se tourner vers elle.

— Juste un baiser, alors, susurra-t-elle. Le baiser de la victoire.

Ses lèvres effleurèrent les siennes. Il faillit grogner de plaisir. Elle le désirait autant qu'il la désirait, et il lui suffirait d'insinuer sa main sous sa robe pour le constater.

— Non, dit-il, doucement. Il faut que je vous laisse.

Il se leva et eut besoin de toute sa force de caractère pour parvenir à s'éloigner.

Elizabeth fut réveillée par le téléphone le lendemain matin.

— Allô ? fit-elle, la voix endormie.

— Eh ! Birdie, réveille-toi et souris ! Tu as regardé l'interview ?

Elle s'assit sur le lit, repoussa ses cheveux emmêlés. Ne pouvant lui avouer son oubli sans le blesser profondément, elle chercha une excuse raisonnable. Mais son embarras passa inaperçu.

— J'ai réussi, Birdie. Ton mari est une superstar.

— J'ai toujours été mariée à une star, Jack, observa Elizabeth, soulagée. Je savais que tu serais très bon. Je suis fière de toi.

— Il faut que je reste un jour de plus. La presse me demande. Ça ne t'ennuie pas ?

— Bien sûr que non.

— Parfait. Je serai de retour demain par conséquent. Nous fêterons ça. D'accord ?

— D'accord, mon chéri. Je t'aime.

— Je t'aime. Au revoir.

Lentement, Elizabeth raccrocha, sans avoir osé lui demander où il se trouvait la veille, quand elle avait cherché à le joindre pendant des heures. Une question la taraudait néanmoins. Avait-il passé la nuit avec une femme ? C'était la première fois, depuis des années, qu'elle se mettait à douter de sa fidélité. Mais il était en train de redevenir célèbre, et elle savait où la célébrité de Jack les avait conduits. Il était possible de pardonner, mais pas d'oublier.

Elle constata cependant qu'elle serait prête à s'accommoder de son infidélité cette fois-ci. Et ce fut ce qui la perturba le plus.

8

Assis à son bureau, Jack regardait les notes étalées devant lui, en buvant un double cappuccino. Toutes les chaînes, la presse entière ne cessaient de parler de l'affaire Grayland, et le nom de Jack était mentionné à chaque fois. L'interview de Larry King avait été décisive. Jack revenait en pleine lumière, mais, s'il voulait y rester, il fallait qu'il enchaîne avec une autre affaire. Quelque chose qui fasse de nouveau du bruit.

Le soir précédent, tandis que Birdie lui parlait d'une nouvelle décoration pour la salle de bains, il avait désespérément cherché une idée. Finalement, vers trois heures du matin, il l'avait trouvée : il prendrait pour point de départ le cas Alex Rodriguez, attaqué par tout Seattle pour avoir signé un contrat avec le Texas. Comme si Alex aurait dû refuser le contrat le plus juteux de toute l'histoire du base-ball ! Les gens semblaient oublier à quel point la carrière d'un athlète est courte. On est vieux à trente ans, on vous considère comme un ancêtre à trente-cinq, et personne n'est sûr de tenir le coup jusque-là. Alors il faut prendre l'argent quand il est encore temps, garantir ses lendemains... Un athlète encore en piste ne peut pas parler de cela ; il est trop riche pour être crédible... En revanche, un ancien athlète, désormais hors jeu, dont la carrière a été interrompue, peut être écouté.

Jack jeta un coup d'œil à ce qu'il venait d'écrire : « La vie d'un athlète, dieu aux pieds d'argile, vue de l'intérieur. » Ce n'était pas mal, ce mélange de séduction, de corruption et de douleur suggérée. Et Jack connaissait le sujet à fond. Soudain, le téléphone sonna. Il décrocha et s'annonça.

— Hé ! Bras-spaghettis ! Comment ça marche ? fit une voix qu'il n'avait pas entendue depuis des années.

— Salut, Warren le brise-tout. Je n'ai pas eu de tes nouvelles depuis ton dernier mariage. Tu remets ça ? Tu me demandes de nouveau d'être ton témoin ?

— Pas du tout. En fait, j'ai eu un petit pépin cardiaque, et quelques nuits en soins intensifs m'ont remis les idées en place.

— Ça va maintenant ?

— Mieux que jamais. Il paraît que j'étais trop stressé. Tu te rends compte ? J'ai passé quatorze ans comme professionnel sur les terrains de foot sans problème. Et quelques années dans le business télé ont suffi à me faire craquer. Il paraît que j'ai besoin de décompresser. Je voulais laisser tomber la télé. Trop de déplacements. Trop de merdes. Mais les types de la Fox n'entendent pas me laisser tirer ma révérence si facilement. Ils me proposent un nouveau concept d'émission. Un mélange de sport et de talk-show. On a besoin, paraît-il, de voir les athlètes sous un jour nouveau. Essayer de mesurer les pressions qu'ils subissent, montrer leurs désillusions, leurs difficultés de toutes sortes. Et mettre en avant leur rôle de modèles pour les jeunes et les autres.

— C'est alléchant. Vous pourriez peut-être m'inviter un de ces jours pour parler de l'affaire Grayland.

— En fait, ils attendent beaucoup plus de toi. Ils voudraient que tu présentes l'émission avec moi. Ça fait des années que je parle de toi, mais maintenant on m'écoute. Réfléchis, Jacko, ça nous rappellerait le bon vieux temps. On ferait de nouveau équipe.

— Qu'est-ce que tu crois, Warren ? Je donnerais n'importe quoi pour avoir ce job.

— Ne donne rien du tout. Contente-toi d'être à New York demain pour une interview.

— Tu es sérieux ?

— Et comment ! Dis à ton assistante d'appeler Bill Campbell à la Fox. Je t'envoie le billet d'avion. Tu m'indiques l'heure de ton arrivée, et je viens te chercher à l'aéroport.

— Je réserve sur le premier vol. Merci, Warren. De tout cœur.

— Ce n'est pas dans la poche, Jacko. Mais si ça passe, on fera un tabac. À demain.

Dès qu'il eut raccroché, Jack téléphona à Elizabeth, qui répondit presque aussitôt.

— Allô ?

— Chérie, tu ne vas pas le croire... commença Jack.

Mais il s'interrompit brusquement, imaginant la déception d'Elizabeth si jamais il échouait. Elle avait déjà eu sa part de déconvenues avec lui.

— Je dois aller à New York demain. Tu pourrais préparer mon sac ?

— Pourquoi à New York ?

— Un des meilleurs *quarterbacks* d'une équipe universitaire est en pourparlers avec les Ducks. Je dois l'interviewer.

— Oh ! Vraiment ? Tu pars pour combien de temps ?

— Quarante-huit heures. Écoute. Dînons dehors ce

soir. Que dirais-tu de Stephanie Inn ? C'est un endroit tellement romantique !

Il y eut un silence à l'autre bout du fil, puis Elizabeth demanda :

— Que se passe-t-il, Jack ?

— Rien. Simplement, nous ne sommes pas allés au restaurant depuis un bon moment.

C'était exact. Il ne se souvenait même pas de la dernière fois où il avait téléphoné de son bureau pour donner rendez-vous à sa femme. Mais tout allait changer maintenant. Il se sentait prêt à soulever des montagnes pour obtenir ce job. Puis il reviendrait triomphant. Oh ! bien sûr, Elizabeth affirmerait qu'elle n'avait aucune envie de vivre sur la côte Est ! Mais elle finirait par accepter. Cette fois-ci, ils pourraient vraiment prendre un nouveau départ ensemble.

— Tout marche à la perfection, affirma Jack.

Et, pour une fois, c'était probablement vrai.

Les bras croisés sur la poitrine, Elizabeth recula d'un pas en voyant Jack, prêt à partir, son sac de voyage à la main. Il avait l'air plein d'allant, en dépit de l'heure extrêmement matinale. On aurait presque cru voir un adolescent. Elle le trouva si beau qu'elle en eut le souffle coupé. Étrangement, elle se souvint de leur premier baiser, un siècle plus tôt... Étendus dans l'herbe, ils étaient censés étudier lorsqu'il l'avait surprise en cherchant ses lèvres. Elle s'était mise à pleurer, envahie par la certitude que ce baiser bouleverserait sa vie, convaincue qu'elle aimerait Jackson Shore jusqu'à la fin de ses jours. C'était sans doute toujours vrai, mais peut-être pas suffisant. Lisait-il dans ses yeux l'envie qu'elle avait de l'accompagner cette fois-ci ?

110

Mais les regards que suscitaient ses désirs réprimés étaient si fréquents que Jack devait les juger naturels.

— Je devrais peut-être partir avec toi ?

Le sourire de Jack s'effaça. Il laissa tomber son sac pour s'approcher d'elle.

— Non. Pas cette fois, Birdie. J'ai un emploi du temps trop chargé.

Elizabeth hocha la tête, avala sa salive. Jack lui avait toujours proposé de l'accompagner dans ses voyages d'affaires, et elle avait systématiquement refusé pour rester avec les enfants. Plus tard – trop tard –, elle s'était rendu compte qu'elle avait eu tort de vouloir être une mère avant tout pendant des années.

— Ce sera pour la prochaine fois, dit-elle. De toute façon, je déteste New York.

Elle glissa ses bras autour de ses épaules et le serra contre elle, redoutant soudain cette séparation.

— Sois prudent.

— Je t'appellerai. Je descends au Carlyle. Leur numéro est sur le réfrigérateur.

— Bien. Alors, bon voyage. Et bonne chance.

— Les gagnants n'ont pas besoin de chance.

Elizabeth s'attarda dans l'entrée, les bras serrés sur la poitrine, un long moment après le départ de Jack. Quelque part dans la maison, une poutre craqua. Sur le manteau de la cheminée, l'horloge sonna cinq heures. Elizabeth essaya de ne pas penser à la journée sans relief qui l'attendait. À cette heure, elle pouvait encore se recoucher, mais elle savait qu'elle ne dormirait plus.

Elle alla dans la cuisine, ouvrit son agenda et commença à établir son emploi du temps. Soudain, elle se rendit compte que c'était jeudi, le jour du groupe des femmes en quête de passion. Peut-être irait-elle à leur réunion, à défaut de mieux.

111

Tout ce qui allait de pair avec un billet de première classe enchantait Jack : enregistrement éclair, sièges confortables et suffisamment espacés, repas savoureux sur des plateaux d'une blancheur impeccable, apéritifs, vins, digestifs à volonté. « Puis-je suspendre votre veste, monsieur Shore ? Voulez-vous une serviette chaude ? Un cognac ? »

Toutes ces dernières années, il n'avait connu que des départs en famille, pour les vacances, où ils voyageaient tous les quatre en classe économique, serrés comme des sardines.

Prenant son attaché-case sous le siège devant lui, il remarqua les éraflures sur le cuir noir et se demanda s'il n'aurait pas dû s'en offrir un autre. Comme le disait Birdie : « C'est la première impression qui compte, et elle ne se produit qu'une fois. » Soudain, il regretta de lui avoir caché la raison de son déplacement. Elle se serait fait un devoir de lui choisir ses vêtements, la bonne cravate pour aller avec la chemise. Elle en aurait même oublié de remarquer l'état de l'attaché-case. Bien des années auparavant, elle l'avait ainsi aidé à se préparer pour Albuquerque. « Tu es une star, lui avait-elle dit avec conviction, et tu ne dois jamais l'oublier. Les gens de Canal 2 devraient se prosterner devant toi et prendre conscience de l'honneur que leur fait le grand Jackson Shore. »

— Une star, murmura-t-il, oubliant qu'il n'était pas seul.

C'était quelque chose d'être une star ! On ne marchait plus, on glissait comme sur des patins à glace. Les portes s'ouvraient avant que vous n'ayez touché la poignée. Les restaurants vous réservaient leur meilleure table. Et puis, surtout, il y avait le regard des autres.

— Monsieur Shore ? Nous allons atterrir, lui signala une hôtesse.

— Oui. Merci.

L'avion se posa en douceur, vibra quelques instants, puis roula vers le terminal comme sur du velours. Dès qu'il s'immobilisa, l'hôtesse réapparut avec la housse à vêtements de Jack.

— Voilà vos affaires, monsieur Shore. Vous n'aviez pas de manteau ?

— J'ai oublié d'en prendre un. Ça fait un moment que je ne suis pas venu par ici.

— Quelqu'un qui a joué avec les Jets peut-il oublier les hivers de New York ?

La jeune femme savait qui il était. Faisant plus que son travail, elle flirtait avec lui.

— Je suis de Minneapolis. J'ai deux jours de repos à New York. Je serai au Warwick, dit-elle.

Il suffisait à Jack de lui dire qu'il descendait dans le même hôtel, que c'était vraiment une heureuse coïncidence, et ils passeraient la soirée dans la pénombre d'un bar, cuisse contre cuisse, à parler de tout et de rien, jusqu'au moment où ils estimeraient qu'ils avaient mieux à faire...

Il eut envie de cela, il eut envie d'elle. Une envie vertigineuse. Puis il prit une profonde inspiration qui lui permit de se ressaisir. Certaines choses appartenaient au passé.

— Merci, fit-il, en prenant sa housse des mains de l'hôtesse. Profitez bien de vos jours de repos.

Il vit le sourire de la jeune femme s'effacer un instant, avant qu'elle ne retrouve tout son professionnalisme.

— Bon séjour à New York, monsieur Shore.

— Merci.

Jack débarqua parmi les derniers, aperçut très vite

Warren qui se dressait parmi la foule, tel un sapin centenaire dans une jeune forêt. Très grand, très chic, il avait en plus l'aura des célébrités. Quand il s'avança vers Jack, le sourire rayonnant, la foule s'écarta, en murmurant, pour le laisser passer. Mais il ne sembla même pas s'en apercevoir. Ils tombèrent dans les bras l'un de l'autre, puis Warren prit Jack par les épaules et l'entraîna vers la sortie.

— Ce que je suis heureux de te revoir, mon vieux Jack !

Warren se lança dans les banalités qu'échangent deux copains de longue date qui ne se sont pas vus depuis des années, jusqu'à ce qu'il prenne le volant de sa Viper rouge pour foncer vers l'autoroute, noyée dans la brume.

— Tu te souviens des matchs qu'on a faits par ce temps de chien ? demanda-t-il en dépassant une Lexus, à grand renfort de Klaxon.

Jack sourit. Il se souvenait très bien de certains jours où on aurait cru que Dieu lui-même pissait sur le Husky Stadium.

— Elizabeth et Mary avaient l'habitude de se mettre des sacs-poubelle sur la tête, fit Jack.

— Je me rappelle surtout des seins de Mary, et de cette drôle d'idée qui m'a pris de l'épouser.

À l'époque, ils étaient inséparables tous les quatre. Puis le tirage au sort avait envoyé Warren à Denver, et Jack à Pittsburgh. Beaucoup plus tard, ils s'étaient tous les deux retrouvés sur un stade new-yorkais, avec un statut de superstars dans le monde fou et trépidant de la LNF. Seule Elizabeth avait gardé la tête froide, malgré l'argent qui rentrait à flots. Elle avait économisé tout ce qu'elle avait pu, au prix de disputes avec Jack,

qui se conduisait comme si la gloire durerait éternellement.

— Comment va Birdie ?

— Très bien. Les filles aussi. Elles sont toutes les
deux à Georgetown, maintenant. Stephanie est très
sérieuse. Elle sort avec ce petit génie de l'informatique
qui a gagné le Westinghouse Award. C'est une excellente étudiante qui va passer son diplôme de micro...
quelque chose, en juin.

— Elle tient de sa mère, hein ?

Jack avait un peu oublié que sa femme avait adoré
les études. Après l'université, elle avait parlé pendant
des années de son envie d'étudier les arts, mais ne
l'avait jamais fait. Elizabeth était aussi comme ça : elle
faisait des projets, parlait d'un tas de choses, sans
franchir le pas.

— Jamie me ressemble, en revanche. Elle préfère le
sport aux études, et elle est l'une de nos meilleures
nageuses.

— Callaghan's Pub, tu te souviens ? On faisait des
cures de bière avec les gars !

Et on draguait des filles... eut envie d'ajouter Jack.
Mais Warren n'avait pas l'air de vouloir en parler. Jack
avait beaucoup fréquenté les bars dans sa jeunesse,
flirtant avec ses fans, les emmenant dans sa chambre.
Pendant ce temps-là, Elizabeth élevait leurs enfants,
seule dans une immense villa, à Long Island. Quand il
finissait par rentrer, elle faisait toujours semblant de ne
pas remarquer qu'il empestait l'alcool, la cigarette et le
parfum de ses conquêtes. Comment leur mariage avait-
il survécu ? Comment avaient-ils réussi à être plus
heureux qu'aujourd'hui ? Ces questions le laissaient
complètement perplexe.

— Voilà les studios, fit Warren. Nous verrons les

gros bonnets demain matin, au petit déjeuner. Ton entrevue est à dix heures trente. Je serai là.

Jack desserra sa cravate.

— Tu peux donner quelques conseils à ton vieux copain ?

Warren s'arrêta devant l'hôtel et se tourna vers Jack.

— J'ai vu ton interview de cette étudiante. À mon avis, tu devrais être un peu plus détendu. La caméra est comme une femme. Elle peut sentir la peur, l'angoisse de l'échec, et les types angoissés n'attirent personne.

Un portier s'approcha, ouvrit la portière, sourit à Jack.

— Bienvenue au Carlyle, monsieur.

Jack sortit de la voiture. Pendant qu'il tendait sa housse à l'homme en uniforme, Warren se pencha sur le siège du passager.

— Tu veux venir dîner ? Beth est une piètre cuisinière, mais ses Martini sont sérieusement corsés.

— Je fais l'impasse, Warren. Il faut que j'aie les idées claires demain.

— Je vois. Tu continues à te concentrer comme avant un grand match ! Je passerai vers huit heures.

— Très bien. Et... merci pour tout, Warren.

— Tu me remercieras quand tu auras le job. Et moi, je te demanderai ma commission. À demain.

Jack regarda la Viper rouge démarrer en trombe et filer jusqu'au premier feu rouge, où elle freina brusquement. Puis il se présenta à la réception de l'hôtel, prit sa clef, monta dans sa chambre et commença par se servir un verre pour se détendre. Peine perdue. Il ne cessait de penser à l'enjeu que représentait le rendez-vous du lendemain.

S'il vous plaît, mon Dieu, pria-t-il.

116

Il regarda le téléphone et se dit qu'il devrait appeler Birdie, mais il ne s'en sentait pas le courage. Il lui faudrait continuer à mentir. Et pour quoi faire, finalement ? Pour l'entendre lui parler de tissus d'ameublement. Ni lui ni elle ne prêtait attention à ce qu'ils se disaient. C'était ainsi depuis des années, mais ces derniers temps, il en avait été particulièrement contrarié. Dans un soupir, il finit par décrocher le téléphone et par appeler à la maison. À la quatrième sonnerie, le répondeur s'enclencha. Il laissa un message : « Bonjour, ma chérie. Je suis au Carlyle, chambre 501. Je t'ai laissé le numéro de l'hôtel sur le frigo. Rappelle-moi. Je t'aime. »

Dans le silence qui suivit, l'écho de son « Je t'aime » automatique le troubla. Il s'interrogea sur sa sincérité, se demanda depuis combien de temps ces mots ne résonnaient plus de la même façon. S'approchant de la fenêtre, il voulut contempler le scintillement de Manhattan. Mais le reflet de son visage s'interposa. Il ferma les yeux et, dans la brusque obscurité, se revit à une époque lointaine, avec le visage rayonnant d'un homme encore convaincu de son importance. Ses souvenirs l'entraînèrent loin de New York. À Seattle, un soir d'hiver glacial.

Il s'était rendu au club d'étudiantes de la 45e Rue, où on lui avait dit qu'Elizabeth Rhodes passait tous ses dimanches soir dans le jardin. Poussé par le désespoir, il n'avait eu d'autre choix que d'aller la déranger. Rien n'était plus catastrophique que d'être à la fois une star sur les terrains de foot et un étudiant défaillant. Il avait trouvé Elizabeth au bord du lac Washington, en train de peindre. D'abord, il n'avait vu que sa chevelure dorée par le soleil couchant. Elle portait un pull en shetland bleu et une salopette ample, en jean, qui dissimulait sa silhouette. De la poche arrière sortaient trois pinceaux. Curieusement, il se souvenait très précisément de ce détail. Il se souvenait aussi, au mot près, de leur conversation...

« Elizabeth Rhodes ? »

Elle s'était retournée si brusquement qu'elle avait laissé tomber le pinceau qu'elle tenait à la main.

« Qui êtes-vous ? »

Il avait été saisi par sa beauté. Puis, tandis qu'elle plaçait l'une de ses mains en visière pour protéger ses yeux vert océan du soleil couchant, il avait vu le collier de perles qu'elle portait sous le col élimé de sa chemise en jean.

« Qui êtes-vous ? avait-elle répété.

— Jackson Shore... C'est M. Lindbloom, le professeur de littérature, qui m'a donné votre nom. Il m'a dit que vous étiez répétitrice et que vous auriez peut-être encore de la place pour moi dans votre emploi du temps. Je... j'ai raté l'examen de littérature, expliqua Jack, le sourire penaud.

— En quelle année êtes-vous ?

— En première année.

— Un étudiant de première année qui rate la première épreuve de l'examen de littérature et qui vient demander de l'aide, en fin de trimestre, et un dimanche soir en plus... Laissez-moi deviner. Vous faites partie d'une équipe...

— De foot.

— Évidemment... avait fait Elizabeth, avec un petit sourire. Écoutez... Jack, c'est ça ? Écoutez, Jack, j'aimerais vous aider, mais...

— Parfait ! M. Lindbloom m'avait bien dit que je pouvais compter sur vous. Quand commence-t-on ? Je suis censé composer un poème en pentamètres. Je ne sais même pas à quoi ça ressemble. J'ai absolument besoin de vous. »

Elizabeth avait soupiré et passé la main dans ses cheveux, laissant des traces de peinture jaune sur son front.

« Bon sang... Voyons. On pourrait peut-être se voir ce soir.

— Ce soir ? Oh ! Plancher un dimanche ? Non, je ne crois pas. »

Visiblement, Elizabeth avait cherché encore une fois à se souvenir de son nom, et lui qui était habitué à être reconnu, à séduire grâce à sa célébrité, s'était senti attiré par cette jeune femme qui ne parvenait même pas à retenir son identité.

« Navrée, avait-elle dit. Il faudra trouver quelqu'un d'autre. »

Sur ce, elle était retournée à sa peinture. Mais Jack, ne s'avouant pas vaincu, avait avancé d'un pas vers elle.

« Et si c'est vous que je veux ? »

Elle s'était retournée, l'avait regardé attentivement et avait repoussé une mèche de cheveux blonds. À cet instant-là, Jack avait aperçu le diamant d'une bague de fiançailles.

« Écoutez... Je ne prends que les étudiants qui pensent d'abord à leurs études. »

Jack s'était rapproché un peu plus et avait déclaré :

« J'ai besoin de vous.

— Allons ! avait fait Elizabeth en riant. Vous savez bien qu'on ne demande pas aux athlètes de réussir leurs diplômes. »

Il avait discerné dans sa voix un soupçon d'accent. Du Sud, lui avait-il semblé. Un accent à la douceur de sirop d'orgeat.

« Moi, je tiens à les réussir. »

Elizabeth l'avait fixé un instant, puis s'était soudain mise à rougir.

« Dans ce cas, retrouvons-nous demain matin, au Suzzallo. À onze heures moins le quart, par exemple.

— Pas au Suzzallo. C'est une vraie morgue.

— Non. Une bibliothèque.

— Et si on se retrouvait à la médiathèque ? J'apporterai le café.

— Ne me confondez pas avec votre petite amie. »

Elizabeth avait jeté un coup d'œil impatient à sa montre, puis avait ajouté :

« Je serai à la bibliothèque. Au premier étage. Près de la fontaine à eau. À onze heures moins le quart. Si vous avez vraiment besoin d'aide, soyez à l'heure. »

Tout avait commencé ainsi entre eux. Jack était très vite tombé amoureux d'Elizabeth, et il ne lui avait pas fallu longtemps pour la charmer. Il lui avait promis la lune, juré de l'aimer pour toujours. Il était sincère et l'avait convaincue.

Mais ni l'un ni l'autre n'avaient mesuré ce que représente l'éternité à l'aune d'une vie.

9

Elizabeth regardait sa garde-robe, perplexe, en se disant que plus rien ne lui convenait. Sa collection de jolies ceintures restait accrochée aux patères depuis que son métabolisme lui échappait, comme elle avait l'habitude de le dire. Les plus anciennes correspondaient maintenant à son tour de cuisse. D'ailleurs, il y avait déjà un bon moment qu'elle était passée des ceintures aux écharpes. Elle en possédait des dizaines, en soie, peintes à la main, destinées à camoufler son embonpoint. Mais une écharpe flottante lui parut trop fantaisiste pour une réunion de femmes privées de passion.

Une longue robe en lainage vert forêt finit par emporter son adhésion. Elle l'attrapa et l'enfila, puis elle alla ouvrir le tiroir de son secrétaire et choisit un collier en étain martelé et nacre, relique de sa période bijoux. Évitant de se regarder une dernière fois dans le miroir, elle descendit au rez-de-chaussée, prit son sac sur la table de la cuisine et sortit.

Quand elle entra dans la salle où se tenait la réunion, elle retrouva des visages déjà familiers et fut accueillie par des sourires. Vêtue d'une autre blouse fleurie, Mina, debout, parlait avec Fran qui paraissait tout ouïe. La mignonne petite Joey – la serveuse du Pig-in-a-Blanket – discutait avec Sarah, tout en mangeant un

121

beignet. Kim se tenait en retrait, assise près d'une table, et jouait avec un paquet de cigarettes.

Dès qu'elle vit Elizabeth, Joey se précipita vers elle.

— Je pensais que vous ne reviendriez pas, lui dit-elle, la bouche à moitié pleine.

Elizabeth fut surprise qu'on ait pu penser à elle.

— Pourquoi ? demanda-t-elle.

Joey posa son regard sur l'alliance d'Elizabeth : un solitaire d'un carat et demi, serti dans un large anneau d'or blanc.

— À cause de ce gros diamant. Pour la plupart, nous avons été larguées. Quelques-unes, comme moi, ont eu l'impression d'atterrir sur du béton, après une chute de dix étages. Heureusement que j'ai rebondi, ajouta Joey en souriant.

— Toutes les femmes rebondissent, se surprit à affirmer Elizabeth. De toute façon, ça passe ou ça casse, il me semble. Le travail de mon mari m'a obligée à changer de ville huit fois en quinze ans. Je sais ce que rebondir signifie !

— Eh bien ! Il est dans l'armée ?

— Non. Il a simplement du mal à se concentrer sur une seule chose.

Elizabeth n'avait aucune envie de révéler qu'elle était la femme de Jackson Shore et de provoquer des exclamations d'envie. Elle n'était vraiment pas venue pour ça.

Joey eut un petit rire de gamine.

— Il a un pénis, pas vrai ? Ils sont tous pareils.

Soudain, Sarah tapa dans ses mains.

— Bonsoir, mesdames. Je suis ravie de voir tant de visages familiers.

Prenant Elizabeth par le bras, Joey l'emmena s'asseoir avec elle.

Sarah était encore en train de rappeler le but de la réunion lorsque Mina se leva d'un bond, avec un tel sourire que son visage ressembla à une pomme ratatinée.

— Je suis venue ici en voiture, déclara-t-elle, la lèvre tremblante de joie. Maintenant je peux aller où je veux.

Au milieu du tonnerre d'applaudissements déclenché par cette bonne nouvelle, Elizabeth eut la gorge serrée en se répétant cette petite phrase, lourde de sens : « Maintenant je peux aller où je veux. » Ce devait être bien agréable de se dire ce genre de choses. Elle qui conduisait depuis tant d'années n'y avait jamais pensé. Ce sentiment de liberté était évidemment réservé aux femmes qui osaient lever le nez d'une route toute tracée et manifestaient de la curiosité : si je prenais une autre route, où me mènerait-elle ?

Les applaudissements cessèrent et, comme il n'y avait pas de nouvelle venue cette fois-ci, Sarah proposa de revenir sur les rêves déjà exprimés. Joey fut la première à prendre la parole.

— J'ai conduit les enfants chez le dentiste, hier. J'adore les cabinets dentaires. Tellement impeccables, précisa-t-elle en soupirant. Le dentiste venait de s'acheter une nouvelle Coccinelle. Ah ! J'aimerais tellement conduire cette voiture.

— Et devenir dentiste, vous auriez aimé ? demanda Sarah.

— Avec les études que j'ai faites ? Je suis allée à l'université, mais j'étais nulle...

Joey esquissa un sourire, puis se pencha sur un grand sac de couches posé à ses pieds et en sortit quelque chose.

— J'ai pensé à d'autres rêves que les miens cette semaine. Un client a laissé ça sur le comptoir.

Elle tendit à Elizabeth un pinceau qui devait sortir d'une boîte de peinture pour enfants.

— Qu'est-ce que ça veut dire ? demanda Joey. Pourquoi on m'a laissé ça ? Ce n'est pas par hasard. C'est une histoire de karma ou quoi ?

Aucun artiste digne de ce nom n'aurait utilisé un pinceau aussi bon marché, et pourtant Elizabeth se sentit au bord des larmes.

— Merci, Joey, dit-elle.

— Parlez-nous de ce que vous avez fait en peinture, lui suggéra Sarah.

Elizabeth prit une profonde inspiration.

— À l'université, mes professeurs me disaient que j'avais du talent. Quand j'ai présenté ma candidature à plusieurs écoles de peinture, elle a été acceptée.

— Et vous avez donné suite ? demanda Joey.

— Non. J'ai dû m'occuper de mes filles. Plus tard, lorsque Jamie a été scolarisée, j'ai tenté de reprendre mes pinceaux, mais ça n'a rien donné. Je suis restée devant une toile blanche.

Regardant autour d'elle, Elizabeth constata qu'on la comprenait. Elle n'était pas la seule à avoir raté sa chance. Et pourtant... Quand elle baissa les yeux sur le pinceau qu'elle tenait à la main, quelque chose se passa. Elle n'entendit pas la voix de Dieu, non, elle n'eut pas de vision, mais elle retrouva brusquement les sensations qu'elle éprouvait en peignant. Elle eut de nouveau l'impression de prendre son envol.

Pendant tout le reste de la réunion, elle ne put penser à autre chose. Dès qu'elle fut rentrée à la maison, elle monta directement dans sa chambre, sans même prendre la peine d'allumer dans le hall, entra dans son dressing, écarta la rangée de vêtements et tomba à genoux devant le vieux carton dans lequel s'entassait encore son matériel de peinture.

Elle prit le pinceau qui était posé sur le dessus et caressa son menton avec ses poils soyeux. Souriante, elle se releva, se dirigea vers la porte-fenêtre qui donnait sur le balcon, regarda le jardin, puis l'océan aux flots couleur de nuit. Ce jardin si paisible, face à l'horizon maritime, n'était-il pas le lieu rêvé pour recommencer à peindre ? Les yeux clos, Elizabeth osa imaginer un nouvel avenir prometteur.

Jack remonta lentement la route sinueuse qui suivait la haute falaise. De la boue recouvrait les graviers. Le long des deux kilomètres de Stormwatch Lane, il n'y avait pas une seule maison avant la sienne.

Sur la véranda, dans la lumière orangée d'une unique lampe, le rocking-chair en osier jetait une ombre longiligne sur le plancher. À l'intérieur de la maison flottait le parfum de cannelle des bougies qu'Elizabeth allumait toujours pour Noël et qu'elle refusait d'économiser, les laissant brûler, soir après soir, jusqu'à ce que le fond des bougeoirs devienne charbonneux.

— Elizabeth ?

Jack n'obtint pas de réponse. Il alla dans la cuisine, dans le séjour, passa dans la salle à manger : personne. Alors il monta dans la chambre.

Elizabeth se tenait devant la porte-fenêtre, face à l'océan, un doigt appuyé sur la vitre. La lumière de la lampe de chevet la faisait paraître presque irréelle.

— À quoi penses-tu ?

Elle sursauta, se retourna, éclata de rire en le voyant.

— Tu m'as fait une de ces peurs !

— J'ai réussi à partir plus tôt.

— Tant mieux, fit Elizabeth en regardant de nouveau vers l'océan.

Jack se dit qu'il avait de quoi capter l'attention de sa femme. Mais quand il commença à parler, Elizabeth l'interrompit.

— C'est une nuit magnifique. Les ombres sont pleines de nuances. Elles me donnent envie de reprendre mes pinceaux, expliqua-t-elle.

Elle se retourna finalement vers Jack.

— Je reviens d'une réunion et...

— J'ai une surprise !

Peut-être aurait-il dû lui annoncer la nouvelle à l'issue d'un dîner somptueux à L'Auberge ? Mais son impatience était trop grande.

— Tu te souviens de Warren Mitchell ?

Elizabeth soupira doucement.

— Le plus grand coureur de femmes de ton équipe, à New York ? Bien sûr que je m'en souviens. Il lance des émissions à la Fox, maintenant, il me semble.

— C'est déjà du passé. Il a eu un infarctus et il a décidé de lever le pied. Mais la Fox lui a proposé d'animer une émission hebdomadaire plutôt que de le laisser partir. Ce sera une sorte de talk-show sportif.

— Tant mieux pour lui.

— Et pour nous.

— Pour nous ?

— Je vais présenter cette émission avec lui, annonça Jack, le sourire ravi. En fait, si je suis allé à New York, c'était pour un entretien.

— Tu m'as menti ? s'étonna Elizabeth d'un ton indigné.

— Écoute. J'ignorais si ça marcherait, et je ne voulais pas t'exposer à une nouvelle déception. Mais voilà, j'ai

126

réussi, cette fois-ci. Tu te rends compte ? On peut repartir de zéro. C'est comme une seconde jeunesse.

— Une seconde jeunesse ? Tu rêves ?

— Aie confiance. On retrouvera peut-être tous les anciens copains. Et puis on ne sera qu'à quelques heures de Washington. Tu pourras prendre le train pour aller voir les filles.

— Qu'est-ce que tu racontes ?

Jack en arrivait au revers de la médaille. Il grimaça un instant. Un sentiment de culpabilité commençait à l'envahir.

— Nous devons nous installer à New York.

— Pardon ?

— Je sais que je t'avais promis qu'il n'y aurait plus de déménagement. Mais ils m'ont offert une somme colossale. J'ai même un nouvel agent. Un type prêt à allumer le feu. Tous nos désirs deviennent réalisables, Birdie.

— Tu parles de *tes* désirs ! rectifia Elizabeth, en colère. Tu ne te soucies pas des miens. Je me suis complètement investie dans cette maison.

— Mais ce n'est qu'une maison, Birdie. Quatre fichus murs, avec une tuyauterie percée et des fenêtres qui ferment mal. Dis-moi. Est-ce que cette maison passe avant moi ? Ce qu'on vient de m'offrir, j'en ai rêvé pendant des années, et tu le sais.

— Et mes rêves à moi, tu les connais ?

— Euh...

— Bonne réponse. Je suis toujours censée faire passer tes rêves avant les miens, n'est-ce pas ?

— Qui pourrait croire que tu as des envies de changement, Birdie ? Tu passes ta vie sur le bord de la route. Bouge, si tu veux prendre un tournant. Mais ne m'agresse pas parce que j'ai le courage de me remuer pour obtenir ce que je veux.

Jack comprit qu'il était allé trop loin en voyant Elizabeth pâlir. Avec elle, on pouvait râler, s'emporter, fulminer, mais jamais s'approcher trop près de la vérité. Elle recula d'un pas.

— Il faut que je sois seule un moment. J'ai besoin de réfléchir.

— Non ! Reste ici. Parlons. Ne fuis pas.

Il savait que, de toute façon, elle disparaîtrait au milieu de la discussion pour aller se calmer dans son coin. Elle ne supportait pas l'intensité de ses propres émotions. Mais, lui prenant le menton, il l'obligea à le regarder en face.

— J'ai passé deux ans dans ce trou perdu, Birdie. J'ai fait quotidiennement trois heures de route. Tu savais que j'étouffais et que je ne supportais ça que pour toi. Pour que tu vives dans la maison de tes rêves... Tu vois, ajouta Jack d'une voix radoucie, je croyais que tu serais heureuse pour moi.

Elizabeth poussa un lourd soupir.

— Oh ! je n'en doute pas, Jack...

Décontenancé, il la regarda sortir de la chambre. Il renonça à la suivre, s'approcha de la fenêtre et attendit. Il la vit émerger de la véranda, quelques minutes plus tard ; elle traversa le jardin, se dirigea vers la vieille barrière qui courait le long de la falaise et se mit à contempler l'océan.

Lorsqu'elle rentra, il avait déjà allumé un feu dans la cheminée et mis des lasagnes surgelées au four. La maison sentait la tomate et le fromage. Après avoir accroché sa doudoune au portemanteau, dans l'entrée, Elizabeth pénétra dans le séjour, resta plantée à quelques mètres de Jack, le regard fixé sur lui, les joues marquées par des traces de larmes.

— On peut essayer de vivre à New York pendant... un certain temps, déclara-t-elle avec douceur.

Jack s'avança vers elle, la souleva dans ses bras, la fit tournoyer.

— Je t'aime, Birdie.

— Ça vaut mieux.

— Tu verras, ce sera formidable cette fois-ci. Tu ne seras pas retenue à la maison par les enfants. Je n'aurai pas de déplacements à faire.

— Bon. Mais je veux louer cette maison, pas la vendre. Nous ne partons pas définitivement. Tu me le promets ou bien je ne marche pas.

— C'est d'accord.

— Nous vieillirons ici. Dans cette maison.

— Absolument.

— Et nous nous installerons en dehors de Manhattan. Peut-être dans le comté de Westchester. J'appellerai des agences immobilières dès lundi. Elles devraient pouvoir nous trouver quelque chose d'ici l'été.

— Je commence à travailler lundi.

— Quoi ?

— Ils veulent lancer l'émission le plus tôt possible.

— Mais tu n'as pas réfléchi ! On ne peut pas déménager si vite.

— J'ai immédiatement signé le contrat qu'on me proposait, Birdie. Étant donné mon passé, qu'est-ce que je pouvais faire ? Négocier ?

— Il est impossible de trouver un appartement décent à New York en quelques heures. La dernière fois, nous avons cherché pendant six mois.

— Nous pouvons occuper un appartement de

fonction en attendant mieux. Je repars dimanche. Tu me rejoindras dès que tu pourras fermer cette maison, et tu auras tout l'argent nécessaire pour choisir quelque chose qui te plaise.

Jack sourit avant d'ajouter :

— Allez, Birdie ! Détends-toi. Aie le goût de l'aventure !

— Attends. J'aimerais être sûre de comprendre, expliqua Elizabeth en détachant chaque mot, comme si elle parlait à un demeuré. Tu as accepté, sans me consulter, un travail à l'autre bout du pays et un appartement de fonction que je n'ai jamais visité. Et pour couronner le tout, tu me laisses derrière toi pour fermer la maison !

Ils avaient vécu le même scénario tant de fois que Jack ne comprit pas qu'elle prenne si mal les choses. Quand elle se dirigea vers la fenêtre, il la suivit. Les mains sur ses épaules tendues, il l'embrassa dans le cou.

— Souviens-toi, dit-il. Nous avons été heureux à New York.

— Non. Je n'ai pas le même souvenir.

Il songea qu'il avait commis une erreur en se référant au passé.

— Nous le serons cette fois-ci, affirma-t-il.

— Tu crois ?

Il y avait de la lassitude dans la voix d'Elizabeth. Mais aussi l'espoir, fragile, d'un renouveau avec ce déménagement.

— Nous serons plus près des filles, insista-t-il, sachant que c'était là son meilleur argument. Tu les verras autant que tu le désireras.

— C'est vrai.

130

— Fais-moi confiance, Birdie. Ce sera bien pour nous tous.

— Tu dois avoir raison, Jack, admit-elle finalement.

Mais, au lieu de s'appuyer contre son torse, comme elle l'aurait fait autrefois, elle s'écarta de lui.

— Je ferais bien de me mettre en mouvement. Il y a mille choses à faire. Il faudra prévenir les filles. Demain je téléphone aux déménageurs...

— Nous serons heureux, répéta Jack. Tu verras.

Elizabeth eut un long soupir avant de répondre :

— Oui, bien sûr. Nous le serons.

Pendant tout le week-end, Elizabeth eut l'impression d'être une condamnée à mort dont l'exécution était prévue pour le lundi. Jack, au contraire, ressemblait à un gamin surexcité à l'idée de l'arrivée du Père Noël. Il lui arrivait d'éclater de rire sans raison apparente. Ce contrat représentait tout ce qu'il avait attendu depuis toujours. C'était la grande aventure. Malheureusement, ce n'était pas celle d'Elizabeth. Elle n'était que le compagnon de route, une fois de plus.

Le dimanche soir – le dernier qu'ils passeraient ensemble avant plusieurs semaines –, elle se sentit proche de la dépression. Quand elle regardait autour d'elle, elle ne voyait que des choses qu'elle n'avait pas envie de quitter. Cette maison, c'était une part d'elle-même. Elle y était attachée à un point qu'elle ne parvenait ni à expliquer ni même à comprendre totalement. Elle s'était habituée, depuis deux ans, à se réveiller face au Pacifique ; comment pourrait-elle se lever, aller à sa fenêtre et se contenter d'une vue sur du béton ? Comment réussirait-elle à vivre sans contempler les étoiles, le soir, ou entendre le rugissement des vagues un jour d'hiver ? Comment ferait-elle pour supporter les bruits d'une ville où des millions de gens s'entassent dans des gratte-ciel ? Mais elle n'avait pas le choix. Elle était la femme de Jack.

Pour leur dernier dîner ensemble dans cette maison, elle sortit l'argenterie, sa plus belle vaisselle, et servit des coquilles Saint-Jacques sur un plat de fine porcelaine hérité de sa grand-mère. Mais dès le début du repas, elle eut le sentiment que des kilomètres la séparaient déjà de son mari. Ils étaient devenus les deux automates d'un couple lié par l'habitude, qui s'étaient aimés follement, mais qui n'étaient plus que l'ombre de ce qu'ils avaient été, le pâle reflet de ce qu'ils auraient voulu être.

Jack, qui allait porter la fourchette à sa bouche, laissa son geste en suspens et pencha la tête vers son épaule. Elizabeth comprit qu'il écoutait la télévision, qui était restée allumée dans le séjour. Un acteur faisait de la publicité pour des téléphones.

— Un de ces jours, tu feras peut-être, toi aussi, l'une de ces pubs idiotes.

— Ce ne serait pas génial ? demanda Jack en souriant.

Elizabeth eut envie de le gifler.

— Sûrement !

— Dis-moi. Tu as une idée de ce que tu feras à New York ?

C'est gentil de te poser enfin la question... pensa-t-elle.

— Eh bien, je n'en sais rien. Je t'aurais répondu « du jardinage », si on trouvait facilement un jardin à New York.

— Si nous avons un balcon, tu pourras y mettre des plantes.

Elizabeth pensa au jardin qu'elle laisserait derrière

elle. Elle venait de passer dix-huit mois à composer ses parterres. Au printemps dernier, elle avait planté trois cents bulbes de jacinthes, de crocus, de jonquilles, de lys, en se souciant de l'harmonie des couleurs quand viendrait la floraison.

— Excellente idée, fit-elle.

Le repas s'acheva dans le silence. Puis Elizabeth rinça la vaisselle, Jack la mit dans la machine, selon une routine perfectionnée au fil des années.

Quand tout fut rangé, Jack s'éclipsa en disant :

— Je reviens dans deux secondes.

Effectivement, il revint aussitôt avec une grande boîte plate, enveloppée dans un papier moiré rose. Prenant Elizabeth par la main, il l'entraîna dans le séjour.

— Viens, murmura-t-il.

Elle se souvint alors de ce jour lointain où, lui tendant la main, il lui avait offert son cœur. « Ne crains rien, avait-il dit ce jour-là. Je suis l'homme de ta vie. »

Jack attrapa la télécommande posée sur le guéridon et coupa le son de la télévision. Puis, quand Elizabeth fut assise sur le canapé, il s'agenouilla devant elle.

— Je te mets devant le fait accompli, je le sais, et j'en suis désolé, déclara-t-il.

Ses excuses embarrassèrent Elizabeth, qui regretta de ne pas parvenir à partager la joie de son époux.

— Je suis désolée, moi aussi. J'ai vraiment perdu le goût de l'aventure, Jack.

— Nous serons plus heureux maintenant, affirma Jack avec une force qui surprit Elizabeth.

À l'évidence, il n'avait pas été plus heureux qu'elle ces derniers temps.

— Je t'ai rapporté ça de New York, expliqua-t-il en poussant la boîte vers elle.

— C'est trop grand pour être un diamant, plaisanta Elizabeth.

Elle enleva le papier, ouvrit le carton et trouva trois sweaters gris, dont un avec une capuche, sur lesquels on lisait : Fox Sports. C'était des tailles M. Apparemment, Jack n'avait pas remarqué qu'il lui fallait maintenant la taille au-dessus.

— Tu aimais porter les sweaters de ton université. Tu t'en souviens ?

J'avais dix-neuf ans, pensa Elizabeth.

— Merci, mon chéri.

Penché vers elle, il posa les mains sur ses cuisses.

— On va réussir, Birdie.

Figée, les vêtements préférés de sa jeunesse entre ses mains vieillies, Elizabeth songea que Jack rêvait. Pour lui, les choses allaient changer. Pas pour elle. Dans quelques semaines, elle s'envolerait vers une nouvelle ville, mais leur couple n'évoluerait pas.

— Oui, on va réussir, répéta-t-elle.

— C'est sûr.

Jack souriait, l'air tellement soulagé qu'Elizabeth sentit la colère l'envahir de nouveau.

— Viens, dit-il. Allons regarder la télévision dans notre lit. Comme au bon vieux temps.

Installés dans leur grand lit, ils regardèrent deux feuilletons. Les programmes s'achevant, Jack éteignit la télévision et la lumière, s'allongea sur le côté, embrassa sa femme.

— Je t'aime, Birdie.

Il glissa la main sous sa chemise de nuit, la posa sur sa cuisse. Elle l'embrassa à son tour, et ils firent l'amour avec cette tranquillité qu'ils avaient laissée s'installer depuis dix ans.

Puis Jack s'écarta d'Elizabeth et s'endormit. Longtemps, elle écouta son souffle régulier, envahie malgré elle par la nostalgie de leur fougue passée. Une fougue qui avait tout de même résisté aux premiers signes de dégradation de leur mariage. Mais, depuis longtemps maintenant, l'étincelle manquait. Peut-être était-ce inévitable après tant d'années de vie commune ? Ils avaient déjà passé la moitié de leur vie ensemble.

Il était certain, en revanche, que Jack avait trahi sa promesse de vieillir dans cette maison avec elle. Elle y avait tellement cru ! Pas plus tard que la semaine précédente, en pensant aux années qui les attendaient, elle s'était imaginée sur la véranda, avec Jack, les cheveux blancs, surveillant d'un œil attentif les jeux de leurs petits-enfants dans le jardin.

Désormais, elle ne pouvait plus rien imaginer quand elle pensait au futur. Il n'y avait plus qu'un grand blanc devant elle.

10

Jack se frayait un chemin dans la foule de Broadway. Au bout de quinze jours, il se sentait déjà new-yorkais. Il aimait New York, cette mégapole dont il avait rêvé dans son enfance. Élevé à Aberdeen, une petite ville ennuyeuse de l'État de Washington, où ses parents creusaient quotidiennement leur tombe, il avait nourri deux rêves : jouer pour la LNF et vivre dans une cité pleine de lumières et de mouvement. Ah ! être quelqu'un dans un univers glorieux ! Il n'avait attendu que cela. Et voilà qu'après quinze ans d'anonymat, au milieu de nulle part, il était de retour à New York et sous les projecteurs.

L'appartement de fonction de la Fox se trouvait au cœur de la ville, à Midtown. Si l'on avait envie de grignoter quelque chose à trois heures du matin, cela ne posait aucun problème, et Jack adorait ça. Mais, surtout, il se réjouissait à la perspective de redevenir quelqu'un dans les quinze jours à venir.

Avant même que l'émission ne soit lancée, la rumeur était enthousiaste, et, dans le milieu de la télévision, rien n'était de meilleur augure. La Fox avait préparé le terrain en diffusant toute une série de bandes-annonces et en faisant placarder la photo de Jack et de Warren sur tous les murs et les bus de la ville.

Jack tourna dans la 50ᵉ Rue pour rentrer chez lui. *Chez lui !* C'était drôle comme sa nouvelle adresse lui était déjà familière, comme il avait adopté ce petit appartement, avec une seule chambre et une cuisine plus petite que la plupart des salles de bains.

Le portier lui ouvrit. Il traversa le hall étroit, carrelé de marbre, prit l'ascenseur et monta au vingt-quatrième étage. Il retrouva l'appartement tel qu'il l'avait laissé. Une bouteille de bière, à moitié vide, traînait sur le comptoir, et le dernier numéro de *Sports Illustrated* était ouvert sur la table basse. Il lui suffisait de le prendre pour poursuivre la lecture qu'il avait abandonnée le soir précédent.

Il traversa la petite cuisine plongée dans la pénombre, entra dans la chambre, se débarrassa de ses chaussures. L'une atterrit contre le mur, l'autre rebondit deux fois sur la moquette beige avant de disparaître sous le lit. Le lit était en bataille. Il ne l'avait pas fait une seule fois depuis qu'il était ici. Si Elizabeth était là, elle ne manquerait pas de mettre de l'ordre dans cet appartement d'homme seul !

Elizabeth...

Jack alluma et regarda autour de lui en essayant de voir avec les yeux de sa femme. Il prévoyait sa déception, elle qui aimait les couleurs, les beaux tissus d'ameublement, une certaine recherche dans la décoration. Elle se mettrait sûrement en quête d'autre chose dès son arrivée, et Jack trouvait cette perspective déjà fatigante. Incontestablement, il aimait toujours Elizabeth, mais ces derniers temps il se sentait plus à l'aise quand il était seul. Cet aveu lui était difficile, il se sentait moche, mais il n'avait aucune raison de se mentir à lui-même, d'autant plus qu'il était assis sur un lit pour deux, certes, mais nettement plus confortable pour une seule personne. Quant à ses ambitions et à son rêve retrouvés, il savait parfaitement qu'elle ne les adopterait pas. Ce qu'elle-même attendait – vaguement, sans doute –, elle ne le trouverait pas dans cet appartement exigu, et encore moins dans la vue qu'il offrait. Elizabeth ne verrait dans la rue animée, sous sa fenêtre, qu'une artère polluée. D'ailleurs, elle avait déjà annoncé qu'elle souhaitait vivre loin de Manhattan, dans le Connecticut ou le comté de Westchester, où l'on trouvait des maisons traditionnelles, avec de grands jardins fleuris et des séjours assez vastes pour y exposer le mobilier dont on est fier.

Mais elle avait eu ce qu'elle voulait pendant deux ans. Deux ans que Jack avait passés – pour qu'elle puisse avoir la maison de ses rêves – dans ce bout du monde dont le climat devait être presque aussi agréable que celui de Barrow, en Alaska. Lorsqu'il avait dû renoncer au football, puis à la drogue, il avait essayé de se comporter en adulte responsable. Il avait loué des maisons dans des quartiers offrant des facilités scolaires pour les filles, dans des villes où les lampadaires s'éteignaient à vingt heures. Il avait eu l'impression de végéter, loin des *sunlights*. Mais il n'en était plus question, maintenant. C'était à son tour de respirer.

Son estomac gargouilla, lui rappelant qu'il n'avait rien mangé depuis le petit déjeuner. Il remit ses chaussures et attrapa son manteau sans même jeter un coup d'œil dans le réfrigérateur.

Les rues étaient délicieusement animées. Indifférent à la pollution, il respira à fond, puis alla s'engouffrer dans l'un de ses points de chute favoris : un grill-bar où l'on trouvait une télévision panoramique et de la viande de buffle les soirs de match.

138

Jack adressa un signe au barman en allant s'asseoir au fond de la salle. À la serveuse, il commanda une bière et un cheeseburger. Quelques minutes plus tard, elle revint avec la bière. À l'instant où il prenait une serviette en papier, une femme se glissa sur la banquette en face de la sienne.

— Je peux m'asseoir une seconde ?

Surpris, Jack ne put que hocher la tête. Que faisait cette femme dans ce bar ? En robe longue couleur chair, les épaules nues, une énorme fleur de soie blanche entre les seins, elle semblait prête à tourner dans *Sex and the City*. Elle adressa à Jack un sourire las, puis fit signe au barman et lui cria :

— Une double tequila et une bière, s'il vous plaît.

Regardant Jack, elle ajouta :

— Grâce à Dieu, il y avait un bar dans le coin.

Elle était belle et devait avoir moins de trente ans.

— Je m'appelle Jack, lui dit-il.

D'un geste nerveux, elle posa sur la table un sac du soir scintillant, se mit à fouiller dedans et trouva finalement ses cigarettes. Dès qu'elle en alluma une, Jack respira une odeur de clou de girofle.

— Je m'appelle Amanda. Vous, je vous connais. Vous allez présenter la nouvelle émission de la Fox, n'est-ce pas ? On vous voit partout, vous et Warren. Je suis dans la pub. Les campagnes publicitaires pour le sport, je ne connais que ça. C'est ma vie.

— Vraiment ?

— Vous êtes mieux que sur les affiches. On doit vous le dire tout le temps.

Jack essaya de rester indifférent au compliment, mais il lui fit malgré tout l'effet d'un fortifiant.

— Vous devez vous demander pourquoi je porte

139

cette robe ridicule. C'est le mariage de ma sœur aujour-
d'hui.

Le barman apporta la commande et demanda à Jack
s'il voulait reprendre la même chose.

— Oui, merci, fit Jack en regardant le verre qu'il
avait vidé sans s'en rendre compte.

Amanda but d'un trait sa tequila, la tête renversée
en arrière. Puis elle tapa sur la table du plat de la main.

— Ouf ! Ça va mieux. Oh ! ce n'est pas que je sois
alcoolique, mais cette cérémonie a été un cauchemar !
Ma chère sœur – elle a vingt-quatre ans, entre paren-
thèses – s'est dégoté l'un de ces yuppies qui ne roulent
qu'en Ferrari. Et il faut que j'aille à la soirée seule. Je
suis prévenue depuis huit mois, mais, pendant tout ce
temps, je n'ai même pas réussi à trouver un homme
qui me donne envie de l'inviter. Pas un ! J'entends déjà
toutes les tantes et les grand-mères me demander :
« À quand ton tour, Amanda ? » Seigneur !

Amanda se pencha soudain vers Jack et l'interrogea
du regard.

— Dites. Vous les feriez sûrement taire, vous, toutes
ces vieilles.

— Pardon ?

— Accompagnez-moi à la réception. Ça se passe au
Marriott. On boira quelques verres. On mangera
quelque chose. Il y aura un buffet qui a coûté à mon
père plus cher qu'un voyage en Grèce. Et puis
l'orchestre est super.

Jack se rejeta contre le dossier de la banquette,
comme pour garder à distance cette jeune inconnue.
Elle regarda son alliance.

— Je ne vous propose qu'une soirée divertissante.
Rien de plus.

« Promets-moi, avait dit Elizabeth, promets-moi de

ne pas recommencer à vivre à New York de la même manière que la première fois. »

— Vous me rendriez un énorme service, insista Amanda. Vraiment.

Elle signala au barman qu'elle voulait payer, puis elle se leva et tendit la main vers celle de Jack. Au dernier moment, il se déroba, redoutant de faiblir si cette femme le touchait. Et les faiblesses de ce genre, il les connaissait... Elles lui avaient fait prendre le mauvais chemin autrefois.

— Je ne peux pas, déclara-t-il. Pardonnez-moi.

Amanda le regarda avec insistance, puis finit par sourire.

— Il y a une femme qui a beaucoup de veine... Bien. Souhaitez-moi d'en avoir aussi. Je retourne dans l'arène.

Quand elle fut partie, Jack s'aperçut que ses mains tremblaient. Il se sentait comme un homme qui vient de donner un brusque coup de volant, afin d'éviter une collision frontale.

Elizabeth parcourut sa liste. Après deux semaines d'un travail sans répit, elle commençait à entrevoir la sortie du tunnel. Il ne restait plus que la cuisine à vider. Dans le séjour, les belles chaises, qu'elle avait elle-même tapissées avec amour, et le canapé de toile bleu et jaune avaient disparu. Tout comme les photos de famille qui avaient été omniprésentes et dont elle avait mis la plupart dans une boîte. Les autres, celles que son regard avait besoin de rencontrer régulièrement, étaient déjà parties pour New York. De grands cartons avaient pris la place de ses trésors. Il y en avait des dizaines, chacun portant une inscription qu'elle avait soigneusement libellée. Dans deux jours, les déménageurs viendraient enlever ce qui restait à stocker au garde-meubles, et il serait temps pour elle de partir.

Elle s'efforça de respirer lentement. Elle devait s'économiser, sinon ses forces l'abandonneraient. Et puis, après tout, c'était une maison qu'elle quittait, rien de plus. Mais elle devait se le rappeler cinquante fois par jour.

Elle avait eu Jack au téléphone quotidiennement depuis qu'il était là-bas. Il y avait longtemps qu'il n'avait pas paru si heureux. Son nouveau travail l'enthousiasmait, et elle ne pouvait raccrocher sans prier Dieu qu'il lui accorde le même état de grâce. Qu'il l'accorde aussi à leur couple.

À seize heures trente, on sonna à la porte d'entrée. Bien que ce ne soit pas une surprise, Elizabeth sursauta. Elle ne se sentait pas prête. Mais elle n'avait pas le choix.

Sharon Solin se tenait sur le perron, les bras plaqués le long du corps, en jupe écossaise et pull bleu marine en angora – elle rappela à Elizabeth l'héroïne de *Love Story* en quête de sa première location.

— Madame Shore ? demanda-t-elle, la main tendue. Je suis Sharon Solin.

— Je vous attendais. Entrez.

— Oh ! C'est très beau ! s'extasia Sharon en pénétrant dans le séjour, dont les murs jaune pâle et les moulures blanches rehaussaient la clarté.

Deux larges fenêtres laissaient entrer le soleil hivernal. Le plancher de chêne, vitrifié par Elizabeth, semblait capter tout l'or de la lumière du jour. Sharon entra ensuite dans la cuisine où elle admira les placards blancs et le plan de travail en granit, la cuisinière de style ancien, le panorama sur le jardin et l'océan.

Elizabeth s'efforça de conserver un ton neutre tandis qu'elle montrait la salle de bains d'amis, puis entraînait sa visiteuse au premier étage. Elle livra néanmoins à Sharon quelques éléments de sa vie : « Mon mari a été muté à New York... Nous avons vécu ici un peu plus de deux ans... Il a fallu tout restaurer. Les précédents propriétaires avaient laissé cette maison se détériorer... Je n'ai jamais eu le temps de terminer les chambres... J'ai commencé à m'occuper du jardin au printemps dernier... »

Mais elle se sentit prête à craquer lorsqu'elle montra sa chambre et la vue qu'offraient les baies vitrées coulissantes – sa première réalisation dans cette chère maison. L'océan présentait, jusqu'à l'horizon, une palette de nuances bleues. Bien que le ciel soit gris, un œil attentif pouvait déceler de somptueux dégradés de couleurs. Sur la terrasse, deux rocking-chairs en osier, encore mouillés de pluie, luisaient au soleil, tout comme la toile perlée de gouttes d'eau qu'une araignée avait savamment tissée entre eux – on aurait dit un collier de cristal.

— C'est magnifique, commenta Sharon en s'approchant des vitres. Ce doit être magique de se réveiller face à ce panorama.

Elizabeth éprouva la même douleur qu'elle avait ressentie en se blessant à l'épaule, l'année précédente. Elle afficha cependant un sourire rayonnant, de sorte que sa visiteuse ne s'aperçut pas de l'effort qu'elle faisait.

— Oui. Magique est bien le mot. Je... je vous laisse quelques instants. Je vous ai tout expliqué au téléphone, et j'ai vos coordonnées bancaires. Tout est en ordre, mais si avez la moindre question à me poser, je serai au rez-de-chaussée.

— Merci.

Elizabeth descendit dans le séjour, et elle essayait de se souvenir où elle avait mis l'aspirine quand on sonna de nouveau. La porte s'ouvrit avant qu'elle ait eu le temps de l'atteindre, et Meghann apparut, l'air ravi, une boîte de pizza dans une main, une bouteille de vin dans l'autre.

— J'ai senti que tu avais besoin d'aide et je t'apporte le parfait déjeuner de la femme submergée.

Elizabeth n'avait jamais été aussi heureuse de voir une amie.

— Je t'adore, Meg.

Des pas se faisant entendre dans l'escalier, Elizabeth expliqua :

— Une locataire potentielle.

Sharon entra dans le séjour, sourit nerveusement.

— J'aimerais que mon mari vienne visiter lui aussi, si vous n'y voyez pas d'inconvénient. Lui, il voudrait que nous achetions, mais nos moyens sont limités. J'espère que votre maison lui plaira.

— Il n'y a pas de problème. Je reste ici encore pendant deux jours. Appelez-moi, et nous fixerons un nouveau rendez-vous.

Elizabeth comprenait parfaitement. Elle-même aurait dit la même chose en pareille situation. Elle dut néanmoins refréner le brusque désir de mettre Sharon en garde contre le danger pour une femme de perdre sa personnalité dans le mariage. D'abord on ne parvenait pas à prendre une décision seule, puis on s'habituait à prendre systématiquement l'avis de son mari, et l'on finissait par n'agir et ne penser qu'en fonction de son époux.

— Vous devez regretter de partir, observa Sharon en s'avançant vers Elizabeth. Il est clair que vous aimez beaucoup cette maison.

Redoutant de s'effondrer, Elizabeth hocha la tête, puis abrégea la conversation.

— Merci d'être venue. J'attendrai votre appel.

Elle reconduisit Sharon à la porte, lui dit au revoir, puis rejoignit Meg précipitamment.

— Mon Dieu, c'est une enfant ! fit Meg. C'est la mode, maintenant ? Les enfants louent des maisons tournées vers l'océan ?

— Attention, Meg. Tu parles comme une vieille. Ouvre cette bouteille avant que je me mette à hurler.

— Hurle donc, Birdie. C'est pour ça que je suis ici.

— Ouvre la bouteille.

Meg alla prendre un tire-bouchon et deux verres dans la cuisine.

— Est-ce que tu as eu une vraie conversation avec Jack ? demanda-t-elle, en tendant un verre de vin à son amie.

Elizabeth s'assit en tailleur sur le plancher, face à la cheminée, et s'appuya contre un carton. L'intérêt d'aborder ce sujet lui échappait, mais c'était toujours le même problème : quand on se confiait à une amie, il fallait toujours revenir sur ses confidences, la tenir au courant d'une éventuelle évolution. Et quand l'amie en question était avocate, on pouvait s'attendre à une série d'interrogatoires.

— D'une certaine façon, dit-elle.

— Il est malheureux, lui aussi ?

— Pas depuis qu'il a ce nouveau job. Je dirais même qu'il est aux anges en ce moment. Il paraît que tout va changer pour nous, grâce à ce boulot et à New York.

— Ce n'est pas impossible.

— Non. Effectivement.

Meg regarda Elizabeth par-dessus son verre de vin.

— Les réunions du jeudi t'apportent quelque chose ?

— On me conseille de me remettre à la peinture.

— C'est ce que je fais depuis des années, non ?

Elizabeth soupira. Assise au milieu de ses cartons, à quarante-huit heures du départ, elle n'avait vraiment aucune envie de parler de cela.

— Il y a une différence entre la peinture et le vélo, Meg. On ne peut pas sauter sur son pinceau et redémarrer comme ça. L'art a besoin... de chaleur, et j'ai froid.

Meg observa Elizabeth un instant.

— Jack a peut-être raison. Il se peut que tu aies besoin de New York pour te faire circuler le sang. Tu étais coincée ici, dans ce trou.

— Et si on parlait de quelque chose de plus gai ? Raconte-moi. Qui est le nouvel élu ?

— Pourquoi crois-tu qu'il y ait du nouveau ?

— Chaque année, au 1er janvier, tu t'engages à renoncer aux gamins. Alors tu rencontres des chauves pendant un certain temps.

Meghann éclata de rire.

— Mon Dieu ! j'ai presque honte en t'entendant. Cela dit, je vois un comptable. Charmant. Mais comment veux-tu que ça dure ? Il a réussi, il n'a pas besoin de moi, et j'ai trop l'habitude d'attirer les perdants. C'est presque mon image de marque.

— Je n'aime pas que tu parles de toi comme ça.

— On fait la paire, non ? L'une manque de tripes, l'autre n'a plus d'espoir. Je comprends que nous soyons les meilleures amies du monde.

Meg leva son verre, portant un toast en silence.

— Tu vas me manquer, Birdie.

— On recommencera à se téléphoner le jeudi soir. Nous l'avons fait pendant des années.

— Oui...

— Ça ira, tu verras. On n'en finira jamais de se parler toutes les deux, affirma Elizabeth.

Mais, comme Meg, elle savait que ce ne serait plus pareil.

11

Janvier tirait à sa fin, et le froid était intense ; le ciel uniformément gris était si bas qu'on aurait pu croire qu'il venait livrer bataille. Le long de la côte, les arbres frémissaient, sentant la pluie glaciale prête à céder la place à la neige.

Elizabeth se rendit une dernière fois en ville. L'autoroute serpentait nonchalamment sur la falaise, entre l'océan et la forêt dont les arbres comptaient parmi les plus majestueux du monde. On disait dans la région que des hardes d'élans vivaient dans les sous-bois, et on le croyait aisément tant la pénombre sylvestre était dense.

Après un dernier virage en épingle à cheveux, la route descendait vers l'océan. Sur la droite, un panneau disait : « Bienvenue à Echo Beach, où Dieu vous répond ».

Le centre-ville se résumait à quatre blocs d'immeubles. Il n'y avait ni feu pour ralentir la circulation, ni galerie marchande, ni fast-food, et l'hôtel le plus proche – le Stephanie Inn – se trouvait à des kilomètres, plus bas, en bordure de l'océan. Des lampadaires de style ancien se dressaient à intervalles réguliers le long des rues. Les nombreux magasins de souvenirs, les restaurants, les salons de thé avaient des vitrines à petits

carreaux, de superbes porches voûtés, des murs recou-
verts de bardeaux, cendrés par le temps, et des
enseignes artisanales, en bois ou en fer forgé. Glycine,
vigne vierge et clématite recouvraient la palissade qui
séparait la ville de la promenade maritime aux allures
désuètes.

Elizabeth se gara devant un restaurant – le
Beachcomber –, alla déposer un carton de vêtements et
de livres au service social, fit enregistrer son changement d'adresse à la poste, passa prendre son billet
d'avion, puis, au poste de police, rappela au shérif que
la maison resterait vide pendant quelque temps, dans
l'attente de locataires. John Solin n'avait pas encore eu
le temps de venir visiter, mais Sharon gardait bon
espoir.

Elizabeth revenait vers sa voiture quand la pluie
cessa enfin. Les nuages se dissipèrent brusquement, un
surprenant soleil inonda la rue, miroitant sur l'asphalte
mouillé, et le brouillard se leva sur l'océan tandis qu'un
vent léger apportait une odeur d'iode, mêlée à celle des
hautes herbes bordant la plage. Sans hésiter, Elizabeth
se dirigea vers la promenade aux pavés roses, bordée
de chaque côté par une haie de conifères abritant une
succession de bancs en fer forgé. Le plus proche d'elle
portait une plaque : « À la mémoire d'Esther Hayes ».
Des lampadaires, également en fer forgé, complétaient
un décor dans lequel on imaginait facilement des
dandys du début du XXe siècle se promenant, tout de
blanc vêtus, tandis que des enfants, dans des maillots
de bain en coton trop amples pour eux, couraient en
riant sur la plage.

Elizabeth descendit sur le sable. Aussitôt, des
mouettes vinrent tournoyer au-dessus de sa tête en
criant, descendant régulièrement en piqué vers elle,

avides de savoir si elles avaient affaire à une touriste qui leur donnerait de la nourriture. Des dunes de sable gris s'étendaient sur des kilomètres, tandis qu'à fleur d'eau se dressaient d'énormes roches noires, comme de gigantesques ailerons de requins. Les vagues s'échouaient mollement sur le sable qu'elles semblaient lécher, par jeu, en se retirant.

Le vent sur le visage, Elizabeth marcha le long du rivage jusqu'à une crique, à l'abri des regards, où elle s'assit sur une roche plate. Derrière elle, les herbes folles se balançaient dans la brise. Ce décor avait le don de calmer ses nerfs. Ici, elle était anonyme, elle pouvait oublier qu'elle était Mme Jackson Shore, la mère de Jamie et de Stephanie, la petite chérie d'Edward Rhodes. Elle respira profondément l'air qui sentait le sable, les algues, la mer. Pour la première fois depuis des semaines, elle avait la sensation de retrouver pleinement son souffle. Rétrospectivement, elle se rendit compte que cela faisait un bon moment qu'elle respirait mal, qu'elle était oppressée et passait son temps à soupirer, soumise à trop de tensions et de soucis.

Le lendemain matin, elle prendrait un avion, s'envolerait vers l'Est et vers une ville qui lui inspirait déjà de l'angoisse à une époque où, pourtant, elle croyait encore au bonheur. Une fois là-bas, elle devrait s'installer dans un appartement qui lui était imposé, et dormir auprès d'un mari qu'elle ne savait plus comment aimer.

Son dernier jour à Echo Beach se leva sous un ciel étonnamment clair et lumineux. On aurait dit que les nuages omniprésents jusque-là avaient briqué le ciel pour lui donner un bleu tendre. Quand le réveil sonna, très tôt, elle eut l'impression d'avoir à peine eu le temps de dormir. Elle commença par appeler le taxi et lui donna rendez-vous une heure plus tard. Puis, dès qu'elle eut sorti ses bagages sur le perron, elle enleva ses mules, mit ses sabots de jardinage qui restaient en permanence à côté de la porte et, traversant le jardin, se dirigea vers le bord de la falaise. En contrebas, l'écume répandait un feston blanc sur le sable, puis se retirait en laissant une empreinte évanescente. Rien – ni personne – n'imprimait sa marque sur du sable...

Serrant ses bras sur sa poitrine pour se réchauffer, Elizabeth se retourna vers la maison. *Sa* maison. À cette heure, avec le soleil sur ses murs blancs, elle ressemblait à un cottage de conte de fées, niché entre une verte colline et l'océan gris. Plus attendrie que jamais, Elizabeth s'efforça de ne pas penser au jardin et à tous les projets qu'elle avait conçus pour lui. Elle fut d'autant plus surprise par l'arrivée du taxi qu'elle avait l'impression de ne contempler sa maison que depuis quelques minutes.

— Au revoir, maison, murmura-t-elle en allant prendre ses bagages.

Le temps d'arriver à l'aéroport, Elizabeth avait retrouvé la respiration saccadée des dernières semaines.

Le voyage entre Portland et New York ressembla à l'escalade de l'Everest sans oxygène. Ce fut extrêmement long, et Elizabeth avait les membres complètement engourdis. Il y eut une escale à Seattle, puis à Detroit, et finalement une attente interminable au-dessus de Kennedy Airport. Mais le pire fut encore le trajet en taxi jusqu'à Manhattan. Elizabeth arriva le dos en compote. Elle paya le chauffeur, puis s'engouffra dans le hall de l'immeuble, en saluant à peine le portier.

Les présentations se feraient plus tard, quand elle aurait pris un calmant et vu un chiropracteur. Au vingt-quatrième étage, elle ouvrit la porte de l'appartement avec les clefs que Jack lui avait envoyées.

— Jack ?

Pas de réponse. Elle jeta un coup d'œil à sa montre, constata qu'il était seulement dix-huit heures quinze et se dit qu'il rentrerait dans une demi-heure. Après avoir jeté son sac sur le sol, elle regarda autour d'elle. L'appartement était confortable, élégant, mais aussi impersonnel qu'une chambre d'hôtel. Un étroit couloir passait devant une minuscule cuisine avant de conduire à un séjour de dimensions moyennes. Pas la moindre touche personnelle n'était visible. Les sols étaient en marbre crème veiné de brun. Un tissu damassé gris-brun recouvrait le canapé aux lignes modernes. À chaque extrémité, une petite table en verre portait une lampe à pied de cristal. La table basse disparaissait sous les journaux et les canettes de bière. Il n'y avait ni tableau aux murs ni le moindre bibelot. Dans l'angle, près de la fenêtre, une sorte de fauteuil en velours noir détonnait complètement. Elizabeth se souvint, en le voyant, de ce que Jack lui avait annoncé, la semaine précédente : « Warren m'a donné quelque chose d'étonnant pour le séjour. Tu vas aimer. » Lorsqu'elle lui avait demandé des précisions, il avait expliqué en riant : « Je suis assis dessus. » Ce qui était véritablement étonnant, c'était le porte-verre aménagé dans un bras. Elizabeth se laissa tomber sur ce curieux siège. Aussitôt, un repose-pieds apparut, tandis que le dossier s'inclinait. Quand elle mit la main sur le bras, il s'ouvrit pour laisser apparaître un minifrigidaire, rempli de canettes de bière.

Elizabeth se releva et continua son inspection.

L'ameublement de la petite salle à manger consistait en une jolie table de verre et de marbre, entourée de quatre chaises en tissu gris-brun et d'un buffet très sobre. Bien entendu, il n'y avait qu'une chambre, et par conséquent il faudrait expliquer aux filles qu'il n'y avait pas de possibilité de les recevoir. Jack y avait-il pensé ? Certes, il ne s'agissait que d'un appartement de transition, mais tout de même.

Le lit n'était qu'un grand rectangle, à la tête gris-brun, sur lequel Jack avait étendu la couverture en mohair rouge de Fox Sports. Pourquoi n'avait-il pas choisi des taies d'oreillers parsemées de ballons de foot, tant qu'il y était ?

Dans la cuisine – ou ce qui en tenait lieu –, Elizabeth jeta un coup d'œil dans le réfrigérateur et comprit aussitôt que Jack ne cuisinait pas. Six packs de bière et un énorme tube de mayonnaise tenaient compagnie à un reste de sandwich en piteux état. Près de la petite fenêtre, un grand carton portait la mention « Souvenirs », inscrite par Elizabeth. Ce carton renfermait ce dont elle ne se séparerait jamais, mais Jack n'avait même pas pris la peine de l'ouvrir. Au fond, rien n'avait changé. Jack faisait les passes gagnantes, tandis qu'elle devait nettoyer le stade...

Elle se servit un verre d'eau, puis ouvrit le carton. Sur le dessus, elle avait mis, enveloppées dans du plastique à bulles, ses photos préférées. Elle les sortit de leur emballage, une à une, et les disposa dans tout l'appartement, espérant créer ainsi une atmosphère plus chaleureuse. Mais le résultat ne fut guère probant. Au contraire, ces photos renforcèrent chez elle la nostalgie d'un vrai foyer. Le téléphone la surprit au milieu de ses réflexions.

— Allô ?

— Birdie ? Bienvenue à New York. L'appartement est super, n'est-ce pas ?

— Oh oui ! Super.

— Je suis très impatient de te retrouver. Mais j'ai une réunion dans un quart d'heure. Je ne rentrerai pas avant une heure et demie. Deux, au maximum. Ça va aller ?

Elizabeth dut prendre sur elle pour répondre simplement :

— Bien sûr. Ne t'inquiète pas.

— Je t'aime, Birdie.

— Vraiment ? laissa échapper Elizabeth.

— Évidemment. Bon, je me dépêche. À tout à l'heure.

— À tout à l'heure.

Elizabeth raccrocha sans réaliser immédiatement qu'elle n'avait pas dit le rituel : « Moi aussi je t'aime ». C'était la première fois. D'habitude, elle parvenait toujours à dire ces mots, même quand elle ne les sentait pas vraiment. Elle se demanda si Jack s'en était seulement rendu compte ?

Elle soupira, retourna vers le carton et sortit un album de photos. Sur la première, Jack et elle patinaient, à Frosh Pond, en se tenant par la main. En fait, chaque cliché illustrait une étape de leur vie commune : l'université, la première maison à Pittsburgh, quand Jack jouait avec les Steelers, la deuxième, toujours à Pittsburgh, mais plus spacieuse que la première, puis la maison de Long Island, celle d'Albuquerque, etc. Refaisant ainsi le chemin parcouru depuis leur rencontre, elle put calculer le nombre de compromis qu'elle avait acceptés. Elle avait déménagé un nombre incalculable de fois, toujours pour la même raison : un autre contrat, un autre job, une autre ville. Tout s'était fait en fonction de Jack. Et voilà qu'elle recommençait à l'attendre, avec l'impression d'avoir laissé sa propre vie en suspens.

À vingt heures trente, son portable sonna. Ce devait être Jack, et il allait lui annoncer qu'il serait encore un peu plus en retard que prévu. « Encore une petite heure, ma chérie. Au maximum. Je te le promets. » Ils avaient changé de ville, mais ils allaient retomber dans le même schéma.

Elle sortit le portable de sa poche et répondit.

— Allô ?

— Birdie ? demanda une voix au fort accent du Sud. C'est toi ?

— Anita ?

À cette heure, Anita n'appelait certainement pas pour faire la conversation. L'angoisse étreignit Elizabeth.

— Que se passe-t-il ?

— Ton père a eu un infarctus. Il faut que tu viennes au plus vite.

12

Elizabeth commença par appeler Jack.

— Oh ! chérie, dit-il d'une voix douce. Je suis navré. Je peux être à la maison dans une demi-heure. Pas avant. La réunion n'est pas terminée. Tu peux tenir seule jusque-là ?

Évidemment ! De toute façon, Jack ne savait pas être d'un grand soutien dans ces moments-là. Elle continuerait à être seule même quand il serait auprès d'elle.

Elle téléphona ensuite à ses filles. Stephanie fut à la fois affectueuse et efficace. Elle avait certainement déjà réservé son billet d'avion sur le Net quand elles raccrochèrent. Jamie, très proche de son grand-père, fut submergée par l'émotion et parla peu. Elizabeth perçut son angoisse quand elle lui demanda :

— Il va peut-être se rétablir. Tu ne crois pas ?

Elizabeth n'aurait pas demandé mieux que d'aller réconforter sa fille, mais ce n'était pas le moment de prendre le train. Elle se concentra sur l'organisation matérielle et, quand Jack rentra enfin, elle avait paré au plus pressé. Il trouva même sa valise prête.

Il leur fallut plus de deux heures pour atteindre l'aéroport, passer le contrôle de sécurité et trouver la porte d'embarquement. Puis ils attendirent, assis l'un à côté de l'autre, en silence, jusqu'au moment d'embarquer. Comme d'habitude, pendant que l'avion roulait sur la piste, une hôtesse délivra les consignes en cas d'atterrissage forcé, mais Elizabeth n'écouta pas, préoccupée par l'état de son père.

— Ça va ? lui demanda Jack.

Elizabeth prit sa main et la serra dans la sienne.

— Non.

À l'aéroport de Nashville, ils prirent un taxi qui s'arrêta, trois quarts d'heure plus tard, devant un hôpital aux murs gris, tout en longueur. Pendant que Jack payait le chauffeur et prenait les bagages, Elizabeth, les bras serrés sur sa poitrine, crut qu'elle allait s'effondrer. Mais ce n'était pas le moment de flancher, et d'ailleurs, elle ne se l'était jamais permis. S'il y a une chose que la maternité apprend à une femme, c'est bien de rester debout dans la tourmente. Elle prit tout de même la main de Jack, juste avant de franchir la porte du hall.

— Nous venons voir Edward Rhodes, annonça-t-elle à la réceptionniste.

— Le colonel est en soins intensifs, madame. Aile ouest. Sixième étage.

Jack serra la main de sa femme.

— Les ascenseurs sont juste ici.

Soudain, Elizabeth eut envie d'être seule avec son angoisse.

— Ça t'ennuie si j'y vais seule ?

— Et si tu avais besoin de moi ?

— On verra. Pour l'instant, je préférerais être seule. Et puis tu détestes les hôpitaux. En plus, ils ne laissent pas facilement entrer les visiteurs dans ce genre de service.

— Tu viens m'avertir dès que tu as des nouvelles ?

— Bien sûr, affirma Elizabeth.

Jack l'attira dans ses bras, l'embrassa. Contre les lèvres de son mari, elle murmura :

— Je tiendrai le coup.

— Je le sais.

Résolument, Elizabeth se dirigea vers les ascenseurs. Le service des soins intensifs ressemblait à une ruche blanche. Au bureau des infirmières, Elizabeth demanda à voir son père. Son interlocutrice – une Noire d'un âge avancé, les cheveux couleur cendre – lui parla avec compassion.

— Bonsoir, mademoiselle Elizabeth. Je suis Deb Edwards. J'imagine que vous ne me reconnaissez pas. J'ai longtemps travaillé pour le Dr Treamor.

— Mais si, je vous reconnais. Je suis contente de vous revoir, Deb, fit Elizabeth, étonnée par la fermeté de sa voix. Comment va-t-il ?

— Mal, et j'en suis désolée. Cela dit, vous connaissez votre père. Il a plus de force que dix hommes ordinaires.

Elizabeth eut un sourire las.

— Merci, dit-elle.

Puis elle se dirigea vers la chambre de son père.

La pièce était vitrée sur trois côtés. Elle vit un lit au milieu de multiples appareils ressemblant à des grues. Des lumières clignotaient sur d'horribles boîtes noires. Sur un écran s'inscrivait le graphique irrégulier des battements cardiaques. Le malade alité avait la rigidité d'une momie, les jambes raides sous le drap blanc, les bras le long du corps. Elizabeth se demanda où était passé l'homme toujours en mouvement qu'était Edward Rhodes. Ses pas résonnèrent sur le linoléum lorsqu'elle s'avança vers lui.

— Papa ? fit-elle d'une voix étranglée.

Elle repoussa les cheveux gris sur les yeux de son père, attarda sa main sur son grand front plissé. Même dans le coma, il semblait réfléchir, préparer l'une de ces aventures dont il avait le secret. Les genoux fléchissant, Elizabeth se retint à la rampe métallique qui entourait le lit, provoquant une secousse bruyante.

— Papa, c'est Birdie, dit-elle, penchée sur Edward. Ça va aller mieux. Tu as des ressources. Tu t'en sortiras.

Elle s'accrochait aux banalités que l'on entend tous les jours au chevet des malades. Mais Edward, sous perfusion et assistance respiratoire, restait inerte, le teint gris – lui qui ne perdait jamais son hâle, même en plein hiver. Il faisait plus que ses soixante-seize ans à présent. À le regarder, personne n'aurait pensé qu'il avait l'habitude d'arpenter quotidiennement ses champs, « parce qu'un homme doit toucher la terre qu'il possède », qu'il avait fait du trekking au Népal l'année précédente et descendu les rapides de la Snake River deux ans plus tôt...

— Papa, c'est Birdie, répéta Elizabeth en caressant le front de son père.

Elle posa un baiser sur sa tempe, mais, au lieu de retrouver le parfum poivré de son after-shave, mêlé à celui du tabac de sa pipe, elle respira une odeur de transpiration rance et les émanations d'un corps malade. Les yeux clos, elle se demanda comment elle pourrait lui arracher une réaction.

Elle perçut un parfum de fleur, de gardénia plus précisément, et sut qu'elle n'était plus seule avec son père. Elle se redressa. Anita se tenait sur le seuil de la chambre, vêtue d'un pull moulant en angora jaune et d'un pantalon noir, et chaussée de bottes à hauts talons et revers jaune et noir. Pour une fois, Anita lui parla d'une voix calme et posée.

— Birdie, je suis heureuse que tu aies pu venir si vite.

Quand elle se fut approchée du lit, elle murmura en touchant le visage du malade :

— Bonjour, Edward.

— Comment va-t-il ?

Anita regarda Elizabeth, ses yeux gris noyés dans du bleu électrique.

— Ils pensent qu'il a une chance de s'en sortir.

— Mais il pourrait ne pas se réveiller ?

— Plus le coma se prolonge, plus les chances diminuent. En tout cas, il gardera le côté gauche paralysé.

— Mon Dieu... murmura Elizabeth.

Elle prit une chaise et s'assit près du lit. Anita s'installa de l'autre côté, et Elizabeth songea que, depuis toujours, il y avait eu entre elles cet homme qu'elles aimaient toutes les deux, qui les chérissait également, mais qui n'avait jamais été capable de les rapprocher. Pendant quelques minutes, elles échangèrent des banalités, parlant du temps, du vol, de tout et de rien. Puis elles ne cherchèrent même plus à donner le change.

Au bout de deux heures, la porte s'ouvrit. Un homme de petit taille, trapu, en blouse blanche, entra dans la chambre. Anita le salua en essayant de sourire et se leva.

— Bonjour, Phil. Il dort toujours.

Le médecin se tourna vers Elizabeth, la main tendue.

— Je suis Phillip Close, le médecin d'Edward. Vous devez être Birdie. Votre père m'a beaucoup parlé de vous.

Elizabeth imagina son père, assis sur le bord d'une table d'examen, en train d'ennuyer ce médecin à l'air sévère avec ses histoires de fierté paternelle. Émue aux larmes par cette vision, elle se leva et serra la main du praticien.

Après s'être penché sur le malade, Phillip Close contrôla le bon fonctionnement des appareils, puis se redressa.

— Le pronostic reste réservé, annonça-t-il. Je ne peux qu'attendre, comme vous.

— Il a une chance de se remettre, n'est-ce pas ? demanda Anita.

— Je ne parierai jamais contre les chances du colonel, déclara Phillip Close. Il peut se réveiller dans dix minutes avec l'envie de boire un verre.

— Ou ne jamais se réveiller, c'est ça ? demanda Elizabeth, préférant se préparer au pire.

— Oui. Pour l'instant, on ne peut pas savoir, et il vaut mieux éviter d'anticiper. Attendons de voir. Comme je l'ai déjà dit à Anita, plus le coma se prolonge, plus les chances de survie s'amenuisent, mais votre père a toujours eu beaucoup de force.

— Anita m'a parlé d'une paralysie du côté gauche.

— C'est exact. Il a peut-être des lésions cérébrales. Mais, encore une fois, il faut attendre qu'il se réveille. En ce moment, c'est son cœur qui nous inquiète le plus. Il est vraiment faible.

Elizabeth remercia le médecin, en dépit de ces nouvelles peu réconfortantes. Mais c'était une question de politesse, une façon de se conformer aux usages.

— Je vous laisse encore un moment avec lui, annonça le praticien avant de se retirer.

Paralysie. Lésions cérébrales. Cœur faible... Autant de mots qui continuèrent à peser dans l'atmosphère de la chambre.

Elizabeth regarda sa belle-mère dont le maquillage accentué ne parvenait pas à cacher la douleur.

— Il s'en sortira, lui assura Elizabeth. Il est trop têtu pour mourir.

— Ça, pour être têtu... observa Anita en regardant Elizabeth avec reconnaissance pour ses paroles de réconfort.

— Ce... n'est pas... vrai.

Les deux femmes retinrent leur souffle et se penchèrent en même temps vers le lit. Edward venait d'ouvrir les yeux dans un visage à moitié flasque.

— Nous t'entendons, papa, répondit Elizabeth avec élan. Nous sommes toutes les deux près de toi.

— Je... ne suis... pas... têtu.

Anita prit la main inerte d'Edward, la serra fort dans les siennes, les cils mouillés de larmes.

— Je savais que tu ne pouvais pas me quitter.

Edward tendit sa main valide et effleura le visage de sa femme.

— Te voilà. Je t'ai cherchée.

— Je suis avec toi, mon chéri, fit Anita, des larmes dans la voix. Je ne pourrais pas être ailleurs.

Il y avait toujours eu entre Anita et Edward une relation très forte qui rejetait dans l'ombre tout ce qui les entourait. Bien malgré elle, Elizabeth se sentit mise à l'écart.

— Notre Birdie est ici également, ajouta Anita. Elle a sauté dans un avion dès qu'elle a su que tu étais hospitalisé.

Lentement, Edward se tourna vers sa fille. Dans ses yeux, Elizabeth lut pour la toute première fois une expression de défaite et prit peur.

— Bonjour papa, murmura-t-elle. Tu ne devrais pas nous donner de telles frayeurs, tu sais.

— Laisse-moi un moment avec ma petite fille, demanda Edward à Anita.

162

Elle se pencha vers lui, l'embrassa sur le front, y laissant la trace de ses lèvres rouges.

— Je t'aime, mon chéri, dit-elle avec fougue, avant de sortir de la chambre.

Une seconde plus tard, la porte se rouvrit. Des infirmières apparurent, prièrent Elizabeth de s'écarter du lit, s'activèrent autour de leur patient, vérifièrent le fonctionnement des appareils. L'une d'elles prit la tension d'Edward, une autre écouta son cœur. Phillip Close arriva à son tour, légèrement essoufflé, regarda son malade et sourit.

— Ah ! Vous en aviez assez de jouer les marmottes. Avec deux belles femmes à votre chevet, je comprends !

Edward eut un rictus.

— Mais quand je recevrai votre facture, c'est pour le coup que mon cœur s'arrêtera.

Phillip écouta à son tour le cœur d'Edward, fronça les sourcils un instant, puis se redressa et nota quelque chose sur la feuille de soins, au pied du lit, tout en remarquant :

— Je n'aurai pas volé mes honoraires avec vous, et vous le savez. Mais j'imagine que je serai tout de même obligé de vous laisser gagner au golf pendant un certain temps.

Phillip se tourna vers Elizabeth et ajouta :

— Empêchez-le de s'agiter. Je reviendrai le voir dans un moment. On va lui refaire un électrocardiogramme.

Phillip fit ressortir les infirmières et referma la porte derrière lui. À travers les vitres, Elizabeth le vit parler à Anita.

— Fichus toubibs ! observa Edward, le souffle rauque. Ils ne peuvent pas laisser un homme en paix.

Pendant tout le voyage, Elizabeth avait répété ce

qu'elle voulait dire à son père, mais, finalement, elle n'osait parler de crainte de fondre en larmes.

— Où est notre... star ? Et mes petites-filles ?

— Jack est dans la salle d'attente. Stephie et Jamie ne vont pas tarder à arriver.

Soudain, Edward ferma les yeux, haleta. Puis il eut un sursaut et cria :

— Anita !

— Elle est dans le couloir, papa. Tu as dit que tu voulais me parler, seul à seule.

— Ah... oui.

Edward s'apaisa, leva sa main lentement, toucha la joue de sa fille.

— Je n'ai pas été toujours à la hauteur. Non, sûrement pas... Anita. Marguerite. Dieu sait que j'aurais dû réagir autrement. Mais ta maman a failli me tuer... Je ne sais pas comment j'aurais dû t'expliquer...

— De quoi parles-tu, papa ?

— J'ai pensé qu'il valait mieux que tu ne saches rien, c'est tout. Je voulais te protéger. Les souvenirs... comptent parfois plus que la vérité. Mais Anita a payé. Nous avons tous payé.

— Papa...

Edward se mit à tousser fortement, recommença à haleter.

— Chut, papa... Nous avons tout le temps de parler. Repose-toi maintenant.

— Tu es ce que j'ai fait de mieux, Birdie. Je le sais depuis l'instant où ta mère t'a mise dans mes bras. Je suis tombé fou amoureux de toi. J'aurais dû te le dire plus souvent.

— Tu n'as jamais cessé de me le dire, papa.

Edward tenta de s'asseoir, renonça dans un soupir, se laissant retomber contre les oreillers.

— Il faudrait que tu fasses quelque chose pour moi, Birdie. Ça ne te sera pas facile.

— Demande-moi ce que tu veux, papa.

— Prends soin d'Anita. Tu entends ?

— Ne dis pas ça, je t'en supplie. C'est toi qui continueras à prendre soin d'elle.

— Ne me contrarie pas. C'est important, insista Edward, en dépit de sa respiration de plus en plus laborieuse. Promets-moi de t'occuper d'elle.

— D'accord.

Elizabeth posa ses lèvres sur le front de son père.

— Je t'aime, papa.

Il la regarda, mais ses yeux étaient vitreux, incapables de la fixer, comme s'il s'était complètement vidé de son énergie.

— Cet amour me portera vers l'au-delà, petit sucre, c'est sûr. Demande maintenant à Anita de venir.

— Non... s'il te plaît.

— Le moment est venu, Birdie. Va chercher maman.

Se sentant incapable de s'éloigner de son père, Elizabeth hésitait, mais Edward insista tendrement.

— Va, Birdie.

Elle obtempéra à contrecœur, adressa un dernier sourire à son père et quitta la chambre.

— Il te demande, dit-elle à Anita.

Dans un soupir tremblant, Anita se précipita dans la chambre, referma la porte derrière elle. De l'autre côté de la vitre, Elizabeth se sentit encore tenue à l'écart, comme sur une autre rive. Elle pria de toute son âme. Sois fort, papa, sois fort.

Dans la chambre, l'alarme d'un des appareils se déclencha. Anita s'écarta du lit, vacillante, en hurlant :

— Au secours !

Elizabeth se jeta sur la poignée de la porte, mais

infirmières et médecins se ruèrent dans la chambre avant qu'elle n'ait pu entrer, bousculèrent Anita, entourèrent le lit. Les mains sur la vitre, Elizabeth cria :

— Ne meurs pas, papa ! Ne nous fais pas ça...

Elle vit Phillip accourir, se frayer un passage, tendre le bras vers le défibrillateur. Puis elle ferma les yeux, le souffle coupé, son propre cœur battant irrégulièrement, comme s'il était sensible à l'arrêt cardiaque d'Edward. S'il vous plaît, mon Dieu, ne le prenez pas, pas encore...

Quand elle rouvrit les yeux, tout le monde se tenait immobile, les appareils étaient éteints. Assise à côté d'Edward, Anita, secouée par des frissons intermittents, hoquetait. Son maquillage avait dégouliné sur ses joues. Elle regarda Elizabeth, qui put lire sur ses lèvres :

— C'est fini.

Et Anita se mit à sangloter.

Rentrant dans la chambre, Elizabeth s'approcha de sa belle-mère, posa une main réconfortante sur sa frêle épaule.

— Hé ! papa, murmura-t-elle.

Edward gisait, les yeux clos, le torse affaissé. Mais il fallut un quart de seconde à Elizabeth pour réaliser qu'elle avait attendu une réponse.

Le cœur qui l'avait tant aimée s'était finalement arrêté.

13

Jack se gara dans le parking souterrain de l'aéroport, à l'emplacement libre qu'Elizabeth venait de repérer. Sa femme prit une profonde inspiration, puis expira lentement. Tout au long du trajet, elle s'était appliquée à respirer, ne voulant pas allumer la radio (une chanson triste était bien la dernière chose dont elle avait besoin, et un air gai aurait été déplacé), refusant de laisser ses pensées vagabonder et ses souvenirs l'envahir. Elle avait gardé les yeux sur la route et l'esprit fixé sur l'organisation de l'enterrement. Elle savait faire face aux problèmes, mais elle était incapable de gérer ses émotions.

Elle sortit de la voiture et se dirigea d'un pas vif vers le terminal. Jack la suivit, à distance. Au cours des dernières heures, elle avait manifesté tant de nervosité à son égard qu'il avait finalement opté pour le silence.

Elizabeth fut la première à voir les filles. Stephanie attendait près de la porte de débarquement ; son petit ami, Tim, était à ses côtés. Comme toujours, elle était impeccable, les cheveux sur les épaules, mais retenus en arrière par deux barrettes argentées. Elle portait un pantalon de lainage noir et un joli pull jaune. Tim, en tenue plus sportive, la tenait par la main. Vêtue d'une salopette en jean, une casquette de base-ball enfoncée sur le front, Jamie était restée un peu à l'écart.

— Bonjour, les filles... Tim... fit Elizabeth en attirant ses enfants dans ses bras.

Quand elles se séparèrent, Jack s'avança et prit sa femme par la taille. Elle se demanda s'il avait deviné son trop-plein d'émotion ou s'il avait simplement eu un réflexe bienvenu. En tout cas, son geste la réconforta. Jamie regarda son père et dit avec un sourire forcé :

— Tu es superbe ! Tu t'es fait faire un lifting ou quoi ?

La remarque de sa cadette surprit Elizabeth. Trop préoccupée par les événements des dernières vingt-quatre heures, elle n'avait pas prêté attention à l'apparence de son mari. Se tournant vers lui, elle comprit ce que Jamie voulait dire.

— Ils m'ont demandé de me teindre les cheveux, expliqua Jack. Juste quand je commençais à m'habituer à mes premiers cheveux blancs. Je n'ai jamais été aussi blond depuis le lycée.

— Tu as l'air d'un acteur de cinéma, observa Jamie. Sans blague.

Elizabeth recula d'un pas. Soudain, elle se sentit vieille, avachie, ridée. Elle n'avait pas eu le temps de s'occuper de ses propres cheveux, et l'on voyait ses racines châtaines, parsemées de fils blancs. Après sa nuit trop courte, il lui semblait que sa peau avait la couleur et la consistance du tapioca. À côté de son mari qui se mettait à ressembler à Jeff Bridges, elle se sentit mal.

Jack enlaça la taille de Jamie.

— J'ai aussi eu droit à un peeling. Et j'ai dégusté. Pendant une semaine, j'ai eu l'air d'un grand brûlé. C'est comme ça que les gens riches s'entretiennent. À coups de dollars, et peu importe que ce soit douloureux.

Stephanie glissa un bras autour de la taille épaissie de sa mère.

— Toi aussi, tu es plus belle que jamais, maman.

— Merci, ma fille.

Ce fut tout ce qu'Elizabeth trouva à dire.

Dans une petite ville, l'organisation de funérailles est une mécanique bien huilée. Tout est prévu, et chacun y met du sien, d'abord au funérarium, ensuite au cimetière, et finalement chez le défunt. Dans la maison, on voyait des portraits d'Edward partout. Certains dans des cadres ouvragés, d'autres dans des cadres ordinaires. Chacun avait apporté une photo et de la nourriture. Du rez-de-chaussée au premier étage, on entendait des rires discrets, des soupirs, et le nom d'Edward sur toutes les lèvres. Mais si l'émotion était partagée, elle ne devait pas s'exprimer ouvertement. Personne ne demanda à Elizabeth ce qu'elle ressentait, personne ne lui suggéra d'aller consulter un psychologue, comme cela se faisait dans les grandes villes. Ici, on vous serrait le bras en remarquant que vous « teniez bien le coup ». Dans le Sud, les femmes ont appris à cacher leur sensibilité derrière leur efficacité depuis l'époque des crinolines. C'est ancré en elles, comme l'art de confectionner un sirop à la menthe ou de cuire un jambon.

Elizabeth se conforma aux usages, mais lorsqu'elle se sentit trop accablée pour faire semblant plus longtemps d'être forte, elle se réfugia sur la véranda, à l'arrière de la maison. Malheureusement, c'était le dernier endroit qu'elle aurait dû choisir. Elle s'était assise trop souvent là avec son père, l'écoutant raconter ses hauts faits avec, pour fond sonore, le chant des cigales. Elle se revit aussi pêchant avec lui au bord de l'étang, marchant à travers champs à la saison des moissons, quand l'air sentait les blés mûrs et la fumée de tabac... Sur cette véranda, ils s'étaient isolés après l'enterrement de sa mère. C'était le printemps, il faisait beaucoup moins froid qu'aujourd'hui, mais la maison était aussi pleine d'invités qui parlaient doucement. « Tu veux dormir dans ma chambre ce soir, petit sucre ? » Les yeux clos, les poings serrés, Elizabeth se rappela à l'ordre :

— Du calme, Birdie...

Ses ongles s'enfoncèrent dans la chair tendre de ses paumes. Mais rien n'y fit. Il fallait qu'elle aille ailleurs, sinon elle craquerait. Elle retourna dans la maison, s'enferma dans la salle de bains et s'assit sur le couvercle de la cuvette. Par terre traînait un numéro de *Travel and Leisure*. Quand elle le ramassa, il s'ouvrit sur une double page consacrée au Costa Rica, avec une publicité pour un campement sur la côte caribéenne, hors des sentiers battus. Quelqu'un – son père – avait dessiné une étoile à l'encre rouge sur l'article.

« Au Costa Rica, petit sucre, il y a un endroit qu'on appelle Cloud Mountain – ou quelque chose de ce genre – et qui parle à mon cœur. »

Le magazine tomba des mains d'Elizabeth, et enfin elle pleura. Elle pleura en pensant à tous les moments passés avec son père, à ceux qu'ils n'avaient pu passer ensemble, à tous ceux qu'ils ne passeraient jamais côte à côte. Lorsque les larmes se tarirent, et qu'elle se sentit aride comme le désert, elle se leva, tituba, alla s'asperger le visage d'eau froide, puis lissa ses cheveux avant de retourner dans l'arène. Si quelqu'un remarqua son air défait, personne ne fit de commentaire.

Luttant contre une sensation de raideur et de fragilité, elle inspecta le buffet, ouvrit des bouteilles de vin, puis rejoignit sa famille dans la bibliothèque. Toujours impeccable dans sa tenue, Stephanie était assise à côté de Tim, sur le canapé. Des rougeurs apparaissaient sur ses joues de porcelaine, et ses yeux gris étaient encore humides. Tim lui tenait la main. Ils avaient l'air d'incarner la discrétion dans le chagrin. Jamie restait aussi fidèle à elle-même. Dans une robe bleu marine, déjà toute froissée, sa chevelure blonde emmêlée lui couvrant la moitié du visage, elle était à demi allongée sur la méridienne. Ses yeux clairs étaient rougis, et ses paupières gonflées.

— Je ne peux pas encore parler de lui, déclara-t-elle, au bord des larmes.

Elizabeth comprenait sa fille. Tout le monde avait aimé Edward et voulait faire partager son souvenir le plus cher, mais chaque mot faisait aussi mal qu'un morceau de verre enfoncé dans le cœur.

Jack quitta le fauteuil à oreillettes pour venir vers Elizabeth, le regard fixé sur elle. Puis il la prit dans ses bras, mais elle se raidit par crainte de s'effondrer si elle se détendait un tant soit peu.

— Il t'aimait, lui murmura Jack à l'oreille. La première fois que je l'ai rencontré, il m'a prévenu qu'il me tuerait si je te faisais du mal. Il me l'a rappelé quand je lui ai demandé ta main. Je me souviens parfaitement de ce qu'il m'a dit : « Si vous faites du mal à mon petit sucre, Jackson Shore, je vous ferai voir trente-six chandelles. »

Elizabeth chercha le regard de son mari. C'était la première fois qu'il lui racontait cela, et rien n'aurait pu faire revivre son père plus intensément. Elle crut l'entendre l'appeler son « petit sucre » de sa grosse voix,

171

toujours proche d'un éclat de rire. Elle voulut dire quelque chose – sans savoir quoi –, mais rien ne sortit.

Jack caressa sa joue.

— Tu n'as pas besoin de prendre tout sur toi, Birdie. Laisse-toi aller. Pleure.

Jack tentait de l'aider, mais, d'une certaine manière, Elizabeth se sentit plus seule encore. Le chagrin recommencerait à la submerger plus tard, elle le savait, quand elle réaliserait qu'elle ne pourrait plus jamais téléphoner et entendre la voix de son père, ou aller chercher le courrier et reconnaître son écriture sur une enveloppe.

— Oh ! Jack...

— Laisse-moi t'aider, Birdie.

Elle lui était reconnaissante de dire cela, mais il y a des douleurs que l'on ne peut partager. Le chagrin trace une route solitaire.

— Ta présence ici m'aide déjà beaucoup, avoua-t-elle sincèrement.

Elle se serra contre lui, réconfortée par les bras qui l'enlaçaient ; l'espace de quelques secondes, elle eut l'impression magique qu'ils savaient de nouveau s'aimer.

14

Jack remercia le Ciel d'être de retour à New York. Il haïssait tout ce qui tourne autour de la mort : les sanglots, les condoléances, la réunion après l'enterrement. Et puis, en regardant le cercueil fleuri, devant l'autel, il avait immanquablement pensé aux obsèques de sa mère. Il n'y avait eu alors ni fleurs ni cercueil en acajou ; pis encore, il n'y avait eu ni ami ni famille, juste un gamin osseux dans un manteau emprunté et un homme brisé, le dos courbé, qui devait mourir à son tour quelques années plus tard.

Jack aimait sa femme, adorait ses enfants, mais les deux jours passés dans cette maison endeuillée avaient été très difficiles à supporter pour lui. Grâce à Dieu, Birdie ne se laissait jamais abattre. Il n'avait même pas eu besoin de lui faire comprendre qu'il devait partir. C'était elle qui l'avait libéré en lui disant : « Retourne à New York. Ta présence ici n'est plus nécessaire. Celle des filles non plus. »

Certes, il avait feint d'hésiter, mais Birdie ne l'avait même pas écouté. Dans les périodes de crise, elle était d'une force à toute épreuve.

En même temps que New York, il retrouvait sa liberté. Il sortit du taxi, donna un pourboire excessif au chauffeur – il se voulait à la hauteur de sa nouvelle

173

célébrité –, s'engouffra dans les studios et regagna directement son bureau.

La pile de courrier et le nombre de messages téléphoniques étaient impressionnants. Il avait oublié combien on est sollicité quand on devient *quelqu'un*. On lui avait promis la secrétaire dont il avait besoin, mais l'inévitable période d'adaptation le rebutait. Il fallait parfois des mois pour former une secrétaire, des mois avant qu'elle puisse prendre des initiatives sans risque d'erreur. En fait, il lui faudrait d'abord une assistante qui pourrait assurer la formation de la secrétaire, mais aussi l'aider à préparer les émissions et à trouver les bonnes questions à poser aux athlètes lors des interviews. Warren avait une assistante, et Jack avait remarqué que ses questions étaient généralement plus percutantes que les siennes.

Il prit un stylo et commença à noter les qualités requises pour être une bonne assistante : intelligence, discernement, ambition, dévouement. Au fond, il lui faudrait quelqu'un comme... Sally. Mais pourquoi n'y avait-il pas pensé plus tôt ? En plus, Sally avait de l'expérience, et leur collaboration s'était révélée très efficace à Portland. Le fait qu'elle soit une femme amateur de sport dans un milieu masculin ajouterait du piment, et Jack était sûr qu'elle s'appliquerait à le mettre en valeur. Elle-même trouverait son compte dans ce poste d'assistante de production pour une grande chaîne, à New York de surcroît.

Il n'était question que de collaboration professionnelle. S'il s'était senti attiré par elle, c'était sans importance. Une sorte de réflexe, quelque chose inscrit dans son ADN, comme la couleur de ses yeux et de ses cheveux, mais, depuis quinze ans, il n'avait pas déserté

174

le lit conjugal une seule fois. Le temps des incartades était définitivement révolu.

Incapable de trouver le sommeil, Elizabeth se leva, enfila l'un des épais peignoirs qu'Anita avait suspendus dans la penderie de la chambre d'amis et descendit au rez-de-chaussée sur la pointe des pieds. Dans la cuisine, elle se fit un thé à la clarté de la lune qui, dehors, donnait des reflets nacrés aux branches nues et sombres des arbres. De légers nuages traversaient le ciel, poussés par le vent, et créaient des ombres mouvantes sur le jardin.

Elizabeth resserra la ceinture de son peignoir et sortit. La porte-moustiquaire claqua derrière elle. Le vent tomba brusquement, puis un silence presque surnaturel régna alentour. Elle eut un frisson qui n'était pas uniquement dû au froid. Elle avait l'impression d'avoir été appelée dehors, peut-être par le souvenir de cette dernière nuit de Noël où ils étaient tous sortis pour aller patiner.

— Papa ? murmura-t-elle, tout en se sentant envahie d'un espoir ridicule.

Il n'y eut pas de réponse, pas de gémissement ni d'apparition fantomatique, comme au cinéma. Elle s'engagea dans l'allée de brique qui traversait le jardin et en faisait le tour. Elle longea les haies parfaitement taillées, dominées çà et là par de grands camélias aux feuilles brillant sous la lune. Souvent, dans sa prime jeunesse – en particulier pendant les longues nuits d'été où la chaleur l'empêchait de dormir –, elle était venue se réfugier dans ce décor. L'hiver, elle examinait les plantes à la recherche des premiers bourgeons, signes d'un proche renouveau. Mais ce qu'elle cherchait avant tout, c'était sa mère. Parmi les buissons et les fleurs

175

que celle-ci avait soignés avec tant d'amour, elle croyait sentir la présence de son esprit. Elizabeth avait toujours essayé d'imaginer sa mère dans le jardin, repiquant les jonquilles ou taillant les rosiers, par exemple. Elle avait si peu de photos d'elle, juste quelques portraits – le jour de son mariage, ou lors de la remise de diplômes. Des clichés en noir et blanc d'une jolie jeune femme à la tenue impeccable, mais qui ne souriait pas.

Elizabeth s'agenouilla en bordure des rosiers, dont les branches dépouillées jetaient des ombres sur la terre noire. La lune leur donnait l'aspect de reptiles desséchés, à la peau hérissée d'énormes piquants. Derrière elle, elle entendit le grincement d'une porte qui s'ouvrait, un bruit sec quand elle se referma, puis des pas dans l'allée de brique.

— Anita... dit-elle, sans se retourner.

— Dire que ces rosiers vont refleurir dans quelques mois. C'est incroyable.

— Je pensais justement la même chose.

Enfant, Elizabeth avait souvent pleuré quand les fleurs favorites de sa mère se fanaient. Maintenant, elle comprenait la nécessité d'une phase de repos. Sans l'hiver, il n'y aurait pas de printemps, et elle aurait aimé que les épouses frustrées puissent de la même manière hiberner, rassembler leur énergie pour le prochain printemps. Un souffle de vent éparpilla des feuilles sèches à travers l'allée.

— Je me suis toujours occupée de ses roses moi-même, fit remarquer Anita. Jamais je n'ai laissé un jardinier s'en approcher.

Elizabeth s'assit sur ses talons et regarda sa belle-mère.

— Pourquoi ?

Anita eut un sourire triste, sous sa masse de

176

bigoudis, le visage brillant de crème hydratante. Sa chemise de nuit, en épaisse flanelle bleue, la couvrait de la gorge aux chevilles. Elle paraissait dix ans de plus que ses soixante-deux ans.

— Il m'est arrivé de respirer son parfum, dit-elle.

Elizabeth frissonna. Elle revoyait encore le joli petit flacon que sa mère gardait sur sa coiffeuse.

— Le parfum de maman ?

— C'était un jour où tu faisais la tête – comme disait ton père. Je ne pouvais rien te dire sans que tu t'énerves. Alors j'ai préféré me taire et je suis venue ici, prête à m'en prendre au jardin de ta mère. J'avais besoin de me battre contre quelque chose de tangible, tu comprends. Et puis je me suis assise, en m'apitoyant sur mon sort, et là j'ai respiré le parfum de ta mère, Shalimar. Je n'ai pas entendu des voix ou quelque chose de ce genre. Non. Mais tout à coup, j'ai compris que je me battais contre une petite fille qui portait une grande blessure en elle. À partir de ce jour-là, quand tu me rendais folle, je venais me réfugier ici.

Elizabeth perçut de la souffrance dans la voix d'Anita, et elle comprit.

— Je ne m'étonne plus que tu sois venue si souvent dans ce jardin.

— J'aurais dû agir autrement avec toi, j'imagine. Je savais qu'elle te manquait terriblement.

— Quand j'ai commencé à l'oublier, ce fut encore plus dur. Je demandais à papa de me parler d'elle, mais il refusait. Il me répondait de chérir les souvenirs qu'elle m'avait laissés. Il n'a jamais compris que ces souvenirs étaient comme de la fumée. Je ne pouvais pas m'y raccrocher.

— Ta maman doit lui dire ce qu'elle pense de son attitude, à l'heure qu'il est...

— Personne n'a eu autant de place que toi dans le cœur de papa, Anita, observa Elizabeth, ne pouvant réprimer tout à fait un soupçon d'amertume.

— Merci, Birdie... Dis-moi, ajouta Anita en regardant dans la direction des champs, par-delà le jardin. Pourquoi n'es-tu pas repartie avec Jack et les filles ?

Brusquement, Elizabeth sentit le froid l'envahir. Frissonnante, elle se releva et croisa ses bras sur sa poitrine.

— Je voulais t'aider à nettoyer et à ranger la maison. De toute façon, demain, Jack doit se rendre très tôt à son bureau.

— Heloise se charge de nettoyer et de ranger. Elle le faisait déjà quand tu étais enfant.

Anita lui lança un coup d'œil et ajouta :

— Tu sais, tu peux me dire de m'occuper de mes affaires.

— En fait, je ne sais pas pourquoi je suis restée. Je crois que je ne me sentais pas prête à retrouver New York tout de suite.

Anita fit un pas en avant pour se rapprocher d'Elizabeth.

— Ton père me disait souvent en parlant de toi : « Si cette petite oublie trop longtemps de déployer ses ailes, un jour elle deviendra définitivement incapable de prendre son envol. » Il craignait que tu rates ta vie.

— Je le sais.

Elizabeth n'avait aucun désir de revenir sur ce sujet trop sensible. Surtout maintenant, dans le jardin de sa mère, où elle se sentait particulièrement fragile. Elle s'essuya les yeux, surprise par des larmes qu'elle n'avait pas senties venir, et demanda à Anita :

— Toi, ça va aller ?

— Il le faudra bien.

Toutes les deux avaient pensé au jour où Anita resterait seule dans la vaste maison blanche. Pendant un certain temps, le téléphone sonnerait fréquemment, les amis viendraient avec des gâteaux, puis les appels et les visites s'espaceraient, et Anita serait confrontée à la solitude.

— Je t'appellerai quand je serai rentrée à New York, juste pour m'assurer que ça va.

— Ce sera gentil.

Le silence revint. Le vent murmura dans les buissons, fit tinter mélancoliquement le mobile en cuivre suspendu au toit de la véranda. Les deux femmes éprouvèrent en même temps la nostalgie de gestes tendres, réconfortants, ressentirent les limites d'une relation qui ne s'était jamais épanouie.

— Nous nous sommes ratées, n'est-ce pas ? demanda Anita d'une voix douce. C'est dommage. Mais ne t'inquiète pas pour moi, ma chérie. Ça ira. Tu sais, on n'épouse pas un homme qui a quatorze ans de plus en espérant qu'il nous survive. J'ai toujours su que je me retrouverais seule un jour.

Elizabeth n'avait jamais pensé à cela. Elle avait toujours considéré la différence d'âge du point de vue de l'homme, pour qui il est plutôt flatteur d'être marié à une femme beaucoup plus jeune. Et voilà qu'elle voyait soudain le revers de la médaille. Certes, Anita avait eu une vie agréable, de l'argent. Elle avait été très bien acceptée par les relations d'Edward et choyée par ce mari qui prenait soin d'elle comme d'une porcelaine de Sèvres. Mais, en contrepartie, elle n'avait pas d'enfant pour la réconforter aujourd'hui et finirait peut-être sa vie dans une solitude atroce. Finalement, Elizabeth osa lui poser la question qu'elle avait eue sur le bout de la langue pendant des années.

— Pourquoi n'avez-vous pas eu d'enfants, papa et toi ?

— Oh ! ma chérie, voilà une question à poser à un autre moment ! Peut-être même à une autre femme.

— Autrement dit, ça ne me regarde pas.

— En quelque sorte, observa Anita avec un sourire qui voulait arrondir les angles. Tu comprends, ce n'est pas une question à laquelle je peux répondre à minuit, deux jours après la disparition de mon mari, comme s'il s'agissait de la météo.

Elizabeth comprenait qu'elles n'étaient pas assez intimes pour avoir ce genre de discussion.

— Excuse-moi, dit-elle. Mais n'hésite pas à m'appeler si la solitude est trop lourde.

— Il y a des choses plus pénibles que la solitude dans la vie.

Anita avait pesé ses mots. Elizabeth le devina et se sentit tout à coup transparente, comme si l'absence de bonheur se lisait sur son front. Quand Anita voulut faire un pas de plus vers elle, elle recula, éprouvant le besoin de maintenir un certain espace entre elles.

— Je crois que je vais me recoucher. Il ne reste plus beaucoup de temps avant que le réveil sonne.

Elizabeth s'éloigna d'un pas résolu, mais le cœur lourd. La porte de la véranda claqua derrière elle. Elle se retourna et regarda dehors. Anita n'avait pas bougé. Elle frissonnait. À demi cachée derrière un nuage, la lune permettait tout de même de voir les larmes coulant sur sa crème de nuit. Anita pleurait dans l'ombre en regardant les rosiers.

Elizabeth paya le chauffeur, puis sortit du taxi qui venait de se garer devant l'aéroport de Nashville. Sous un ciel couvert et gris, dans l'air froid qui sentait la neige, elle tira son bagage-cabine derrière elle, franchit les portes électroniques et se dirigea vers le comptoir de United Airlines. La file d'attente était longue. Elizabeth bifurqua vers les ordinateurs de l'aérogare, chercha les départs annoncés et constata que son vol pour New York, *via* Detroit, était retardé de deux heures. Tout en bougonnant, elle alla se mettre dans la queue. L'employé lui confirma le retard et lui remit un bon pour un repas de cinq dollars. Comme si on pouvait déjeuner dans un aéroport pour ce prix-là.

Pour tromper l'attente, elle déambula parmi les boutiques, acheta finalement le nouveau roman d'Anne River Siddons et le dernier numéro de *House and Garden*. Elle feuilleta le magazine, puis elle alla s'attabler dans l'un des restaurants, près de la baie vitrée donnant sur les pistes, et regarda les avions atterrir et s'envoler.

« Au Costa Rica, petit sucre, il y a un endroit qu'on appelle Cloud Mountain – ou quelque chose de ce genre – et qui parle à mon cœur. » « Depuis quand ne t'es-tu pas retrouvée dans un endroit exotique ? Depuis combien de temps n'as-tu pas eu une frousse bleue ? Ou fait un truc fou comme du deltaplane ou du saut en parachute ? » Ce qu'elle avait réussi à tenir à distance la submergeait tout à coup. Elle n'oublierait jamais ces paroles de son père... « Tu rates ta vie. Elle te file entre les doigts. » « Ce n'est pas parce que j'ai des verres de lunettes épais comme le verre d'une bouteille de Coca que je ne vois plus le cœur de ma petite fille. J'ai remarqué la façon dont tu parles à Jack... » « Je sais reconnaître un mariage qui bat de l'aile quand j'en vois un. »

Que faire pour changer tout cela ? Lui suffirait-il de

sauter dans le premier avion sans se soucier de la destination ? Atterrir à l'étranger et devenir quelqu'un d'autre ? Pour agir ainsi, il aurait fallu qu'elle ait un passeport et, surtout, qu'elle soit un autre genre de femme. Contrairement à son père, elle n'avait jamais rêvé d'escalader l'Everest. Il n'y avait qu'un lieu sur cette terre où elle avait envie d'aller, où elle se sentait chez elle, c'était près de l'océan. Elle se revit à minuit sur la plage, regardant des baleines passer au large. Elle repensa à leur cri, qui lui avait semblé surgir de cette partie de son cœur où elle avait remisé ses rêves de jeunesse.

« Tu rates ta vie... » Son père avait raison, et l'idée qu'il ait lu l'absence de bonheur dans les yeux de sa fille la faisait souffrir. Dans moins d'une heure, elle prendrait un avion qui l'emmènerait à New York où, dans un appartement très impersonnel, elle recommencerait à s'adapter à la vie de Jack. Rien de plus.

— Je ne veux pas y aller, murmura-t-elle.

Les vitres lui renvoyèrent le reflet d'une femme fatiguée qui se reconnaissait à peine. Depuis quand avait-elle tant changé ? Elle s'était oubliée en renonçant à réaliser ses rêves pour élever ses enfants et devenir une épouse docile.

« Si cette petite oublie trop longtemps de déployer ses ailes, un jour elle deviendra définitivement incapable de prendre son envol. » C'était là le cœur du problème. Au cours de toutes ces années de vie ordinaire, elle avait oublié qu'on peut s'envoler. Et c'était sa faute ! Il y a des femmes qui parviennent très bien à être des mères et des épouses sans pour autant renoncer à se réaliser. Mais elle ne s'était pas donné les moyens de faire partie de ces femmes. Peut-être par

crainte d'échouer, elle avait préféré une routine rassurante aux aléas inhérents à la recherche de soi-même.
Et, finalement, la fatigue l'avait emporté. Il y avait eu
tant de jours – des années, au bout du compte – où elle
n'avait pas trouvé cinq minutes de répit. Jack jouait au
foot, les enfants avaient toujours quelque chose à faire,
et elle, elle ne rêvait que de se reposer dans un bon
bain chaud à la fin de la journée.

Elle regarda sa montre. L'embarquement allait commencer. Elle se vit décoller, faire escale à Detroit,
débarquer à New York, et soudain elle prit sa décision.
Elle ne passerait plus son temps à attendre, à espérer
qu'un changement survienne comme par enchan-
tement. Elle se leva, paya l'addition, retourna à la
librairie où elle acheta une pochette de papier à lettres
et d'enveloppes. Le choix était maigre, et elle dut se
contenter d'un papier à la gloire d'Elvis Presley et de
Graceland. Elle revint au restaurant, s'installa à la
même place et se mit à écrire, sans réfléchir ni se tour-
menter plus longtemps.

Cher Jack,

*Je t'aime, et je tiens à commencer cette lettre par cette
affirmation. Toi aussi, tu m'aimes. Nous nous répétons
ces mots sans cesse, en toute sincérité. Mais ce n'est plus
suffisant, n'est-ce pas ? Ni pour toi ni pour moi.*

*Je suis ta femme depuis vingt-quatre ans. Au début, je
ne souhaitais rien de plus. Au fil du temps, c'est devenu
une fin en soi. Du moins, en apparence. Mais, Jack, les
rêves que j'ai voulu oublier, j'en ai aujourd'hui la nostalgie. Je me suis perdue de vue, et je le regrette. J'espère
que tu me comprendras.*

Je ne peux plus jouer les groupies. J'ai besoin d'entrer

dans le jeu à mon tour. Si je ne le fais pas maintenant, je crains de rester jusqu'à la fin de ma vie une sorte de fantôme, de vivre jusqu'au bout dans ton ombre. Et ça, je le refuse.

Par conséquent – et voilà où je voulais en venir –, je ne te rejoindrai pas à New York. Pas cette fois-ci. Je n'ai pas eu le cran de te le dire en face, et je n'en suis pas fière. J'aurais aimé avoir ce courage-là. Bizarrement, je serais capable de soulever un bus pour te sauver la vie, mais t'avouer, les yeux dans les yeux, que je ne vibre plus en te disant « je t'aime », je n'ai pas pu le faire. Retrouver ma voie est l'une des choses auxquelles j'espère parvenir.

Au cours de toutes ces années passées ensemble, de déménagement en déménagement, une seule maison m'a donné le sentiment d'être chez moi. Et cette maison, je ne veux pas la quitter. J'y retourne. Je ne te suivrai pas cette fois-ci. J'ai besoin d'être seule, de me retrouver, d'essayer de savoir qui je peux devenir.

Comprends-moi. Je t'aime, Jack.

E.

Elizabeth évita de relire sa lettre. Elle la plia, la glissa dans une enveloppe, la timbra et la posta. Puis elle chercha un avion pour Portland.

15

Quelques jours à Echo Beach suffirent à Elizabeth pour qu'elle se sente régénérée. Elle laissait les oiseaux de mer la réveiller – aux environs de huit heures trente –, se faisait une tasse de thé, mangeait un bol de céréales, puis sortait. Depuis son arrivée, elle n'avait eu que de belles journées ensoleillées, de celles qui attiraient immanquablement les touristes sur la côte de l'Oregon. Elle passait des heures à marcher sur la plage, à respirer tout simplement, comme l'enfant qui vient au monde.

Elle avait réduit les tâches ménagères et les courses au strict minimum. Elle avait annulé son changement d'adresse, prévenu qu'elle voulait récupérer ses meubles, et acheté suffisamment de plats surgelés pour toute une semaine. Elle avait tant besoin de calme et de détente qu'elle ne se pressait pas de faire rebrancher le téléphone et gardait son portable éteint.

Elle n'était descendue sur la plage, *sa* plage, qu'une fois en deux ans, la nuit où elle avait vu les baleines. Jack l'avait mise en garde, lorsqu'ils avaient visité la propriété, contre les risques qu'elle courrait si elle empruntait l'escalier taillé dans la falaise. « Tu pourrais glisser. Et pense aux marées. Une grosse vague peut te surprendre et t'entraîner dans l'océan. »

Finalement, c'était dans la peur – la peur d'oser – qu'elle s'était noyée. Maintenant, elle montait et descendait cet escalier comme si elle l'avait fait toute sa vie. Echo Beach n'avait plus de secret pour elle. Elle y avait trouvé « sa » roche – plate, polie par les marées, douce comme du velours. Parfois, elle restait assise pendant une heure ou plus, heureuse de contempler l'océan. Elle avait recommencé à rêver ou, plus exactement, à espérer et à entreprendre. Si elle n'avait pas encore eu le courage de toucher à un pinceau, en revanche, elle avait sorti d'un carton un vieux carnet de croquis et un reste de fusain. L'air marin semblait lui délier les doigts, elle avait perdu cette rigidité qui l'avait empoisonnée pendant des années, et le simple fait de tenir un fusain à la main lui avait donné un sentiment de triomphe. Et puis, quelle liberté que de pouvoir se coucher, se réveiller quand on en a envie, et passer des journées entières sans contraintes, au gré de sa fantaisie !

La veille, elle s'était promenée en ville, d'un magasin à l'autre, sans même un porte-monnaie, juste pour regarder autour d'elle. Elle s'était vite sentie comme une extraterrestre qui a tout à découvrir : les visages des passants, leurs gestes, le sourire des enfants quand le marchand de glaces ouvre sa boutique. Elle avait constaté que les magasins de souvenirs regorgeaient de jolies choses. Habituée à faire ses courses une liste à la main, elle n'avait jamais prêté attention au reste.

Mais, très souvent, Jack surgissait dans ses pensées. Elle avait calculé que sa lettre lui était certainement parvenue, et elle préférait continuer à vivre sans téléphone : il avait toujours eu le don de lui faire changer d'avis. Désormais, elle refusait de se plier à ses désirs.

Regardant son carnet de croquis, elle se demanda ce qu'elle pourrait dessiner ce matin. Tout ici constituait une source d'inspiration. Les couleurs lui sautaient aux yeux, comme si un voile s'était enfin levé. Le monde retrouvait sa densité, ses vibrations, ses multiples nuances : du gris perlé du ciel au blanc laiteux de l'écume, en passant par le chatoiement des ailes d'un geai bleu. Pour la première fois depuis des années, elle ressentait le besoin de peindre.

Une première goutte de pluie tomba sur son front, coula sur sa joue. Elle ouvrit les yeux et constata que le gris du ciel virait au noir. Alors, elle se couvrit la tête de son capuchon, fourra son matériel dans le sac de toile posé à ses pieds, se leva et courut vers l'escalier de pierre. Au moment où elle mit le pied sur la première marche, la pluie et le vent se déchaînèrent. Elle faillit être plaquée contre la falaise, tandis qu'elle montait l'escalier. Une fois au sommet, elle traversa en courant l'herbe spongieuse, tandis que les buissons et les arbres pliaient sous la rafale, et que des feuilles mortes se collaient, en tourbillonnant, à ses mollets.

D'une main glacée, elle ouvrit la porte donnant sur la véranda, la laissa claquer derrière elle, alluma. Mais, presque au même instant, un éclair illumina la fenêtre, et un arbre, à proximité de la maison, se fendit avant de s'abattre sur le sol.

Le courant fut coupé. Elizabeth se sentit envahie par la panique en l'absence de Jack, qui avait toujours pris les choses en main quand survenait un orage. Il savait où trouver les torches électriques, il allumait les bougies, faisait du feu dans la cheminée. Restait-il seulement une bougie quelque part ? Elizabeth tâcha de se raisonner à haute voix.

— Bon. Commençons par le commencement. Il faut d'abord faire un feu, ensuite chercher des bougies.

À tâtons, elle se dirigea vers la porte de la cuisine, l'ouvrit avec précaution, trouva un tas de bûches, juste à portée de la main. Grâce à Dieu, Jack savait prendre des précautions de ce genre.

Des bûches dans les bras, elle rentra à reculons dans la cuisine, referma la porte, prit le journal de la veille sur la table et retourna vers la cheminée, où une boîte d'allumettes était restée sur le manteau. Les mains tendues vers les flammes, elle s'assura que le feu ne risquait pas de s'éteindre, puis elle partit à la recherche de bougies. Elle en trouva un carton plein dans un placard, au fond de la maison, derrière une pile d'annuaires. Quand elle eut placé des bougies sur le manteau de la cheminée et sur tous les rebords de fenêtres, la maison baigna dans une belle lumière ambrée.

S'enroulant dans le sac de couchage, acheté dès son retour à Echo Beach, comme dans un grand châle, elle sortit sur la véranda pour observer l'orage. Une première dans sa vie !

Les déchaînements de la nature l'avaient toujours impressionnée, et c'était une peur qu'elle voulait surmonter. Au cours des derniers jours, elle avait fini par comprendre que les bouleversements, les grandes secousses étaient nécessaires. Les plus hautes montagnes sont nées de heurts violents entre deux plaques tectoniques. Comme elles, l'indépendance d'une femme ne peut naître que dans le feu de la violence intérieure.

Le reflet des nuages noirs qui défilaient dans le ciel formait un kaléidoscope d'ombres sur les vagues écumantes de l'océan. Plus près, le vent tordait les arbres nus, soulevait des tourbillons de feuilles sèches et de pommes de pin. Le bruit était énorme. Les vagues, le vent, la pluie sur le toit produisaient un véritable tintamarre. Mais Elizabeth était comblée. Se tenir à l'extérieur, au lieu de se recroqueviller au bout du canapé, lui donnait le sentiment d'avoir changé, d'être plus forte.

Au bout d'un moment, elle perçut un bruit étranger à l'orage. Intriguée, mais encore rêveuse, Elizabeth leva lentement les yeux et vit deux phares trouant la nuit. Sans doute le conducteur de cette voiture s'était-il égaré, et il allait sûrement faire rapidement demi-tour. Il s'arrêta au contraire et éteignit ses phares. Une portière s'ouvrit, et un homme sortit de la voiture.

Dans son oasis de lumière orangée, mais seule et sans téléphone, Elizabeth se sentit tout à coup très vulnérable. Mais l'homme qui s'avançait vers la véranda n'était autre que Jack. Les cheveux aplatis par la pluie qui ruisselait sur son visage, il eut un pâle sourire qui ne parvint pas à faire briller son regard.

— Bonsoir, Birdie, dit-il.

Curieusement, et bien qu'elle ne soit finalement qu'à demi surprise de le voir, elle se sentit réticente à le laisser entrer. Ces derniers jours, la maison était devenue plus que jamais la sienne. Quant à sa solitude, elle la jugeait encore nécessaire.

— Entre, sinon tu vas te noyer, finit-elle par dire.

Jack était déjà trempé, et, dans le hall, l'eau qui dégoulinait de ses vêtements forma une flaque.

— Tu ferais bien de te déshabiller. Tu risques d'attraper froid, comme ça. Je vais te chercher un peignoir.

Elle monta au premier étage, ouvrit la penderie et prit le peignoir. Au moment où elle se retournait, elle se heurta à Jack et faillit perdre l'équilibre.

— Excuse-moi, dit-il. Je croyais que tu savais que j'étais derrière toi.

Comme deux adolescents à leur premier rendez-vous, ils étaient tendus, nerveux, submergés par leurs émotions.

— Je vais te faire un thé.

— J'aurais préféré un whisky glace.

— Désolée.

Pendant que Jack se changeait dans la salle de bains, Elizabeth redescendit et commença par ajouter une bûche dans la cheminée. Lorsqu'elle se retourna, Jack l'avait déjà rejointe. Le peignoir rose, râpé par endroits, trop étroit et trop court pour lui, était tendu sur son large torse et s'arrêtait à mi-cuisses. Bref, il lui allait aussi bien qu'un tablier à une vache. Jack regarda les bougies disséminées dans la pièce.

— Un arbre énorme s'est abattu dans Sycamore Street. Le courant n'est pas près d'être rétabli.

— Tu as fait tout ce voyage pour me parler d'électricité ? demanda Elizabeth, en s'asseyant devant la cheminée.

— Non.

— Tu as reçu ma lettre, j'imagine.

— Oui, murmura Jack, d'une voix à peine audible.

— Alors on peut peut-être en parler.

Dans un long soupir, Jack vint s'asseoir à côté d'Elizabeth.

— Que voudrais-tu que je te dise ? Que je n'aurais pas dû accepter New York sans ton accord ?

— Laisse-moi te poser une question. Quand tu as lu ma lettre, est-ce que tu n'as pas été soulagé d'une certaine façon ?

Voyant Jack pâlir, Elizabeth comprit qu'il avait envie de mentir. Mais finalement, il biaisa.

— Tu sais combien j'ai attendu une chance comme celle-là. Tu le sais mieux que quiconque. Et quand elle arrive, tu choisis ce moment pour me quitter.

— Écoute, Jack. Sois honnête. Reconnais que nous ne sommes plus heureux ensemble depuis pas mal de temps.

— Mais je t'aime.

— Vraiment ? Alors reviens et essayons, ici, de prendre un nouveau départ.

— Tu voudrais que je renonce à cette seconde chance dont j'ai rêvé pendant des années ?

Bien qu'elle ne se soit pas fait d'illusions, Elizabeth se sentit blessée par cette réponse.

— Ce serait trop te demander, n'est-ce pas, Jack ? Et tu sais pourquoi ? Parce qu'il n'a jamais été question que de tes rêves depuis que nous sommes mariés. Je t'ai suivi de ville en ville pendant vingt ans. Vingt ans ! J'ai fait de mon mieux, comme épouse et comme mère. Maintenant, je me sens vidée. La nuit, je me réveille en ayant l'impression d'étouffer. Tu le sais, ça ? Et puis, tu m'as assez reproché de faire des projets, de rêver, mais de ne jamais passer à l'acte. Il fallait que je me prenne en main. Eh bien, je suis partie pour le faire, Jack !

Il se lissa les cheveux, soupira.

— Seigneur ! Je pensais que tu voulais simplement me faire comprendre qu'il fallait que je cherche quelque chose en dehors de New York.

Jack se tassa sur lui-même, les bras sur les genoux. Puis il chercha le regard d'Elizabeth.

— Quand on veut se retrouver seul, on divorce généralement. C'est ce que tu souhaites ?

Elizabeth resta un instant bouche bée.

— Non, finit-elle par répondre. Je ne pense pas au divorce.

— Alors à quoi, Birdie ? Tu veux qu'on vive séparés ? Qu'il n'y ait pas de changement définitif ? Merde ! Et les filles ? Comment on leur expliquera notre séparation ?

Elizabeth eut un petit gémissement. Elle commençait à mesurer les conséquences de sa décision. Jusque-là, elle n'avait vu qu'une chose : son besoin de se retrouver seule. Et voilà que Jack lui demandait de préparer une explication pour leurs filles.

Tandis qu'elle se sentait prête à prolonger la discussion, à trouver, peut-être, un *modus vivendi* auquel elle n'avait pas encore songé, Jack monta au premier étage et claqua la porte derrière lui. Il réapparut quelques instants plus tard, dans ses vêtements mouillés, une enveloppe à la main.

— Un clin d'œil ironique, ça te dit ?

— Je ne crois pas.

— Regarde quand même.

Elizabeth prit l'enveloppe d'une main tremblante, l'ouvrit. Elle contenait un feuillet, plié en deux, et un document où elle remarqua le mot « location ». Il ne manquait plus qu'une signature.

— Oh ! Jack...

— Lis, dit-il, en la regardant à peine.

Elle ferma les yeux, le temps de rassembler son courage, puis déplia le feuillet. Une photo représentait une superbe maison ancienne, située – selon la légende – dans East Hampton.

— De la chambre, on voit la mer, expliqua Jack. L'agent immobilier me l'avait réservée. Je voulais te faire la surprise pour la Saint-Valentin.

Les yeux embués de larmes, Elizabeth regarda Jack. Il voulait qu'elle parte avec lui, qu'elle redevienne sa femme, mais elle ne pouvait pas accepter. Si elle faisait marche arrière, elle se perdrait de nouveau, et peut-être à jamais.

— Je t'aime, Birdie, déclara Jack d'une voix qui se brisa.

Il était sans nul doute profondément meurtri, et elle se demanda pendant combien de temps elle garderait le souvenir de ces instants douloureux, pour elle comme pour lui.

— Je t'aime aussi, Jack.

— Est-ce que tu crois que ça arrange les choses ?

Jack regarda sa femme encore quelques instants, puis sortit, laissant la porte se refermer derrière lui.

16

Qu'est-ce qui lui avait pris de parler de divorce ? Jack freina si brusquement que sa voiture de location fit un tête-à-queue sur la route boueuse, puis patina avant de caler, les phares braqués vers l'océan. Il n'avait pas connu un tel bouleversement depuis la mort de sa mère, trente ans auparavant, et, comme à cette époque-là, ses sentiments étaient totalement confus. Si on lui avait demandé, une semaine plus tôt, où en était son couple, il aurait répondu qu'il traversait une passe difficile, mais sans doute normale après tant d'années de vie commune. Il aurait conclu que rien de fondamental n'était remis en question.

En lisant la lettre d'Elizabeth, il avait été convaincu que ce n'était qu'une façon pour elle de lui faire la leçon, de lui rappeler qu'elle avait son mot à dire quand une décision engageait leur façon de vivre. Alors, il s'était adressé à cet agent immobilier d'East Hampton, puis avait téléphoné à son bureau pour prévenir qu'il ne reviendrait que le lendemain, et avait filé vers l'aéroport. Jamais il n'aurait pensé qu'elle était décidée à le quitter. Où avait-elle trouvé assez de cran pour en arriver là ? La mort de son père avait dû la secouer sérieusement. Certes, il savait qu'elle n'était pas heureuse, mais de là à... le quitter !

Ces dernières vingt-quatre heures, il avait passé plus de temps à penser à sa femme qu'en vingt-quatre ans. Croyant la connaître, il avait préparé ce qu'il comptait lui dire, l'avait même noté et presque appris par cœur pendant le vol.

Mais c'était à une inconnue qu'il venait de parler. « Reconnais que nous ne sommes plus heureux depuis pas mal de temps », lui avait dit Elizabeth. Cette phrase terrifiante avait ruiné son scénario. Elle lui avait fait comprendre qu'Elizabeth était sérieuse, que sa réaction n'était pas irréfléchie. Pris de court, il s'était tout de suite mis sur la défensive, et il avait dit des choses qu'il n'avait jamais eu l'intention de dire, ni même imaginé.

Penché sur le volant, il écouta la pluie tomber. Cette pluie omniprésente dans ce trou perdu. Puis il fut à deux doigts de faire demi-tour, d'aller prendre Elizabeth dans ses bras en la suppliant de lui pardonner. Et ensuite ? Il devait reconnaître qu'elle avait raison, et c'était le pire. Sans réfléchir, il avait parlé de divorce – quel idiot ! –, mais cela ne changeait rien à la vérité. S'il retournait là-bas, elle lui pardonnerait – le contraire lui semblait inconcevable –, mais ils retomberaient vite dans l'ornière qu'ils avaient creusée sans y prendre garde. Et l'un comme l'autre méritaient mieux que cet amour à demi consumé. Au fond, qu'avait-elle fait, sinon de décider enfin à sa place ?

Tandis que la pluie tambourinait sur le pare-brise et le toit de la voiture, il murmura :

— Je t'aimais tellement, Birdie.

Mais seul dans cette petite voiture bon marché, où personne ne pouvait l'entendre, il venait de parler au passé.

Le lendemain, les déménageurs rapportèrent les meubles à une heure qui obligea Elizabeth à sortir précipitamment de son lit. Dès qu'ils furent repartis, elle regagna sa chambre et resta couchée pendant trois jours.

Au bout de ces trois jours, elle n'avait toujours pas envie de se lever. La couette remontée jusqu'au menton, elle resta allongée, pendant que la pluie martelait les vitres. Maintenant, elle comprenait pourquoi des couples se séparent, puis reprennent la vie commune au bout d'un moment, même s'ils ne s'aiment plus comme avant. La routine engendre un sentiment de sécurité. En ce qui la concernait, plus l'amour s'était affaibli avec le temps, et plus elle avait rêvé de se libérer, d'être seule, d'exister par elle-même. C'était devenu un but, une finalité.

Bien que convaincue d'avoir pris la bonne décision, Elizabeth éprouvait tout de même, le soir, dans la maison obscure, la crainte de s'être condamnée à la solitude. Elle ne trouverait peut-être plus jamais quelqu'un pour l'embrasser, pour s'asseoir à côté d'elle après le dîner et parler de tout et de rien. Pire : son visage vieillissant n'attirerait plus personne. Qui lui dirait encore « Tu es belle, Birdie » ? Qui lui murmurerait « Je t'aime » avant d'éteindre la lumière ?

Rejetant la couette, elle se leva. Il était temps pour elle de prendre ce nouveau départ dont elle avait rêvé.

— Je pourrais peindre, déclara-t-elle à voix haute.

Mais l'énergie lui manqua aussitôt, et elle se recoucha, tout en redoutant une sérieuse dépression si elle continuait ainsi. Dans une telle situation, il n'y avait qu'une chose à faire. Malheureusement, le téléphone ne serait rebranché que dans l'après-midi. Elle ouvrit le tiroir de la table de chevet, en sortit du papier et un stylo, et se mit à écrire avant de changer d'avis :

Chère Meghann,

J'ai un sérieux problème. Après des années de jéré-miades, j'ai finalement voulu réagir, prendre ma vie en main. Je me suis séparée de Jack. C'est drôle comme un bouleversement de ce genre peut se résumer par une si petite phrase.

Mais le plus beau, c'est que je me sens encore plus malheureuse maintenant. Je voudrais faire un tas de choses du matin au soir, et pourtant je n'arrive pas à sortir de mon lit.

Tu avais raison, il me semble, sur toute la ligne.

Ça ne me ferait pas de mal de rire un peu. Parle-moi donc de ta dernière conquête.

Je t'embrasse,

Elizabeth.

Elle se sentait déjà mieux. Elle se dit qu'il était toujours préférable de se tourner vers quelqu'un plutôt que de ruminer dans son coin, de laisser l'angoisse s'installer à la perspective d'une vie solitaire. Pensant soudain à sa belle-mère, seule elle aussi, elle se rappela la promesse faite à son père sur son lit de mort. La promesse de prendre soin d'Anita. Qu'avait-elle fait jusqu'à présent pour elle ? Rien. Alors, elle prit une autre feuille de papier et écrivit :

Chère Anita,

Je suis seule dans la maison d'Echo Beach. Le calme est tel que je commence à me rendre compte de tout le bruit qu'il y avait dans ma vie jusqu'ici. C'est sûrement le lot des femmes de se soumettre à la voix la plus forte, d'être toujours au service des autres.

Je pense beaucoup à toi ces temps-ci. J'espère que tu vas

bien, mais, en cas de besoin, n'hésite pas à m'appeler. Nous avons toujours été distantes l'une envers l'autre, mais, comme l'a dit Bob Dylan : « The times they are a changin' ». *Nous parviendrons peut-être à nous rapprocher.*

Meilleures pensées,

Elizabeth.

Elle se leva, enfila deux vieux pulls et un pantalon de jogging, mit ses sabots de jardinière et une casquette de pêcheur – on aurait dit Katherine Hepburn dans *La Maison du lac* –, et alla à la boîte aux lettres. Elle rentra essoufflée et en sueur, et se promit de faire un peu plus d'exercice. Puis, tandis qu'elle enlevait ses pulls mouillés, elle pensa soudain aux réunions des femmes sans passion. Cet énoncé lui allait vraiment à merveille.

Dès le lendemain de leur rupture, Jack fit en sorte de ne jamais rester seul. Chaque matin, il se levait à quatre heures et s'installait à son bureau une heure plus tard, bien avant l'arrivée de ses collègues. Puis il finissait ses journées en entraînant quelqu'un – la première personne disponible – au bar des Sports, sur la 50ᵉ Rue. Il ne voyait pas d'autre façon de supporter la rupture, car il avait toujours détesté rester seul.

Ce soir-là, il resta au bar jusqu'à la fermeture, buvant verre sur verre, en compagnie de Warren. Puis il rentra chez lui en titubant, complètement ivre, et cria le nom de Birdie dès qu'il fut dans l'appartement. Le silence qui suivit le confronta brusquement à la réalité de leur séparation. Sans réfléchir, il attrapa le téléphone et composa le numéro d'Elizabeth. Elle répondit à la huitième sonnerie.

— Allô ? fit-elle d'une voix endormie.

Jack constata à sa montre qu'il était trois heures du matin à New York, donc minuit dans l'Oregon.

— Bonsoir, Birdie.

— Oh ! Salut.

Il l'imagina s'asseyant sur le lit, allumant la lampe de chevet.

— Ça me fait drôle de ne pas être avec toi, avoua-t-il d'une voix douce en s'asseyant lui aussi sur son lit.

— Je veux bien te croire.

— Je n'aurais pas dû prononcer le mot « divorce ». J'étais en colère.

La réponse d'Elizabeth se fit attendre. Jack eut le sentiment détestable d'être le seul responsable de leur échec.

— J'aurais peut-être dû, moi aussi, faire les choses différemment, finit-elle par admettre.

— Et maintenant ?

Jack exprimait sa véritable préoccupation. Pendant vingt-quatre ans, il avait vécu, dormi avec elle, s'était soucié d'elle. Il ne savait plus vivre autrement.

— Je ne sais pas, dit-elle, apparemment lointaine. J'ai besoin d'être seule pour le moment.

— Et *nous* ?

— Nous attendons. Nous verrons bien où tout cela nous conduira.

— Bon... Il y a pas mal d'argent à la banque. Tu peux m'envoyer tes factures si tu veux.

— Merci, mais j'ai un chéquier. Ça ira.

— Oui. Bien sûr.

Que dire d'autre ? Jack eut le sentiment qu'ils étaient déjà devenus deux étrangers.

— Alors, bonne nuit, Birdie.

— Bonne nuit, Jack.

Il raccrocha, se laissa tomber sur le dos, regarda le plafond. « Nous attendons. » Ils n'avaient que deux options en ce moment : attendre, voir venir, ou faire marche arrière. Jack dut s'avouer que lui non plus n'était pas prêt pour la seconde.

17

Elizabeth se sentait un peu plus confiante chaque jour. Elle arrivait à dormir seule, et si des millions de femmes faisaient la même chose sans crier à l'exploit, pour elle qui avait dormi avec un homme pendant vingt-quatre ans, c'était très bon signe. Manger seule ne l'angoissait plus non plus. La veille, elle avait pris son petit déjeuner au Wild Rose et avait même essayé le tofu. Aujourd'hui, elle allait se remettre à peindre. Elle attrapa son manteau, puis son sac de toile noire qui contenait un carnet de croquis, des fusains, des pinceaux et des tubes de peinture, et tout l'espoir qui allait avec.

Dehors, l'air était vif, les pelouses ressemblaient à des tapis de feutre vert, parsemés çà et là de champignons blancs apparus pendant la nuit. L'océan offrait un mélange de gris pastel et de lavande.

Tandis que deux cormorans dessinaient lentement des cercles dans le ciel, Elizabeth mit sa capuche et traversa le jardin en direction de la falaise. En haut de l'escalier, elle s'immobilisa, regarda à ses pieds et constata, déçue, que la marée était haute. Elle s'assit sur la première marche, contempla les gerbes d'écume qui s'élevaient des brisants, puis se souvint de ce jour où son père l'avait emmenée faire un tour en hors-bord, dans les criques du sud de la Floride, sans avoir l'habitude de manœuvrer ce genre d'embarcation. À chaque arrêt dans un petit port, ils avaient fait du « bateau tamponneur », selon l'expression de son père...

Elizabeth souriait en repensant à cette promenade mouvementée lorsqu'on l'appela.

— Birdie ?

Elle se retourna et vit Meghann, à côté de sa Porsche Boxster blanche couverte de boue. La pluie mouillait son jean griffé, son pull de cachemire noir, et faisait tellement frisotter ses cheveux qu'elle semblait sortir d'une séance d'électrochocs.

— Tu sais qu'il pleut, Birdie ?

— Meg !

Elizabeth se leva, ramassa son sac et courut vers son amie, qui la serra aussitôt dans ses bras.

— Ne te mets pas à pleurer, s'il te plaît ! Emmène-moi plutôt à l'abri et offre-moi un verre.

Prenant Meg par la main, Elizabeth l'entraîna dans la maison, fit un feu, puis sortit une brique de vin ; c'était tout ce qu'elle avait comme boisson alcoolisée.

— Oh ! C'est pire que je l'imaginais ! fit Meg. Tu me prends pour quelqu'un d'ici. Attends une minute.

Elle ressortit, puis revint avec une valise qu'elle ouvrit sur la table basse.

— Les briques conviennent au lait, pas au vin, expliqua-t-elle.

Elle fouilla sous ses vêtements, brandit une bouteille de tequila et déclara :

— Après avoir lu ta lettre, je me suis dit que nous aurions peut-être besoin d'un remontant.

— Tu es une amie de rêve, Meg.

Elles avalèrent chacune deux verres de tequila, sans

un mot. Puis Meghann s'enfonça confortablement dans le canapé.

— Alors, mon chou, où en es-tu ?

Elizabeth soupira.

— Je me sens pitoyable. Pendant des années, j'ai rêvé d'un nouveau départ, et maintenant je me sens *trop* seule. Ça m'effraie. Je me demande si je n'ai pas fait une erreur.

— Ce que tu vis en ce moment est tout à fait normal, crois-moi. C'est un passage difficile, mais ça va s'arranger.

— Que me dirais-tu si j'étais l'une de tes clientes ?

— Je te demanderais de sortir ton carnet de chèques.

— Très drôle. Je t'en prie, aide-moi.

Meghann se pencha vers Elizabeth.

— Ce que je peux te dire, c'est qu'on prend parfois une décision trop rapidement. N'oublie pas que tu as aimé Jack pendant très longtemps.

— Tu me conseilles de le rejoindre ? Mais j'ai vécu sur des sables mouvants avec lui, Meg. Je m'enfonçais, j'étais happée vers le bas. Comment pourrais-je avoir envie de revivre ça ?

— Raconte-moi ce qui s'est passé.

— Depuis le Tennessee, je lui ai écrit que je ne voulais pas vivre à New York. Qu'il fallait que je retourne dans l'Oregon.

— C'est tout ?

— Quand il est venu ici, je lui ai expliqué que j'avais besoin d'être seule pour le moment. D'ailleurs, je ne vois pas au-delà de ce besoin.

— Il a dû croire que tu hésitais à dire la vérité.

— Il a prononcé le mot « divorce », alors que je n'y avais même pas pensé.

— Qu'est-ce que tu espérais, Birdie ? C'est un

homme. Tu refuses de le suivre, tu le laisses se débrouiller seul. Il se sent émasculé.

— Je situais le problème au niveau du cœur, pas en dessous de la ceinture...

— Les hommes pensent avec leur sexe. Si j'avais une fille, c'est ce que je lui expliquerais en priorité.

— À défaut d'avoir une fille, si tu veux être cohérente, continue à prendre la pilule, Meg ! observa Elizabeth en souriant. Tu sais, sa colère m'a surprise. Il a toujours eu un ego énorme, c'est certain, mais il était malheureux lui aussi. Je pensais qu'il apprécierait un peu de répit.

— Il n'a pas dû croire à ta détermination en lisant ta lettre. Et puis il est venu, il a vu qu'il se trompait et il a disjoncté. Maintenant, on peut parler de divorce sans souhaiter vraiment en arriver là.

— Je le sais. Alors, que me conseilles-tu, Meg ? Je ne sais pas comment retomber sur mes pieds.

Meghann but une gorgée de tequila avant de répondre.

— Écoute, à une femme comme toi...

— C'est-à-dire ?

— Bonne mère, sans souci d'argent jusqu'à présent, mais aussi sans expérience professionnelle.

— Je vois. Continue.

— À une femme dans ta situation, je conseille habituellement de chercher un travail. C'est valorisant, et ce n'est pas mauvais pour le compte en banque.

Elizabeth vida son verre.

— Eh bien ! voyons ce que je pourrais faire. Il y a peut-être un poissonnier, sur le marché, qui a besoin de quelqu'un pour nettoyer son étal. Le ménage, je sais faire. Les intestins de poisson, je pourrais m'y habituer...

— Essaie de jeter tes filets un peu plus loin.

— Jusqu'à Cannon Beach, par exemple ?

— J'ai eu une idée en venant, annonça Meg en se penchant un peu plus vers Elizabeth. Tu as toujours eu envie d'être diplômée d'une école de peinture, non ? C'est le moment ou jamais de tenter l'aventure.

— Cette envie date de plusieurs années.

— Fais attention, Birdie. Il y a vingt ans, tu aurais pu aller jusqu'au bout de tes études, et tu as choisi de renoncer. Est-ce que tu quitterais Jack uniquement pour retomber dans tes anciens travers ?

Elizabeth avait-elle arrêté ses études au bénéfice de sa vie d'épouse et de mère, ou bien parce qu'elle avait, avant tout, douté de son talent ?

— Je n'étais pas assez motivée, je crois, avoua-t-elle.

— Il faut oser, Birdie. Inscris-toi à un cours de peinture. Reprends la route dont tu t'es détournée.

— Écoute, Meg. J'ai quarante-cinq ans et j'ai abandonné la peinture depuis vingt ans. La vie ne donne pas toujours une seconde chance.

— Bien. Je vois que je t'énerve. Changeons de sujet. Si je te disais que j'ai besoin de ton aide ? J'essaie de sortir de mon ornière sentimentale. Mais je n'ai pas encore trouvé le moyen d'être attirée par les hommes de mon âge.

Elizabeth éclata de rire.

— Fais les choses progressivement. Cesse d'abord de fréquenter des hommes qui disent « j'hallucine grave », « c'est trop génial » ou « c'est nickel ».

— Tu voudrais que je converse proprement ? Bof ! Attends de te remettre dans le bain. Quand tu auras vu à quoi ressemblent les hommes de notre âge, tu m'appelleras. Tiens, j'ai une idée ! Viens donc faire tes expériences à Seattle. J'ai une chambre à ta disposition.

— J'aime être ici, tu le sais bien.

— Mais ici on est sur une autre planète – et une planète inhabitée, en plus. J'ai d'ailleurs remarqué que la pluie n'est pas normale. Je suis de Seattle. Je sais à quoi ressemble la pluie.

En riant, Elizabeth glissa un bras autour des épaules de son amie.

— La plage est magnifique.

— Quand elle est visible. En venant, j'ai vu des touristes japonais s'embarquer pour une promenade sur ta plage. Ils ne l'ont sûrement pas encore trouvée.

— Si le soleil brille...

— Deux fois par an.

— C'est la plus belle plage du monde. Et puis ici, on respire.

— Je peux respirer à Beyrouth, et je n'ai pas pour autant envie d'y vivre.

La sonnerie du four se déclencha. Elizabeth se leva et constata qu'elle était passablement ivre. Ses jambes en coton se dérobaient, ses doigts étaient gourds. Elle demanda à Meghann de la suivre.

— Où m'emmènes-tu ? Danser ? J'adore dan...

Meghann plissa le front, tandis qu'elle se levait péniblement.

— Qu'est-ce que je disais ? demanda-t-elle.

Comme des gamines, les deux amies s'étreignirent en riant et se cognèrent la tête.

— Viens.

Elizabeth fit traverser la cuisine à Meghann, qui s'immobilisa brusquement devant la porte.

— Tu veux sortir ? Sous cette pluie ?

— Elle ne te fera pas fondre.

— Non, je ne sors pas.

— Nous allons sur la plage. J'y vais chaque soir.

C'est mon nouveau rituel. Une sorte d'antidote contre l'angoisse.

— Il te manque de vivre vraiment. Je te préviens, je suis venue pour m'amuser.

— Allez. Viens. Sinon on va rater mes baleines. Elles sont très ponctuelles.

— Des baleines ? Tu te moques de moi ?

— Du courage, maître, rétorqua Elizabeth, ravie de retrouver le goût du rire. Pour une fois, tu vas suivre au lieu de diriger.

Dehors, Meghann avança d'un pas incertain, agrippée à la main d'Elizabeth. La pluie qui tombait à seaux transformait le jardin en un étang de boue. À mi-chemin, un premier cri de baleine se fit entendre.

— Dépêchons-nous. Elles sont déjà là.

— Tu as probablement besoin de voir un médecin, déclara Meghann en recrachant de l'eau.

Jack arriva aux studios un peu plus tard que d'habitude. Il avait bu jusqu'au milieu de la nuit chez Hogs and Heifers, avec Warren, et ne savait même plus comment il était rentré. Mais il avait eu quelque chose à fêter. *Good Sports* avait débuté la semaine précédente en faisant un tabac. L'Audimat avait crevé le plafond.

Dans la salle de conférence, il se dirigea immédiatement vers la machine à café.

— Seigneur ! fit Warren en riant. Quelle tête tu as ! Tu ne peux plus faire la fête comme autrefois, hein Jacko ?

Jack se glissa dans le fauteuil en cuir.

— Tu n'as pas l'air plus frais, mon vieux. Tu as dû avaler trop de chips.

La porte s'ouvrit avant que Warren ait pu répondre, et le producteur de l'émission, Tom Jinaro, entra d'un pas vif. Hans, son assistant, le suivait, les bras chargés de carnets et de rames de papier.

Tom s'installa à sa place habituelle, à l'extrémité de la table. Quelques instants plus tard, Warren fut rejoint par son assistant qui s'assit à côté de lui.

Jack prit une chaise en face d'eux. Tom regarda ses notes, puis les personnes qui l'entouraient.

— Hans pense qu'on devrait faire quelque chose sur le dopage. Dénoncer les produits mortels à long terme. Comme l'éphédrine. Qu'en pensez-vous, Warren ?

— Si on a un cadavre, pourquoi pas.

— Jack ? Votre opinion ?

— Franchement, Tom, c'est le genre de sujet dont on nous rebat les oreilles. On pourrait être plus audacieux, aborder une réflexion originale. L'autre jour, j'ai lu un article qui comparait les « troubles » en Irlande du Nord à l'atmosphère qui régnait aux États-Unis au lendemain du 11-Septembre. Les Irlandais ont l'habitude du danger, de l'incertitude au quotidien. On peut chercher comment le sport trouve sa place au milieu d'une guerre larvée.

Pendant une bonne minute, Tom tapa sur la table avec son stylo.

— Jack a raison, finit-il par déclarer. Je ne connais rien au problème irlandais, mais ça me paraît être une meilleure accroche qu'une drogue dont personne ne retiendra le nom. Hans ? Tu connais le sport en Irlande ?

Hans fronça les sourcils, remonta ses lunettes sur son nez busqué.

— Au Moyen-Orient, il y a des terrains de sport où les enfants palestiniens et juifs se rencontrent. Il peut y avoir quelque chose du même genre en Irlande, pour catholiques et protestants.

— Eh bien ! Hans, c'est ton travail de vérifier, remarqua Tom en souriant. Tu me fais un rapport demain matin. Bon, en attendant, voyons ce qui est au programme aujourd'hui.

Après deux heures de mise au point de l'émission du jour, Jack et Warren allèrent directement dans le studio où leur invité – un champion olympique du saut en longueur, atteint de sclérose en plaques – les attendait.

Après l'émission, Jack s'attarda un moment avec les techniciens, puis, quand presque tout le monde fut parti, il regagna son bureau, décrocha le téléphone et composa un numéro de mémoire.

Sally décrocha rapidement.

— Bonsoir, Sally.

— Jack ! Je suis heureuse de vous entendre. Comment ça va, à New York ? J'ai entendu dire que vous battiez des records d'audience.

Jack sourit. Il y avait des années que quelqu'un n'avait pas semblé aussi réjoui de l'entendre.

— Ça marche à merveille. La Fox me prend pour un dieu.

— Nous pensons tous la même chose, Jack. Je peux vous assurer qu'ici vous nous manquez.

— Dans ce cas, vous devriez venir me rejoindre. Je cherche une assistante.

Il y eut un silence.

— Vous vous moquez de moi ? finit par demander Sally.

— Pas du tout. C'est sérieux, et j'ai l'accord de mon patron. On ne peut pas vous offrir un salaire mirobolant, mais vous serez sans doute mieux payée que maintenant.

— Je peux être là-bas dans dix jours. Je descendrai

dans une auberge de jeunesse s'il le faut, ajouta Sally en riant. Merci, Jack. Vous ne pouvez pas savoir ce que ça signifie pour moi.

— Vous le méritez, Sally.

— Merci.

Jack avait raccroché depuis une minute et s'apprêtait à partir quand il reçut un appel de Warren.

— Hé, Jacko ! Beth a son cours de yoga ce soir. Si on dînait au Sparks ?

— D'accord.

— Dix-neuf heures trente ?

— Je te retrouve là-bas.

Freiné par la circulation, Jack arriva chez lui plus tard que prévu. Il se dépêcha de passer un jean et un tee-shirt, puis de redescendre et de héler un taxi. Il fut au restaurant à dix-neuf heures quarante-cinq. L'hôtesse – une jolie jeune femme en robe moulante noire – lui sourit en rougissant.

— Heureuse de vous revoir chez nous, monsieur Shore.

Jack la gratifia de son sourire show-biz.

— Merci. Je suis moi-même heureux de revenir. J'ai rendez-vous avec Warren Mitchell.

— Il vous attend. Suivez-moi.

Jack emboîta le pas à l'hôtesse, non sans remarquer le discret balancement de ses hanches. Quand ils furent à proximité de la table de Warren, elle se retourna et, le sourire enjôleur, posa la main sur le bras de Jack.

— Je reste jusqu'à la fermeture, dit-elle. Si vous avez besoin de quoi que ce soit – elle insista sur ces mots –, appelez-moi.

Redevenir un objet de désir, Dieu que c'était bon !

— Je ne manquerai pas de le faire...

Tandis que Jack suivait la jeune femme du regard, Warren éclata de rire et leva son verre.

— Je t'ai commandé un whisky. Dis-moi, c'est fou ce qu'une petite apparition à la télé rend séduisant, hein ? Même les vieux comme nous.

Jack prit son verre.

— En tout cas, je peux t'assurer que ça fait du bien de redevenir quelqu'un.

— C'est sûr que passer de la LNF au journal sportif de Sioux Falls n'a pas dû être facile, remarqua Warren entre deux gorgées de whisky.

— Je ne connais pas Sioux Falls, mais c'était sans doute du même genre. Et je peux te dire que j'ai vécu un enfer.

— Je n'étais pas près de toi quand ton genou a cédé, regretta Warren.

— Tu n'aurais rien pu faire.

— Je me suis mis à ta place, et ça m'a fichu une de ces trouilles. Tu étais au sommet et, en une minute, tu t'es retrouvé au tapis.

— Je savais depuis toujours que j'avais des genoux de verre. Que ce n'était qu'une question de temps.

— Comment as-tu surmonté cette épreuve ?

Voilà une question que Jack ne s'était plus posée depuis des années. Après l'opération, il avait beaucoup dormi. Il était resté des jours, peut-être des semaines, dans sa chambre, toutes lumières éteintes, prétextant des douleurs intenables, avalant des pilules comme des Smarties. Et puis, un matin, Elizabeth avait tiré les rideaux. « Ça suffit, Jackson Shore. Maintenant, tu te lèves, tu t'habilles et tu me rejoins dans le séjour. Tu as encore la vie devant toi et des projets à faire. Si tu n'as pas bougé dans dix minutes, je t'envoie une bassine d'eau glacée au visage. »

Et elle avait tenu parole ! Plus tard, elle avait osé prononcer les mots interdits, lui dire qu'il était devenu un drogué.

— C'est Elizabeth qui m'a sorti de là.

— Je ne suis pas surpris. Tu as de la chance d'avoir épousé une femme comme elle.

— Nous nous sommes séparés.

Pour la première fois, Jack prononçait ce constat à voix haute, et il s'aperçut qu'il s'en sentait à la fois déprimé et soulagé. La veille, il avait remarqué la façon dont Warren le regardait. À plusieurs reprises, son ami lui avait demandé quand Birdie devait revenir.

— Tu es la première personne à qui je le dis. Ça n'arrivait pas à sortir.

— Jésus ! Je vous ai toujours connus mariés. Vous étiez un exemple pour nous tous. Vous nous permettiez de croire qu'un mariage réussi peut résister au temps.

Tous les amis de Jack qui s'étaient mariés et remariés lui avaient dit la même chose.

— Eh bien, c'est faux !

— Et ça va ?

La réponse était complexe ; elle aurait demandé à Jack de se plonger longuement dans le passé, ce dont il n'avait aucune envie en ce moment. Quand il le faisait – dans la solitude de ses nuits –, il se rappelait surtout les bons moments et regrettait ce qu'il avait perdu. Il préférait rester en surface, au lieu de creuser, faire en sorte de se concentrer sur sa nouvelle vie et l'apprécier.

— Oui. Notre couple ne fonctionnait plus.

— Je connais ça. Mais comment réagit Birdie ?

À l'évidence, Warren pensait que la décision avait été prise par Jack. Quoi de plus naturel ? Personne ne pouvait prêter à Birdie assez de courage pour mettre fin à leur mariage.

— Plutôt bien, fit Jack. Maintenant, est-ce qu'on pourrait changer de conversation ?

— Certainement, Jack. C'est comme tu veux.

18

La plage était devenue le sanctuaire d'Elizabeth ; elle l'avait sauvée. Au cours de la semaine précédente, Elizabeth avait passé des heures assise sur « sa » roche, sans se soucier du temps. De jour en jour, d'heure en heure, elle s'était sentie plus forte. Désormais, elle pouvait reprendre le cours normal de sa vie.

Son agenda lui rappela que, ce jeudi soir, avait lieu la vente aux enchères organisée chaque année par la bibliothèque municipale et suivie d'une soirée dansante. Elle l'avait complètement oublié, en dépit des innombrables heures qu'elle avait passées à organiser ces événements. Elle téléphona aussitôt à Allison Birch, avec qui elle avait toujours partagé la responsabilité de la bibliothèque.

— Bonjour, Ali. C'est moi, Elizabeth.

— Oh ! Bonjour. Je croyais que tu étais déjà à New York.

— Je suis revenue.

— Et Jack ? demanda Allison, sans attendre une explication. Il n'a pas encore commencé son émission ?

— Je suis revenue seule. Nous nous sommes...

Il y eut un silence.

— Vous vous êtes séparés ?

— Nous faisons une sorte de pause. C'est provisoire.

— Eh bien ! Je n'aurais jamais cru qu'il te quitterait. Je savais qu'il y avait des problèmes entre vous, mais je me disais... Quel couple ne connaît pas des moments difficiles ?

Bien entendu, Allison supposait que la rupture venait de Jack. Les femmes comme Elizabeth ne pouvaient pas quitter les hommes comme Jack. Mais Elizabeth s'abstint d'entreprendre une discussion.

— Alors, qu'est-ce que tu vas faire ?

— Je crois que je vais chercher un emploi.

— À Echo Beach ? s'étonna Allison en riant. Et qu'est-ce que tu voudrais faire ?

— Je n'en sais encore rien. En attendant, je voulais te dire que je suis ici. Nous pourrions peut-être déjeuner ensemble mercredi, après la réunion du comité.

— Avec plaisir.

— Ce soir, il y a la vente. Je t'y verrai sûrement.

Ce fut au tour d'Allison de marquer un silence qui intrigua Elizabeth.

— Pour la soirée dansante, qui sera ton cavalier ? finit par demander Allison. Si tu es seule à ta table, ça semblera bizarre.

Elizabeth avait oublié combien le monde marchait par deux.

— Je n'y avais pas pensé, avoua-t-elle. Mais il faut que je m'habitue à sortir seule.

— Oui... soupira Alice. Sans doute. Alors Chuck et moi, on vient te chercher ?

— Non. Finalement je n'irai pas.

Elizabeth ne s'en sentait plus le courage. Elle poursuivit un moment la conversation, parlant de tout et de rien, puis prétexta une migraine, raccrocha, et s'affala sur le canapé. Allison venait de lui faire prendre conscience qu'en devenant une femme seule elle s'était aventurée dans une contrée inconnue sans carte ni boussole. Mais quand elle commença à s'apitoyer sur son sort, elle eut un sursaut. Il n'était plus question de se bercer de solitude du matin au soir. Il fallait se replonger dans la vie et, surtout, combattre l'angoisse.

Elizabeth se leva, alla boire un verre d'eau dans la cuisine, où elle remarqua sur le calendrier, à côté du réfrigérateur, qu'elle avait noté deux choses :

Vente-bibliothèque : 18 h 30.

Femmes sans passion : 19 h.

La réunion aussi lui était sortie de l'esprit, bien qu'elle ait eu la ferme intention d'y aller. Finalement, elle se dit qu'elle irait plutôt à la vente.

Elle monta dans la salle de bains, prit une douche, se fit un shampooing colorant, mit l'élégante robe de lainage rouge qu'elle avait achetée le mois précédent. Maquillée avec soin, elle para son cou d'un collier d'argent et d'onyx, dessinant un papillon. Mais quand elle se regarda dans son miroir, elle ne vit qu'une femme un peu trop forte dont la robe accentuait les rondeurs. Il n'y avait pas de « nouvelle » Elizabeth... Elle resta perplexe un instant, puis finit par opter pour un demi-camouflage grâce à un grand châle de cachemire noir qu'elle prit dans sa penderie.

L'autoroute traversait plusieurs petites villes du bord de mer. À Manzanilla, Elizabeth s'engagea sur l'étroite route, bordée d'arbres, qui serpentait jusqu'à la plage. Ici et là, des fenêtres éclairées brillaient dans la pénombre crépusculaire. Puis apparurent les lumières de l'un des rares quatre-étoiles de la côte. Au moment d'arriver à destination, Elizabeth sentit l'appréhension l'envahir. Comment allait-elle faire, seule, sans un homme ? Il faut y aller. Tu en es capable.

Elle se gara, mais resta dans la voiture, alors que la

vente allait commencer d'une minute à l'autre. Si elle attendait encore, elle arriverait en retard, et c'était le meilleur moyen de se faire remarquer.

— Bon. Je sors de cette voiture immédiatement.

Enveloppée dans son châle, elle entra dans le hall de l'hôtel où, souriante, saluant d'un mouvement de la tête les personnes qu'elle connaissait, elle se dirigea résolument vers l'escalier qui conduisait à la salle de bal. Elle fut presque certaine de percevoir des murmures dans son dos, des « Où est donc Jack ? ».

À l'entrée de la grande salle, elle s'immobilisa un instant. Tous ces gens habillés avec recherche, assis à des tables recouvertes de nappes blanches, devaient tous avoir le même genre de conversation, qu'ils soient d'une ville ou d'une autre. Les hommes parlaient de travail et de sport, les femmes, des enfants, de l'école, de régimes alimentaires. Dans un coin, un trio de jazz jouait une vieille chanson d'Ella Fitzgerald.

Elizabeth n'eut pas besoin de vérifier son billet pour trouver sa table, près de la piste, en première ligne ! Le volontariat à un certain niveau s'accompagnait automatiquement, à Echo Beach, de ce genre de privilège. De plus, elle était – *avait été* – mariée à l'une des rares célébrités de la ville, ce qui ne gâchait rien.

Allison et Chuck étaient déjà assis, en compagnie de trois autres couples ; ils parlaient tranquillement entre deux gorgées de champagne. Deux chaises étaient restées vides. Elizabeth se força à relever le menton, avança entre les tables où elle connaissait tout le monde et parvint à rejoindre l'une des chaises disponibles sans s'évanouir. Mais à quoi bon ? La vie qu'elle avait menée jusqu'ici n'était qu'un ersatz de celle de Jack. D'ailleurs, dans cette salle, elle avait beaucoup de connaissances, mais très peu d'amis.

À l'époque où les filles étaient petites, les revenus plutôt maigres et les déménagements fréquents, elle avait découvert que, si elle voulait entretenir un semblant de vie sociale, elle devait s'engager dans un volontariat, quel qu'il soit. Ville après ville, sa constatation s'était vérifiée.

À Echo Beach comme ailleurs, Elizabeth avait automatiquement mis ses pas dans ceux de Jack. Elle eut le sentiment que, si elle s'asseyait, elle redeviendrait cette bonne vieille Elizabeth, celle vers qui on se tournait faute de mieux : la femme de Jack.

Alors, elle eut un sursaut, se détourna de l'image de cette femme qu'elle ne voulait plus être et, telle Cendrillon, redescendit l'escalier en courant, son châle volant derrière elle, et regagna sa voiture.

Un coup d'œil à l'horloge du tableau de bord lui indiqua qu'il était dix-huit heures quarante. La réunion des femmes sans passion commençait dans vingt minutes.

Elle arriva avec un quart d'heure de retard, se serra dans son châle et se rua vers la salle de classe où se tenait la réunion.

— Elizabeth ! s'écria Sarah Taylor en la voyant entrer. Nous craignions de ne pas vous voir cette semaine.

Elizabeth se surprit à rire, heureuse d'être accueillie ainsi.

— Je me suis égarée en route.

— Nous en sommes toutes là, remarqua Mina, avec un petit rire. Venez vous asseoir.

Elizabeth s'assit sur une chaise vide à côté de Kim, qui déclara, l'air morose :

— Vous auriez dû rester chez vous. Ce groupe va vous mettre du vague à l'âme.

— J'ai l'habitude depuis quelque temps.

— Vraiment ? Vous avez l'air plus heureuse pourtant, fit Kim.

Sarah ne laissa pas à Elizabeth le temps de répondre.

— Qui commence, ce soir ?

De nouveau surprise par sa réaction, Elizabeth leva la main.

— Nous nous sommes séparés, mon mari et moi.

— Et que ressentez-vous ? demanda Sarah avec douceur.

Une fois qu'elle eut commencé à parler, Elizabeth crut ne jamais pouvoir s'arrêter. Son flot de paroles lui donna l'impression d'avoir appuyé sur un bouton. Elle termina en expliquant :

— Il y a à peine une heure, j'ai essayé de renouer avec mon ancienne vie, mais je n'ai pas réussi. J'ai besoin de repartir de zéro, mais je ne sais pas comment. Alors, me voilà.

— J'ai pensé à vous cette semaine, dit Mina. On doit être sur la même longueur d'ondes, ajouta-t-elle en souriant à Elizabeth. Toujours est-il que, en passant en revue les cours proposés par l'université, j'ai remarqué qu'un cours de peinture va débuter prochainement.

— Vraiment ? fit Elizabeth, une petite étincelle au cœur.

Une étincelle d'espoir, peut-être.

Mina se pencha sur son sac et en sortit un catalogue.

— Je l'ai gardé pour vous.

Elle se leva pour donner le catalogue à Elizabeth.

— Merci, Mina.

Les confidences se poursuivirent, d'une femme à l'autre, suscitant de temps en temps des larmes ou des rires émus.

Kim fut la seule à rester muette pendant toute la

réunion. Assise avec raideur à côté d'Elizabeth, elle ne cessa de jouer avec un paquet de cigarettes à demi vide, ricanant de temps à autre.

Quand la réunion s'acheva, Elizabeth bavarda quelques minutes, puis reprit la direction de sa voiture. Soudain, elle aperçut Kim, seule, en train de fumer une cigarette. Elle hésita, habituée à rester discrète en face d'une douleur personnelle et à respecter le besoin de solitude. Mais l'éclairage bleuté d'un réverbère voisin lui permit de constater que Kim regardait dans sa direction, et elle se décida à aller vers elle.

— Vous voulez une cigarette ? lui proposa Kim, qui portait des traces de larmes sur les joues.

— Non. Merci.

Les deux femmes restèrent un moment silencieuses, regardant le parking.

— Vous êtes déjà allée au concours de châteaux de sable de Cannon Beach ? demanda soudain Kim en exhalant une bouffée de fumée.

— Oui.

Toute la région connaissait ce concours. Des gens faisaient des kilomètres pour venir bâtir d'exquises sculptures de sable, que la marée balayait le lendemain.

Elizabeth devina les pensées de Kim. Comme elle, Kim avait cru à la solidité du mariage, avant de s'apercevoir que son couple n'était bâti que sur du sable.

— Sarah dit que j'ai peur, expliqua Kim. Que je n'ose plus espérer.

— Nous avons toutes peur.

— Sans doute...

Kim jeta son mégot par terre, l'écrasa sous son talon.

— Bien. À la prochaine fois.

— Je viendrai, promit Elizabeth.

Kim monta dans une jolie petite Miata bleue et

s'éloigna. Elizabeth la suivit sur l'autoroute jusqu'au moment où leurs chemins bifurquèrent. À Stormwatch Lane, elle s'arrêta pour prendre son courrier, puis rentra et ouvrit immédiatement une grande enveloppe qui venait de Meghann. Des catalogues de l'université de Columbia tombèrent sur la table de la cuisine. Ils contenaient le détail des cours auxquels Elizabeth aurait pu être admise autrefois. Sur un Post-it, Meghann avait écrit : « Tu ne peux plus prétendre que le temps te manque, à présent. »

Pour éviter de parler à ses filles, Elizabeth téléphonait pendant leurs heures de cours ou leur entraînement à la piscine, et laissait des messages qui pouvaient laisser croire que rien n'avait changé. Tandis que papa faisait grimper l'Audimat à New York, maman préparait la maison pour de futurs locataires...

Elizabeth jeta un coup d'œil à l'horloge qui affichait treize heures quarante-cinq. Soit seize heures quarante-cinq à Washington. Les filles devaient être à la piscine. Elle décrocha le téléphone et, tout en se reprochant sa lâcheté, s'apprêta à mentir de nouveau. Elle était si occupée à préparer le message qu'elle allait laisser sur le répondeur qu'elle réalisa trop tard que Stephanie avait décroché.

— Allô ?

— Bonjour, ma chérie, fit Elizabeth avec un rire nerveux. Je suis heureuse d'entendre ta voix. Je pense beaucoup à vous ces derniers temps.

— Salut, maman, répondit Stephanie, d'une voix fatiguée. Ton instinct maternel te fait téléphoner au bon moment. Je suis malade.

— Qu'est-ce que tu as ?

Une seconde de silence suffit à Elizabeth pour craindre le pire.

— Ne t'affole pas. J'ai simplement une grippe intestinale. Mais je ne peux rien avaler sans vomir.

— Jamie s'occupe de toi ?

— Pour ça, oui. C'est sa spécialité. Ce matin, elle m'a dit : « Si tu sens que tu vas vomir, éloigne-toi de mes chaussures neuves. »

Absolument pas étonnée, Elizabeth éclata de rire.

— Tu vas te remettre en un rien de temps, ma chérie.

— Je l'espère. Tu sais, je suis contente que tu appelles. J'ai quelque chose à te dire. Les parents de Tim nous invitent à aller skier avec eux pendant les vacances de printemps. Ils ont un chalet dans le Vermont. Ce serait pour la deuxième semaine de mars.

« Merci, mon Dieu ! » Elizabeth avait redouté ces vacances, ne sachant ce que Jack et elle devraient faire avec les filles à la maison. Entre mentir à ses enfants au téléphone et leur mentir de vive voix, il y avait un fossé.

— C'est très gentil de leur part.

— Mais ça coûte de l'argent. Il faut payer le forfait des remontées mécaniques et...

— Votre père a les moyens de vous offrir ça.

Elizabeth se mordit la lèvre, regrettant de ne pas avoir dit « *Nous* avons les moyens... ».

— Ce sera la première fois qu'on ne sera pas à la maison pendant les vacances. Tu n'es pas fâchée ?

C'était Stephie tout craché ; elle était constamment soucieuse de ne blesser personne. Elizabeth faillit lui demander d'être courageuse et lui avouer la vérité, mais elle recula.

— Vous me manquerez, bien sûr, mais profitez de cette occasion de vous amuser.

— Merci, maman. Et toi ? Tu t'en sors avec la maison ? C'est beaucoup de travail. À chaque fois que j'appelle papa, il me parle de Manhattan avec un enthousiasme débordant. Il doit te manquer.

— Il me manque.

— Tu restes encore combien de temps dans l'Oregon ?

— Je l'ignore. Personne ne semble disposé à vivre au bout du monde, et je ne peux pas laisser la maison vide.

Elizabeth regarda son alliance et s'empressa de changer de conversation.

— Comment vont les études ?

Sans rien soupçonner, Stephanie raconta quelques anecdotes concernant sa sœur.

— Elle a vraiment l'art de se sortir de toutes les difficultés. Elle provoque autant de remous qu'un embouteillage monstre, sans même sans apercevoir. Tim prétend qu'elle aurait besoin de regarder sa vie dans un rétroviseur.

— Elle tient ça de son grand-père. Il sautait toujours les yeux fermés « pour ménager l'effet de surprise », comme il disait... Il me manque, tu sais.

— Je m'en doute. Jamie a aussi beaucoup de mal à faire son deuil. Elle était si proche de lui. J'ai d'ailleurs l'impression que ça influe sur ses performances en natation. Et elle dort mal.

Elizabeth soupira en pensant à sa pauvre petite fille qui cachait sa vulnérabilité sous une carapace.

— Prends soin d'elle pour moi. Je l'appellerai demain, après ses cours.

— Je lui ai suggéré de se faire aider par un psychologue ; mais tu la connais, elle m'a envoyée sur les roses.

— Tu es quelqu'un de bien, Steph. Est-ce que je te le dis suffisamment ?

— Oui, maman.

— Mais je dois aussi te dire qu'il faut savoir être égoïste de temps en temps, sinon ta propre vie te glissera entre les doigts comme du sable.

Quelque chose dans le ton d'Elizabeth intrigua Stephanie.

— Ça va, maman ?

— Ne t'inquiète pas. Je suis juste un peu fatiguée.

Stephanie resta silencieuse pendant un moment. La télévision était allumée. Il y eut une salve d'applaudissements tout à coup.

— Est-ce qu'il y a quelque chose que tu aurais aimé faire, à part te marier et avoir des enfants ? demanda-t-elle brusquement.

Ce genre de question, une femme se la posait généralement trop tard, quand elle avait le sentiment de se retrouver finalement dans une impasse.

— Pourquoi me demandes-tu ça ?

— Je regarde un reportage sur une femme qui a tué ses enfants. Apparemment, elle avait toujours voulu entrer dans la police. Tu parles d'un choix ! En tout cas, le psy est en train de discourir sur la façon dont les femmes subliment leurs envies. Pour lui, c'est de la dynamite. Et, un jour, ça explose.

— J'aimais peindre, avoua Elizabeth, se refusant cette fois-ci à faire dévier la conversation. Et puis j'ai oublié en cours de route.

— Je l'ignorais.

Elizabeth se reprochait particulièrement ce silence-là. Effrayée par la perte de son rêve, elle avait préféré ne jamais en parler à ses enfants. Comment une mère qui s'est rogné les ailes aurait-elle pu apprendre à voler à ses filles ?

— Je ne sais pas pourquoi je ne vous en ai pas parlé, mentit-elle. Mais, justement, j'ai l'intention de suivre des cours de peinture.

— C'est formidable ! Je suis sûre que tu auras les meilleures notes.

Elizabeth sourit. Elle n'avait pas encore vu les choses sous cet angle.

— Écoute, Stephie. Tu vis tes meilleures années. Pas de mari, pas d'enfants, personne pour te freiner. C'est le moment de nourrir de grands rêves et de prendre ton envol... Qu'est-ce qu'il y a ? Tu pleures, mon bébé ?

— Je ne risque pas de prendre mon envol aujourd'hui, maman. Je me sens vaseuse. Je commence à avoir mal au crâne. J'ai l'impression que je vais m'effondrer. J'appellerai Jamie quand elle aura fini son entraînement.

— Bien, ma chérie. Bois beaucoup. Dis bonjour à Tim de ma part. De notre part, rectifia Elizabeth.

— Dis à papa que je l'aime.

— Compte sur moi.

— Et aussi de me téléphoner ce soir. Je voudrais savoir comment a marché son interview avec Jay.

Jay qui ? se demanda Elizabeth.

— D'accord. Je t'aime.

— Je vous aime aussi tous les deux. Au revoir.

Ces derniers jours, Jack avait vécu à un rythme d'enfer. La comparution de Drew Grayland devant un juge avait été télévisée. Le jeune homme n'avait rien avoué et avait plaidé non coupable, mais c'était sans importance. Cette sordide et lamentable histoire avait éclaté au grand jour, et c'était l'essentiel. À travers toute

225

l'Amérique, les étudiants et leurs familles protestaient contre l'inconduite des athlètes. Des dizaines d'étudiantes avaient porté plainte à l'encontre de footballeurs et de basketteurs. Et au cœur de cette affaire, il y avait Jack Shore. Tout le monde savait de nouveau qui il était.

Assise à côté de lui, Sally fouilla dans la corbeille à fruits posée sur la table basse.

— Vous serez formidable, répéta-t-elle pour la dixième fois en dix minutes.

Pour être honnête, Jack avait besoin de ces encouragements continuels. C'était en grande partie pour cette raison qu'il avait engagé la jeune femme, dont il connaissait, par ailleurs, le talent et l'efficacité. Sans elle, sans sa précieuse collaboration dans l'enquête sur Grayland, il n'aurait peut-être jamais retrouvé une telle notoriété.

On frappa à la porte, et Avery Kormane – la femme qui avait été la première à l'accueillir dans les studios de la Fox – entra.

— Tout va bien ?

— Est-ce que quelqu'un a déjà vomi sur le plateau de *Tonight Show,* ou est-ce que je serai le premier ?

— Tout le monde est nerveux, Jack. Mais j'ai vu vos vidéos. Une fois devant les caméras, vous êtes parfait. De toute façon, concentrez-vous sur Jay. C'est un gentil type. Il vous mettra à l'aise.

C'était précisément pour cette raison que Sally avait choisi Jay Leno comme interviewer, parmi des dizaines de candidatures.

— Comme je vous l'ai déjà dit, fit Avery après avoir consulté ses notes, vous serez assis tout près de Jay. Les autres chaises resteront vides. George Clooney a dû partir à Washington pour la promotion de son dernier film.

Jack jeta un coup d'œil à l'écran de contrôle encastré dans le mur, et vit Thea Cartwright en train de rire avec Jay. Elle était incontestablement la plus belle actrice de Hollywood.

— Et Thea ?

— Vous la connaissez ? s'étonna Avery, les yeux plissés derrière ses lunettes à monture noire. Il n'y a rien à ce sujet dans mes notes.

— Non, non, je ne l'ai jamais rencontrée. Je pense simplement qu'elle est splendide, avoua Jack, qui se sentait idiot.

— Ah ? Malheureusement, elle doit assister à une première dans une demi-heure. Bon. On résume. Vous serrez la main de Jay, vous faites un petit signe au public et vous prenez votre place. Allons-y. C'est le moment.

Jack suivit Avery, Sally à ses côtés. Ils traversèrent le labyrinthe des coulisses, passèrent devant plusieurs portes closes – le signal rouge *On air* (« on tourne ») était allumé – avant d'arriver au plateau.

— Vous serez formidable, répéta Sally une fois de plus.

Les mains moites, Jack pensa à Elizabeth. Elle avait toujours eu un effet apaisant sur lui, ce qui lui aurait été très utile au moment de démarrer une émission qui ne se résumait pas à la simple lecture d'un prompteur.

Des applaudissements crépitèrent. Sur le mur, une lumière rouge apparut. Avery tapa sur l'épaule de Jack.

— C'est à vous, Jack.

Il marmonna quelque chose et s'avança dans la lumière des projecteurs. Aveuglé, il se surprit à en fixer un d'un air bête. Puis il eut l'impression d'avoir un sourire emprunté, tandis que Jay venait vers lui, la main tendue.

— Le grand Jack Shore ! dit-il.

Aussitôt, la nervosité de Jack se dissipa.

— Bonsoir, Jay, répondit-il.

Puis il adressa un signe au public, déclenchant un tonnerre d'applaudissements, avant de suivre le journaliste.

— Thea a voulu rester, expliqua Jay au public. Elle m'a confié que le football est son second sport favori.

La salle clama son approbation, pendant que Thea se levait pour s'avancer vers le champion, son corps gracile moulé dans un bustier noir et une minijupe rose. Ses cheveux étaient blonds, effilés, très courts, et elle n'était pas maquillée. Juchée sur des talons aiguilles, elle était sexy en diable. L'espace d'une seconde, Jack retrouva ses seize ans et sa passion pour Farrah Fawcett, dont il collectionnait les posters.

— Ah ! En voilà un bel homme, n'est-ce pas, mesdames ? fit Thea en souriant au public.

Jack crut s'évanouir. Il respira le parfum, à la fois musqué et fleuri de Thea, s'efforça de détourner son regard par crainte de l'attarder trop longtemps sur la jeune femme, puis s'assit en même temps qu'elle.

Jay entama aussitôt l'interview.

— On peut dire que vous avez mis le monde du sport en ébullition ces derniers temps, Jack.

— J'étais au bon endroit, au bon moment, quand l'affaire a éclaté, répondit Jack avec une modestie appliquée.

Jay sourit.

— Je parie que c'est agréable de revenir au premier plan.

— Effectivement.

— Comment se sont passées les années sans foot ?

Toutes les célébrités lui posaient la même question, car elles-mêmes avaient la hantise d'être renvoyées à l'anonymat.

— J'ai eu le sentiment d'échanger une Ferrari contre une Volvo d'occasion.

— Eh bien ! fit Jay, provoquant le rire de l'assistance. Où avez-vous trouvé le cran de faire cette enquête ? Un tas de sportifs vous en veulent.

— Je suis le père de deux filles. J'ai imaginé l'une d'elles dans la chambre de Grayland. Nous avons besoin de retrouver un climat sain dans le sport. Sur les terrains de jeu comme ailleurs.

Les applaudissements enthousiastes recommencèrent, mais il y eut aussi quelques sifflets. L'interview se prolongea un moment. Jack observa que Jay avait l'art de pimenter le dialogue par des remarques amusantes, sans trahir le sérieux du sujet.

Quand l'émission s'acheva, Jay donna une tape amicale dans le dos de Jack.

— Vous avez été parfait.

Tandis que Jack savourait un sentiment de victoire, Thea s'approcha de Jay et l'embrassa sur la joue.

— Merci, dit-elle.

Puis elle murmura quelque chose qui provoqua le rire de Jay, avant qu'il n'adresse un signe d'au revoir au public et ne quitte le plateau. Thea s'avança alors vers Jack, le gratifiant d'un sourire qui trahissait la conscience qu'elle avait de son pouvoir sur les hommes.

— Remarquable prestation, ronronna-t-elle.

— Merci.

— Aimeriez-vous...

Thea fut interrompue par Sally.

— Vous avez été formidable, Jack, fit-elle d'une voix

229

précipitée. Je suis Sally, précisa-t-elle en se tournant vers Thea. L'assistante de Jack. C'est un honneur de vous rencontrer.

Thea regarda la main que Sally avait posée sur le bras de Jack.

— Vous avez de la chance, lui dit-elle. Je crois qu'il faut que je parte. Je dois assister à une première tout à l'heure. Au revoir, Jack. Ravie de vous avoir rencontré. J'espère vous revoir.

— Oh... Oui, moi aussi, répondit-il, troublé.

Quand Thea eut disparu, il se tourna vers Sally qui le regardait comme si elle voyait un dieu de l'Olympe.

19

Le vendredi, Meghann appela à l'heure fixée.
Elizabeth hésita à répondre, puis se ravisa, sachant que
son amie rappellerait toutes les cinq minutes jusqu'à
ce qu'elle décroche. Alors, avec un soupir, elle prit le
téléphone.

— Salut, Meg.

— J'étais prête à laisser sonner des heures, tu sais.

— J'ai effectivement pensé ne pas répondre, avoua
Elizabeth en s'asseyant à la table de la cuisine.

— C'est le grand jour, non ? Tu commences le cours
dont tu m'as parlé. Ce que j'aimerais être là !

— Tu veux dire que tu aurais voulu m'accompagner ?

— Jusqu'à la porte de la classe.

— Je me suis demandé pendant des heures si j'y
allais ou non.

— Ça ne m'étonne pas. Mais si tu te dérobes
encore...

Meg laissa sa phrase en suspens, et ce fut pire que si
elle l'avait achevée.

— J'y vais. J'y vais, rassure-toi.

— Parfait. Tu m'appelles quand tu rentres ? J'ai un
rendez-vous ce soir, mais je serai revenue au plus tard
à vingt et une heures.

— C'est l'heure du couvre-feu pour l'heureux élu ?

— Très drôle. Tu sais, il a tout de même vingt-huit ans. Un âge respectable. Mais je ne veux plus perdre de temps. Si je sens que ça ne peut pas marcher, je ne m'attarde pas au-delà d'une demi-heure.

— Il va peut-être te surprendre ?

— Birdie, ils me surprennent tous. Quand j'ai souhaité une bonne nuit à celui de la semaine dernière, j'ai senti la bretelle d'un soutien-gorge. Bon, j'y vais. Aie confiance en toi. N'oublie pas que tu as beaucoup de talent. Fonce. Ne prends même pas le temps de penser ou de soupirer.

— C'est promis.

Pendant l'heure suivante, Elizabeth suivit les conseils de sa meilleure amie. Elle prépara son matériel, prit une douche, se sécha les cheveux, s'habilla, s'installa au volant de sa voiture. Trente minutes plus tard, elle ouvrit la porte de la salle de classe où une affichette indiquait : « Cours de peinture. Niveau débutants. Dix-sept heures ».

Six ou sept personnes – toutes des femmes – étaient assises en demi-cercle devant une longue table, recouverte d'un tissu blanc. Au milieu était posé un compotier en bois, chargé de pommes bien rouges.

Elizabeth s'avança vers une chaise vide, le plus discrètement possible, son sac de toile plaqué sur la poitrine, comme s'il s'agissait d'un gilet pare-balles. Derrière elle, la porte s'ouvrit et se referma doucement.

— Bienvenue au cours pour débutants, fit une voix masculine. Si vous êtes venues pour faire du macramé, vous vous êtes trompées de salle.

L'homme, en tee-shirt noir collant et jean, avança entre les chaises, avec cette démarche souple qui caractérise habituellement un cow-boy ou un danseur.

Quand il arriva devant le tableau noir et se retourna, Elizabeth eut le souffle coupé. Jeune – pas plus de trente ans –, superbe, il ressemblait à Brad Pitt.

— Je m'appelle Daniel Boudreaux, dit-il, le sourire éclatant. Je serai votre professeur pendant six semaines. Ma mission consiste à vous familiariser avec l'art de peindre.

Son regard bleu alla d'une femme à l'autre, sembla s'attarder un instant sur Elizabeth.

— Espérons que ce sera pour vous le début d'une histoire d'amour qui durera toute votre vie, poursuivit-il. Pour celles qui s'intéressent à mon CV, j'ai fait mes études à Yale. Je sais tout ce qu'il faut savoir, mais il me manque le talent. Ce qui ne m'arrête pas pour autant. Je pêche en Alaska l'été, et je peins en hiver.

S'écartant du tableau noir, il s'approcha de la table.

— Parlons un peu de composition...

Le cœur d'Elizabeth battait la chamade. Dans quelques minutes, il faudrait sortir son matériel...

— La véritable expression de l'art vient de l'œil de l'artiste, pas du bout de son pinceau...

Elizabeth sentait la panique l'envahir. Elle avait oublié depuis trop longtemps de penser en artiste et ne savait plus comment laisser ses émotions imprégner le pinceau.

— Comme tout le reste, peindre demande une certaine préparation. Nous allons commencer avec de l'acrylique sur papier, avant de travailler sur une toile.

Elizabeth accrocha une grande feuille de papier sur le chevalet placé devant elle. Puis elle se mit à fouiller dans son sac, avant de s'apercevoir qu'elle était la seule à le faire et de reposer aussitôt ses mains sur ses genoux.

— Je vous demande pour l'instant d'observer les

fruits, leurs courbes, les reflets de la lumière sur les surfaces planes, l'ombre sur les surfaces concaves. Peindre, c'est d'abord regarder. Pour le bol, efforcez-vous de sentir sa texture, de discerner le mélange de couleurs. Quand vous serez prêtes, prenez votre pinceau et lancez-vous. Laissez votre instinct vous guider. Plus tard, vous ferez des croquis préliminaires. Vous réfléchirez.

Elizabeth suivit les conseils du professeur, ne s'attachant qu'aux couleurs, aux jeux d'ombre et de lumière, à la composition générale, jusqu'au moment où elle sentit une présence à côté d'elle et tressaillit.

Daniel était penché sur son travail.

— Quelque chose ne va pas ? demanda-t-il.

— Désolée. Qu'avez-vous dit ?

Daniel recula et rit.

— Comment vous appelez-vous ?

— Elizabeth.

— Pourquoi n'avez-vous pas encore commencé, Elizabeth ?

— Je ne vois pas encore.

— Les pommes ? Vous pouvez vous rapprocher.

— Non... le tableau.

— Ah ! Voilà une réponse intéressante. Fermez les yeux.

Docilement, Elizabeth ferma les yeux, mais le regretta aussitôt. Dans le noir, Daniel lui semblait encore plus près d'elle. Elle respirait le parfum poivré de son after-shave.

— Décrivez ce qu'il y a sur la table.

— Il y a des pommes rouges avec des stries vertes et noires. Elles sont presque en forme de cœur. La lumière arrive sur elles de la droite. Elles sont disposées dans

un compotier en bois, sculpté à la main, assez grossiè-
rement, il me semble. La table est en métal, comme on
en voit dans les cantines, sûrement avec un plateau en
aggloméré. Vous l'avez recouverte d'une nappe
blanche bon marché. Sur un bord, il y a une plume, de
geai bleu peut-être.

Daniel resta silencieux quelques instants, pendant
lesquels Elizabeth pensa qu'il devait entendre les battements de son cœur. Elle imagina le présentateur du
journal télévisé : « Une femme est tombée raide morte
dans un cours de peinture parce qu'un professeur
séduisant lui a demandé de décrire des pommes.
Reportage à dix-neuf heures. »

— Vous n'aimez pas ce que vous voyez, finit par
observer Daniel. Quelque chose cloche. Les fruits ne
sont peut-être pas mis en valeur. Comment aurais-je dû
m'y prendre ?

— Il devrait y avoir une seule pomme sur une nappe
jaune. Ou plutôt une orange. Pas de compotier. Encore
moins une plume. Ça encombre.

Daniel se pencha si près d'elle qu'elle entendit son
souffle. Puis elle sentit sa main sur la sienne, se raidit,
essaya de se dégager, s'aperçut brusquement qu'elle
tenait un pinceau.

Quand elle rouvrit les yeux, il plongea son regard
dans le sien.

— Montrez-moi ce que vous savez faire, Elizabeth.

Il était trop près d'elle pour qu'elle ait les idées
claires. Mais dès qu'elle eut le pinceau bien en main, le
tableau – son tableau – prit forme dans son esprit. Elle
vit une grosse orange, sur une nappe jaune, baignant
dans la lumière dorée du soleil, jetant une ombre d'un
léger bleu lavande. L'écorce du fruit portait une minuscule moisissure verte.

Le pinceau trempé dans du jaune, Elizabeth se mit à l'ouvrage avec fébrilité. Elle se sentit transportée, finit par frôler la migraine, mais estima qu'elle n'avait pas connu un tel plaisir depuis des années, même en faisant l'amour. Elle tremblait, transpirait, avait mal à l'estomac, mais exultait quand elle reposa son pinceau. Lentement, elle regarda autour d'elle et découvrit une salle vide. L'horloge marquait vingt heures. Le cours était terminé depuis trente minutes.

— Oh ! mon Dieu ! fit-elle en riant.

— Où avez-vous appris à peindre ?

Elle se retourna et vit Daniel au fond de la salle. Debout, le dos appuyé à la bibliothèque murale, il fixait sur elle un regard d'une intensité dérangeante.

— À l'université de Washington. Il y a un siècle, répondit-elle.

Daniel s'approcha d'elle.

— Waldgrin était votre professeur ?

— Oui ! Vous avez connu Leo ?

— Vous voulez rire ? J'ai traversé tout le pays en stop pour être son élève.

— C'était un merveilleux pédagogue.

Pendant un long moment, Daniel étudia le tableau d'Elizabeth – une explosion de couleurs, sans précision ni sophistication, un travail enfantin, se dit-elle soudain ; puis il la regarda, déclenchant de nouveau chez elle une sensation qui lui rappela ses émois d'adolescente quand un garçon lui plaisait. Voilà qu'elle était attirée par un homme qui avait l'âge d'être son fils. Mon Dieu ! Le voyait-il sur son visage ? S'il lui faisait des avances, que répondrait-elle ? « Vous êtes trop jeune. Trop beau. Je suis trop vieille et trop grosse... » ?

— Pourquoi êtes-vous venue dans ce cours ? lui demanda-t-il.

— Je n'avais pas peint depuis très longtemps.

— C'est un crime.

Les mains tremblantes, elle rangea ses affaires, détacha sa peinture du chevalet, et elle s'apprêtait à quitter la salle, tenant la feuille encore humide du bout des doigts, son sac en bandoulière, quand elle entendit :

— Vous avez du talent, vous savez.

Elle n'osa pas se retourner. Son immense sourire de satisfaction devait produire un effet désastreux sur ses rides. De quoi effrayer ce beau jeune homme. Elle sortit et garda son sourire tout au long de la route.

Chez elle, elle contempla longuement son œuvre, scotchée sur le réfrigérateur. Elle n'avait pas éprouvé un tel bien-être depuis une éternité. Elle avait accompli quelque chose, et il ne s'agissait pas simplement d'un achat judicieux chez un antiquaire ou dans un magasin de décoration. C'était quelque chose qui *comptait*. Elle se versa un verre de vin, puis attrapa le téléphone et appela Meghann. En son absence, elle laissa un message.

— J'ai réussi à peindre, Meg. Oui, j'ai peint. Hourrah ! Et j'ajoute que mon professeur est un beau gosse d'une trentaine d'années. L'âge auquel tu les aimes. Rappelle-moi quand tu rentres.

Heureuse au point de rire toute seule, Elizabeth mit un CD : *You Are an All Star* retentit dans le séjour. Elle commença à chanter, à danser, et elle passait en virevoltant devant la cheminée quand son regard tomba sur l'une des photos trônant sur le manteau.

Jack et les filles, photographiés dans un paysage de neige, étaient habillés comme pour passer une nuit en Antarctique. Jack portait une veste de daim, doublée de mouton. Il n'avait pas vu de coiffeur depuis un moment, et des cheveux blancs apparaissaient sur ses tempes. Brusquement, Elizabeth regretta son absence. Il aurait été fier d'elle, ce soir. L'amour si profond qu'elle avait éprouvé autrefois resurgit, lui rappelant les bons moments qu'elle avait tendance à effacer complètement de sa mémoire.

Elle passa à la photo suivante – une photo d'elle, en compagnie de Jack –, plus ancienne que la précédente. On la voyait en jupe écossaise, pull en shetland, un collier de perles autour du cou. Lui portait un jean et la veste de son club de foot, et arborait un sourire de star. À l'arrière-plan, le cône enneigé du mont Rainier flottait au-dessus de Frosh Pond. L'université de Washington. Les années aussi éblouissantes que fragiles.

Les yeux fermés, Elizabeth se balança au rythme de la musique, la tête pleine de souvenirs des jours heureux. Elle revit l'instant de leur premier baiser, sur une pelouse du campus, parsemée de fleurs roses de cerisiers japonais. Jack s'était penché sur elle et lui avait enlevé son livre des mains. « Tu sais, on dit que si on étudie trop, on risque de devenir aveugle. » Dans un éclat de rire, elle s'était laissée tomber sur le dos, les mains derrière la tête. Étendu à côté d'elle, en appui sur un coude, il lui avait dit : « Tu es si belle. Ton fiancé de Harvard doit te le répéter tout le temps. – Non », avait-elle murmuré tandis qu'un pétale rose atterrissait sur sa joue. Jack le lui avait enlevé d'un geste doux qui l'avait fait frissonner. Il s'était penché vers elle, lentement, comme s'il lui laissait le temps de l'arrêter, de rouler sur le côté. Elle n'avait pas bougé, mais son souffle s'était accéléré. Jack avait simplement effleuré ses lèvres. Quand il s'était redressé, elle avait vu qu'il était aussi chaviré qu'elle, et elle s'était mise à pleurer.

« Tu pourrais aimer un type comme moi ? lui avait-il demandé. – Oh ! Jack... Pourquoi crois-tu que je pleure ? » avait-elle répondu dans un souffle.

Elizabeth toucha la photo, laissa son doigt glisser sur le beau visage de Jack, comme pour le caresser. Jamais un baiser ne l'avait fait pleurer avant celui-là.

Pour la première fois depuis des semaines, elle se demanda s'il leur restait une chance de sauver leur couple. Maintenant qu'elle recommençait à peindre, tout lui semblait de nouveau possible. La couleur et la passion étaient de retour dans sa vie. Elle avait cessé d'être une femme de l'ombre.

Le téléphone sonna. Elizabeth décrocha, convaincue que c'était Meghann qui la rappelait.

— Alors, tu as baisé, ce soir ?

— Heu... Birdie ?

Mon Dieu !

— Bonsoir, Anita. Excuse-moi.

— Je suis navrée d'appeler si tard. Mais tu avais promis de me téléphoner, lui rappela sa belle-mère, un trémolo dans la voix.

Toutes les femmes savent qu'elles trahissent ainsi l'effort désespéré qu'elles font pour paraître fortes.

— Je n'avais pas oublié, Anita. Mais j'ai été bousculée ces derniers temps. Comment vas-tu ?

Anita eut un rire forcé.

— Oh ! ma chérie... J'essaie de ne pas m'apitoyer sur mon sort.

— Nous en sommes toutes là, je crois. Nous essayons de garder la tête hors de l'eau. Jusqu'au jour où on s'aperçoit qu'on est dans la piscine de quelqu'un d'autre.

— Que veux-tu dire ?

— Pardon, Anita. J'ai un peu bu et je verse dans la philosophie.

— Je l'ai remarqué dans ta lettre. Il m'a même semblé qu'un tas de choses m'échappaient.

— Tu as assez à faire de ton côté. Je ne veux pas y ajouter mes problèmes.

— Tu n'y arrives pas, c'est ça, Birdie ?

— Je n'arrive pas à quoi ?

— À me faire partager ta vie. Je pensais qu'après la disparition d'Edward les choses pourraient changer entre nous.

— Je cherchais à te protéger, répliqua vivement Elizabeth. Jack et moi, nous nous sommes séparés. Les filles ne le savent pas. Alors ne dis rien.

— Oh ! non... Vous aviez l'air si heureux. Qu'est-il arrivé ?

— Tout et rien, fit Elizabeth, avant de prendre une bonne gorgée de vin.

Comment expliquer une longue insatisfaction à une femme qui n'avait jamais été en quête d'un accomplissement personnel ? Anita pouvait comprendre qu'un mariage connaisse des hauts et des bas, mais certainement pas l'usure d'une âme.

— Ce n'est qu'un incident de parcours, Anita. Tout s'arrangera certainement, assura Elizabeth.

Et ce soir, après trois verres de vin, elle en fut presque persuadée. Elle préféra tout de même changer de sujet, plutôt que de mettre en péril sa bonne humeur.

— Parle-moi de toi. Comment vas-tu ? J'ai beaucoup pensé à toi.

— Cette grande et vieille maison est pleine de fantômes. Quelquefois, c'est si calme que j'ai peur de devenir folle. Puis je me souviens que je l'ai toujours été.

— Tu sais ce qui m'a aidée ? Le fait de passer des heures sur la plage. Peut-être qu'un changement de décor te ferait du bien.

— Tu crois ?

— C'est magique, une plage déserte. Et bizarrement, pendant très longtemps, cette plage m'a fait peur, alors qu'aujourd'hui j'en ai besoin. J'aurais tellement aimé que tu viennes la voir avec papa.

— Je le sais, ma chérie. Nous pensions avoir tout le temps de venir.

Le temps. Tout s'y rapportait : la vie, la mort, l'espoir, l'amour, et trop souvent il semblait vous filer entre les doigts, comme des fils de soie. Mais, parfois, on pouvait se retourner sur le passé et s'y accrocher.

— Je suis allée à un cours de peinture ce soir, annonça Elizabeth d'une voix douce.

— Oh ! Birdie ! C'est merveilleux. J'avais tellement regretté que tu abandonnes, avec le talent que tu as.

— Tu pensais que j'avais du talent ? s'étonna Elizabeth. Tu ne me l'avais jamais dit.

Anita soupira.

— Mais si, je te l'ai dit. Bien. Maintenant, promets-moi de prendre soin de toi.

— Toi aussi, Anita. Et pense à t'asseoir sur une plage.

— Je le ferai, ma chérie. C'est vrai qu'un changement de décor serait le bienvenu.

20

On pouvait se demander si le soleil existait encore tant le ciel était couvert et semblait lourd comme du granit. Par une journée comme celle-ci, sans clarté ni tempête, Elizabeth se dit qu'il ne lui restait plus qu'à faire un feu, à se lover sur le canapé avec une tasse de thé à portée de la main, et à appeler sa meilleure amie.

— Quelqu'un est mort ? demanda Meghann d'un ton brusque.

Jetant un coup d'œil à l'horloge, Elizabeth constata qu'il était neuf heures moins le quart, ce qui était tôt pour un samedi matin.

— Je suis sûre que la pêche a été bonne, hier soir.

— Si on peut dire. J'ai baisé, mais ça n'était pas génial, et il n'y aura pas de suite. Attends une seconde, je vais me chercher du café.

Meghann revint quelques instants plus tard.

— Parle-moi plutôt de ton cours.

— J'ai réussi à peindre.

— Je ne suis pas étonnée. Et qu'est-ce que ça a donné ? Tu es satisfaite ? Ah ! et le catalogue que je t'ai envoyé, tu l'as reçu ?

— Doucement, maître. Chaque chose en son temps. J'ai repris le pinceau. Pour l'instant, c'est le principal.

— Je suis fière de toi, Birdie.

— Tu n'as pas dû écouter tes messages, hier soir. Mon professeur est un sacré beau gosse.

— Sans blague ? Un beau gosse dans un trou perdu ? C'est bien ma veine. Quel âge a-t-il ?

— L'âge auquel ils t'intéressent.

— Et alors ?

— Alors, quoi ?

— Tu as quarante-cinq ans, pas quatre-vingt-quinze. Tu t'es sentie émoustillée ?

Meghann avait toujours été sceptique lorsque Elizabeth lui certifiait qu'aucun homme, à part Jack, ne l'attirait. Pourtant, c'était la stricte vérité. Certes, de temps à autre, elle remarquait un homme à la télévision, se disait qu'il était séduisant. Mais elle ne fantasmait même pas sur lui, n'avait jamais eu l'idée de tromper Jack, et, sur ce plan, rien n'avait changé. Sa vie sexuelle avec Jack avait toujours été très satisfaisante, à l'exception des derniers temps, où la passion avait disparu.

— Eh bien, oui ! se surprit-elle à avouer. Puis je me suis souvenue de mon tour de taille...

— Tu me fais pitié. Tu ne sais pas te regarder dans une glace. Tes quelques kilos superflus ne t'empêchent pas d'être encore une belle femme.

— Peut-être... Attends. On m'appelle sur l'autre ligne. Ce sont les filles, précisa Elizabeth, après avoir vu s'afficher leur numéro. Il faut que je réponde. Je te rappelle plus tard.

— D'accord. Sois fière de toi-même, Birdie.

— Je le suis. À tout à l'heure. Allô ?

— Maman ? fit Jamie.

— Bonjour, ma belle. Je suis contente de t'entendre.

Comment va la compétition ? Tu pleures ? Qu'est-ce qu'il y a ?

— Je... je déteste la natation. On est tout le temps mouillé.

— Mais ce n'est pas une nouveauté ! Tu nages depuis l'école primaire ! remarqua Elizabeth en retenant difficilement un éclat de rire.

Les crises de sa cadette étaient aussi prévisibles et passagères que des averses tropicales. Elle avait dû rater sa dernière compétition.

— Mais j'en ai marre ! Et je suis prête à tout laisser tomber.

Ça, c'était nouveau ! Elizabeth se redressa, replia ses genoux sur sa poitrine.

— Et si tu me parlais de ton professeur ?

Il y eut un silence, puis Jamie avoua :

— Michael ? Je sors avec lui. Il est tellement mignon ! Il joue du saxophone dans un quartet de jazz. Ce n'est pas sexy, ça ? Il est bien le premier qui ne me parle pas de foot et de son admiration pour papa.

Que Jamie tombe amoureuse de son professeur n'avait rien d'étonnant. Et il était inutile d'aborder les sujets sérieux avant qu'elle ne se soit suffisamment extasiée sur son nouvel amour.

— Parle-moi un peu de lui.

Comme à son habitude, Jamie avait de quoi justifier son enthousiasme. Apparemment, elle avait été incapable d'étudier à cause des yeux magnifiques de Michael, et aussi de sa voix. Une voix de crooner... complètement renversante. Quand elle eut épuisé le chapitre, elle en arriva au fond du problème.

— En fait, je n'ai pas besoin d'un professeur, mais de temps. C'est pour ça que je veux arrêter la natation.

244

— Attends, mon chou. J'aimerais savoir si tu veux plus de temps pour étudier ou pour voir Michael ?

— Ne t'égare pas, maman. Tu sais bien que j'avais toujours réussi à me partager entre le sport, les garçons et les études jusqu'à présent.

— Alors, qu'est-ce qui a changé ?

Jamie marqua de nouveau une pause.

— La vérité, finit-elle par expliquer, c'est que je n'aurai jamais le niveau olympique. En fait, il y a long-temps que j'aurais arrêté si papa n'était pas venu assister à chacune de mes compétitions. Quand je gagnais, il était aussi content que si j'avais vaincu un cancer. Mais maintenant, il ne prend même plus la peine de me téléphoner pour savoir où j'en suis.

— Ton père t'adore, que tu sois une championne ou pas. Aucun d'entre nous ne t'oblige à nager. Nous voulons simplement ton bonheur.

— Alors, tu lui annonceras que j'arrête ?

— Certainement pas ! fit Elizabeth dans un éclat de rire. Tu le lui diras toi-même. Mais laisse-moi te pré-venir qu'il est dangereux de renoncer à quelque chose parce qu'on ne se croit pas à la hauteur. C'est un com-portement négatif qui risque de se répéter toute ta vie. Crois-moi. C'est quelque chose que je connais.

— Tu veux que je termine la saison ?

Jamie était arrivée si vite à cette conclusion qu'Eli-zabeth comprit qu'elle ne faisait qu'exprimer son désir profond.

— Je suis sûre que ton entraîneur en serait ravi.

— Je déteste que tu fasses ça.

— Que je fasse quoi ?

— Prétendre être de mon avis, puis me rappeler au bon sens.

Elizabeth sourit devant cette parfaite illustration du rôle maternel.

— Quelle que soit ta décision, je te soutiendrai, affirma-t-elle.

— O.K. J'arrête à la fin de la saison. Ça non plus, tu ne le diras pas à papa, j'imagine.

— Non.

— Soit !

Jamie en voulait à sa mère, mais Elizabeth savait aussi que ce n'était que passager. À l'image de son grand-père, Jamie allait toujours de l'avant ; elle pouvait passer de la haine à l'adoration en un éclair.

— Jamie ?

— Quoi ?

— Est-ce que tu n'abandonnerais pas la natation parce que la mort de ton grand-père te déprime ?

Jamie attendit un moment avant de répondre, puis elle le fit d'une voix douce, tremblante.

— Je pense à lui tout le temps.

— Moi aussi. Je me réconforte comme je peux, en lui parlant.

— Toi, tu vis seule en ce moment, tandis que je suis entourée de centaines d'étudiants. Il y en a qui font probablement des études de psycho. Si je me promenais en parlant à mon grand-père disparu, ils me feraient enfermer.

— Tu t'es toujours moquée de ce que les autres pensaient. Continue. Et puis, tu peux parler à ton grand-père quand tu es à la maison. Ce n'est pas Stephie qui rira.

— Stephie qui ? demanda Jamie, amère.

Elizabeth comprenait. Jamie se sentait négligée par sa sœur, accaparée par ses études, mais répugnait à le reconnaître.

— Elle est trop occupée pour passer du temps avec toi, c'est ça ?

— Tim, sa petite merveille, vit pratiquement ici. Il lui offre des fleurs à chaque fois qu'elle est première à un test. Des fleurs ! Et comme elle est toujours première – depuis qu'elle sait réciter l'alphabet –, l'appartement ressemble à la boutique d'une fleuriste. J'en suis malade.

— Jalouse, tu veux dire, remarqua doucement Elizabeth.

Il y eut un silence avant que Jamie réponde :

— Ouais... Et maintenant, ils veulent que je les suive pendant les prochaines vacances. Enfin, ce ne sera pas pire que de rester ici toute seule à regarder leurs stupides bouquets.

— Pourquoi ne viendrais-tu pas à la maison ? proposa spontanément Elizabeth.

Puis elle se rendit compte de sa bévue. Mais comment avouer qu'elle avait menti en prétendant préparer la maison pour de futurs locataires ?

— À la maison ? C'est-à-dire ? À Echo Beach ou à New York ? À ce propos, quand vas-tu rejoindre papa ? Il avait l'air de se sentir bien seul la dernière fois que je lui ai parlé.

Le terrain devenait glissant.

— Je le rejoindrai dès que j'aurai trouvé des locataires fiables.

— Qu'est-ce que tu voudrais ? La famille royale d'Angleterre ? Fais affaire avec le premier crétin qui aime voir les champignons pousser en une nuit et la pluie tomber à seaux.

— Tu n'aimes pas cette maison ?

— En fait, si, reconnut Jamie en riant. Mais ce n'est rien qu'une maison de plus. On en a connu tellement !

Elizabeth soupira. C'était une des conséquences de la vie imposée par Jack. Les enfants n'avaient jamais pu s'enraciner quelque part.

— Tu as raison, ma fille.

— Alors, qu'est-ce qu'on ferait toutes les deux ? Mars est l'un des mois les plus tristes là-bas. On risque de ne pas voir le soleil une seule fois.

— On pourrait louer des cassettes vidéo, jouer aux échecs...

— Jouer aux échecs avec ma mère pendant les vacances de printemps ? J'y penserai, maman, conclut Jamie en riant. Maintenant, il faut que je te laisse. Michael passe me prendre dans une heure.

— Ta sœur est là ?

— Non. Si je la vois, je lui demande de te rappeler demain. Je t'aime.

— Moi aussi. Au revoir.

Elizabeth resta un moment à contempler le téléphone en se disant qu'elle devrait appeler Jack, le préparer au renoncement de Jamie. Elle avait toujours facilité les relations entre le père et ses filles. Jack n'était pas toujours attentif, ratait des moments propices aux échanges. S'il n'était pas averti, il risquait de blesser Jamie. Elle composa son numéro.

Jack était en pleine réunion de travail avec Sally.

— Il a agressé ce type après le match ? Il lui a cassé la mâchoire, c'est ça ?

— Oui, confirma Sally. Et on a tout sur cassette. Maintenant, la question est la suivante : est-ce un cas d'agression avec coups et blessures parce que le match était terminé, ou est-ce que tout ce qui se passe sur le ring fait partie des risques encourus ?

248

Lorsque le téléphone sonna, Jack attendit que sa secrétaire réponde, avant de se souvenir qu'elle était partie déjeuner.

— Une seconde, dit-il en prenant l'appel.

— Jackson Shore.

— J'allais raccrocher, fit Elizabeth avec un rire nerveux.

Jack resta silencieux, le temps de surmonter sa surprise.

— Bonsoir, Birdie.

Sally perdit son sourire et jeta un coup d'œil à la porte.

— Je tombe mal ? demanda Elizabeth, d'une voix incertaine.

Jack ne s'en étonna pas. En quelques semaines, ils étaient devenus des étrangers, en dépit de vingt-quatre ans de vie commune.

Le silence s'installa, se prolongea, devint gênant. La situation était tellement inattendue, en fait. Elizabeth avait toujours été le meilleur repère de Jack. Il avait cru qu'il serait complètement déboussolé sans elle, et c'était le contraire qui s'était produit. Aujourd'hui, il se demandait si ce n'était pas avec elle qu'il avait perdu le nord.

— Jack ?

— Je t'écoute.

Qu'attendait-elle ? Qu'avait-elle à lui dire ? Il redouta brusquement qu'elle veuille reprendre la vie commune. Maintenant, c'était lui qui avait besoin de tout son temps.

— Je reviens, murmura Sally en se levant.

— Merci, articula Jack, presque silencieusement.

— Qui remercies-tu ?

Jack ressentit un sentiment de culpabilité sans fon-
dement, ses relations avec Sally demeurant strictement professionnelles.

— Mon assistante. Nous étions en réunion.

— Je peux te rappeler...

Jack faillit acquiescer avec l'intention de se dérober
par la suite. Mais, estimant que ce serait idiot, il poussa
un soupir, regarda Sally sortir, le cœur gros, puis
demanda :

— Alors, Birdie, que se passe-t-il ?

— Comment va ton travail ?

Jack s'attendait à tout – un appel au secours, une
déclaration d'amour... –, mais pas à une question au
sujet de son travail.

— Je suis sur un petit nuage, Birdie. J'ai l'impression
d'avoir rajeuni de vingt ans, expliqua-t-il avec une
pointe d'agacement. J'avais oublié ce qu'on peut ressentir...

— Quand on est une star ?

— Oui, confirma Jack en constatant encore une fois
que Birdie le connaissait bien.

— Je suis fière de toi. Je savais que tu réussirais. Ce
n'était pas le problème.

Il sourit. L'opinion d'Elizabeth avait toujours énor-
mément compté pour lui, et il découvrait, à cet instant,
qu'en dépit de tout ce qui avait cloché entre eux, il avait
encore besoin des félicitations de sa femme.

— Merci. Et toi, comment vas-tu ?

— J'ai commencé un cours de peinture.

Jack se surprit à éprouver un pincement de jalousie :
pendant des années, il avait tenté d'inciter Elizabeth à
reprendre ses pinceaux. C'était à se demander s'il
l'avait réellement souhaité.

— C'est formidable, Birdie, dit-il néanmoins avec sincérité.

— Mais je ne t'appelais pas pour te dire ça. Je viens de parler avec Jamie. Elle traverse une période difficile. Il y a ses cours, la natation, Stephie qui est prise par ses études, la mort de son grand-père. C'est beaucoup en même temps.

— Et tu n'es plus auprès d'elle, ajouta Jack.

— Ça n'arrange rien, effectivement. Alors, voilà : elle va te demander conseil. Ne sois pas brusque avec elle. Écoute-la d'abord.

Jack se demanda ce que tout cela signifiait. Il avait toujours été à l'écoute de ses filles, lui semblait-il.

— Bien. C'est d'accord.

— Tu sais, j'ai du mal à leur mentir. Et toi ?

— Tu leur mens ?

— Bien sûr, puisque je leur dis que je prépare la maison pour la louer. Elles ne vont pas avaler ça éternellement. Le moment approche où il faudra leur dire la vérité.

Jack eut l'impression de recevoir un coup de poing. Si sa nouvelle vie l'enthousiasmait, il n'était pas pour autant prêt à voir sa famille se briser. Les bons et les mauvais moments revinrent pêle-mêle à sa mémoire. L'amour d'Elizabeth avait été sa colonne vertébrale, et cette évidence n'avait pas été entamée par son désir d'une séparation temporaire. Mais, maintenant, il s'interrogeait. Les ratés, les rêves d'adolescent mis à part, pouvait-il vivre sans cet amour ?

— Il nous reste peut-être une seconde chance, non ?

Elizabeth marqua une pause, puis sa voix ne fut qu'un murmure.

— Je l'espère, dit-elle.

— Moi aussi, Birdie.

Le silence revint.

— N'oublie pas ce que je t'ai dit à propos de Jamie, finit par dire Elizabeth. Elle est fragile, en ce moment. Sois tendre.

— Je le suis toujours.

Jack eut l'impression d'entendre un soupir, ou peut-être un rire étouffé. En tout cas, il se sentit vaguement agacé.

— Je ne suis plus là pour arrondir les angles, expliqua Elizabeth. Ta relation avec Jamie ne dépend plus que de toi.

— D'accord, fit Jack, sans bien saisir ce que signifiait ce genre de propos.

— Bien. Je te laisse travailler.

— J'ai été heureux de te parler, fit Jack en sentant qu'ils étaient déjà redevenus des étrangers.

— Moi aussi.

Jack se rendit compte qu'il attendait un « Je t'aime », alors qu'Elizabeth avait déjà raccroché.

Elle fut à deux doigts de le rappeler pour lui dire : « Il est impossible que nous nous soyons éloignés l'un de l'autre à ce point. »

Et pourtant c'était la vérité. L'éloignement était aussi émotionnel que physique. Sûr de lui et heureux lorsqu'il avait répondu au téléphone, Jack avait paru gêné lorsqu'il avait su qui l'appelait. Après vingt-quatre ans passés ensemble, jour et nuit, ils avaient opté pour des directions opposées – côte Ouest, côte Est – et des vies différentes. Leur conversation avait ressemblé à du morse, avec des phrases brèves et des silences pro-longés.

Elizabeth chercha à y voir clair dans le fatras de ses émotions. Quelques jours plus tôt, en regardant une photo de famille, elle avait espéré une seconde chance, y avait cru. Mais chaque jour les éloignait un peu plus de cet amour qu'ils avaient cru éternel. Elle se retrouvait à un carrefour, en définitive. Un carrefour qu'elle n'avait même pas vu arriver, avec, d'un côté, ce qu'elle avait rêvé, et, de l'autre, ce qu'elle abandonnait derrière elle.

Si elle rappelait Jack, ce serait pour faire demi-tour et redevenir ce qu'elle avait été, dans l'ombre de son mari. Un jour, elle aurait peut-être suffisamment confiance en elle, se sentirait assez forte pour l'appeler et lui dire : « Je t'aime. Accordons-nous une seconde chance. » Mais c'était beaucoup trop tôt, et il faudrait patienter.

21

Chère Birdie,

Notre dernière conversation me poursuit. Comme d'habitude, tu gardes tes ennuis pour toi, croyant que moi, ta méchante belle-mère, je ne peux pas comprendre. Pendant des années, je t'ai laissée penser ce que tu voulais de notre relation. J'en ai assez maintenant. Peut-être parce que je suis vieille et que tu ne m'impressionnes plus comme autrefois. Ou parce que je suis seule et que je ne vois plus la vie de la même façon.

Crois-moi, ma chérie, je sais ce que c'est que d'être malheureuse en ménage. Une désillusion en entraîne une autre, jusqu'au jour où tu te sépares de ton mari. Tu deviens comme le loup qui se mange la patte pour se libérer du piège qui le retient. Mais ensuite, tu découvres que le monde est vaste et sombre. Et l'amour – même s'il t'a déçue – reste la seule lumière à mille lieues à la ronde.

Je te comprends, Birdie. Je n'ai pas de conseil à te donner, car la vie m'a appris que c'est à chacun de découvrir ses vérités profondes.

Mes prières t'accompagnent, ainsi que Jack et vos merveilleuses filles.

Baisers,

Anita.

P.-S. Ne prends pas la peine de me répondre. Je suis ton conseil : je vais sur une plage.

Elizabeth relut deux fois cette lettre avant de la replier soigneusement et de la remettre dans son enveloppe, parfumée à la violette. Puis elle s'approcha de la porte-fenêtre et regarda vers l'océan. En quelques mots, Anita avait réussi à ébranler certaines convictions, à amener Elizabeth à une perception différente des femmes mariées, rebelles ou soumises. Pendant très longtemps, elle avait envié les femmes qui divorçaient, prenaient des risques, repartaient de zéro. Elle les avait imaginées en pleine régénération, menant des vies séduisantes, aux antipodes de la sienne. Et elle se disait alors : « Si seulement je pouvais tout recommencer. »

Il était arrivé à Anita de quitter Edward, de partir, une valise à la main. Qu'avait-elle espéré trouver ailleurs ? Pourquoi était-elle revenue ? N'y a-t-il pas, en amour, autant de simplicité que d'infinie complexité ? Elizabeth se sentit soudain proche de sa belle-mère, et elle aurait aimé, assise à côté d'elle, parler de leurs vies, jusque-là dissemblables, et que l'on pouvait, désormais, mettre en parallèle.

Elle prit le téléphone, composa le numéro d'Anita, laissa sonner un bon moment et tomba finalement sur le répondeur qui conservait le message enregistré par Edward : « Vous êtes bien à Sweetwater. Nous sommes absents pour l'instant, mais vous pouvez laisser un message. » Suivait un bruit de fond – la voix d'Anita –, puis Edward ajoutait : « Ah, oui... attendez le bip avant de parler. Merci. »

Bouleversée d'entendre la voix de son père, Elizabeth raccrocha sans laisser de message et laissa couler ses larmes. Si son chagrin s'exprimait librement, si elle écoutait sa douleur de temps à autre, elle trouverait la force de continuer. C'était l'un des enseignements de ces dernières semaines.

Assise sur le bord du lit, elle regarda la photo, posée sur le bureau, d'une petite fille en robe rose, collants blancs et petites chaussures de vernis noir. Un souvenir de son septième anniversaire. Dans la soirée, son père l'avait emmenée à Nashville voir la comédie musicale *South Pacific*. Après le spectacle, il l'avait bordée dans son lit, lui avait dit : « Petit sucre, tu étais la plus jolie petite fille de toute la salle ce soir. J'étais très fier de t'accompagner. » Puis il l'avait serrée dans ses bras, où elle se sentait toujours en sécurité. Ce sentiment de sécurité, c'était exactement ce dont elle aurait eu besoin en ce moment.

Elle s'attarda longtemps dans sa chambre, parlant à son père comme s'il était à côté d'elle.

Elle ne vit pas la semaine passer. Après s'être adaptée aux choix des autres pendant des années, Elizabeth était sortie de cette grisaille pour se baigner dans le bleu ensoleillé de ses propres choix. Chaque matin, elle se réveillait avec des envies de découverte qui lui donnaient le sourire, la faisaient fredonner, même quand elle accomplissait ses tâches ménagères. Puis, à midi, sans plus se soucier de ce qui lui restait à faire, elle prenait son pinceau.

Elle avait d'abord tenté de reprendre la nature morte peinte pendant le cours. Mais les coups de pinceau supplémentaires, les couches de peinture superposées n'avaient pas apporté au tableau la densité qui lui manquait. Le problème venait de l'orange. Elle n'était pas l'orange d'Elizabeth, elle ne révélait rien de l'âme de l'artiste, sans doute parce que l'artiste n'avait jamais beaucoup aimé les fruits.

En quête d'un sujet, elle vit plusieurs possibilités, mais seul l'océan s'imposa comme une évidence. Retrouvant les gestes appris vingt-quatre ans plus tôt, elle prépara la toile avec une aisance qui la surprit tellement qu'elle fut certaine d'avoir peint en rêve pendant toutes ces années.

Profitant du grand soleil, elle sortit la toile, le chevalet qu'elle venait d'acheter, les pinceaux et les tubes de peinture, et s'installa face à l'océan bleu et calme qui s'étendait jusqu'à l'horizon. Elle perçut très vite la diversité des nuances, la texture, l'angle de la lumière, l'orientation des ombres. Et à regarder les choses de cette manière, elle retrouva sa jeunesse et toute l'espérance qui la portait alors. La première couleur qu'elle choisit fut un bleu cobalt. « La couleur des yeux de Jack. » Elle y trempa son pinceau et se lança.

Elle retourna tous les jours au même endroit, ajoutant à chaque fois une nouvelle couche de couleur, jusqu'à ce qu'il devienne impossible d'affirmer qu'elle avait commencé par le bleu cobalt. Elle sentait revenir la magie, graduellement. Le tableau – son tableau – traduisait tout ce qu'elle aimait dans ce paysage, et en même temps son envie de vivre dangereusement, de vibrer, de se frotter à des expériences nouvelles. Ce soir, elle pourrait enfin montrer son travail à Daniel, qui lui avait demandé de choisir un sujet et de travailler en toute liberté. Malheureusement, l'énergie qu'elle avait dépensée ne lui avait pas fait perdre un gramme...

À seize heures, elle s'assura que la peinture était sèche, enveloppa la toile dans un tissu et la posa sur le siège arrière de sa voiture. Elle prit ensuite une douche, donna de l'éclat à ses cheveux en les brossant longuement, mit une tunique de jersey et un pantalon noirs qu'elle venait d'acheter, opta pour un seul accessoire : un lourd collier d'argent et de turquoises.

Elle s'étonna de trouver la salle de cours vide, mais quand elle jeta un coup d'œil à sa montre, elle s'aperçut qu'elle avait vingt minutes d'avance.

— Idiote ! se dit-elle à voix haute.

Que devait-elle faire, maintenant ? Si elle ressortait, elle risquait de tomber sur une autre élève ou, pire, sur Daniel, et devrait expliquer pourquoi elle repartait. Si elle restait, elle verrait peut-être Daniel arriver avant tout le monde, et se sentirait devant lui comme une demoiselle d'honneur qui attend la mariée.

— Vous avez dit quelque chose ?

Elle se retourna et le découvrit dans l'encadrement de la porte, souriant jusqu'aux oreilles.

— Je... je suis en avance, bégaya-t-elle.

— C'est rare pour une femme. Vous avez quelque chose à me montrer ?

— Pardon ?

Daniel répéta sa question, conscient, songea-t-elle, qu'elle transpirait et tremblait comme une adolescente subjuguée par le plus beau garçon de la classe.

— J'ai un tableau, oui. Vous nous aviez conseillé de peindre ce qui nous émeut. J'ai choisi la vue que j'ai de chez moi.

— Je peux voir ?

Elizabeth alla poser sa toile sur un chevalet vide, à côté du tableau noir. Daniel s'approcha, regarda, perdit son sourire.

— C'est Tamarak Cove, dit-il. J'allais souvent faire du kayak là-bas avec mon grand-père. Il y a un endroit où la marée est forte...

— Oui, du côté des rochers noirs. Mais j'ignorais le nom de la crique, alors que je vis là-bas depuis un bon bout de temps. C'est vrai que je regarde rarement une carte.

Indifférent à ses explications, Daniel observa d'une voix douce comme le sable de la plage :

— Vous avez beaucoup de talent.

Le compliment ravit Elizabeth, lui donnant la sensation d'avoir vingt ans.

— C'est très gentil.

Daniel s'approcha si près d'elle qu'elle put voir une fine cicatrice, en forme de cimeterre, sur sa tempe, et dut réfréner l'envie de la toucher et de demander à Daniel comment il s'était blessé.

Du calme. Tu n'as plus l'âge des romans d'amour à l'eau de rose !

— Prenons un café ensemble après le cours, proposa-t-il.

Reculant brusquement, Elizabeth heurta un bureau.

— Je suis mariée, annonça-t-elle en montrant son alliance. Enfin, séparée, mais pas encore divorcée.

Elle voulut se taire, mais redouta tellement le silence qu'elle poursuivit :

— J'ai deux filles. De votre âge. Oh ! mon Dieu, vous les connaissez peut-être ! Stephanie est...

— Je ne vous propose qu'un café, rectifia Daniel.

— Oui. D'accord. Alors peu importe si je suis mariée.

— En l'occurrence, c'est parfaitement exact.

Elizabeth se sentait ridicule et était certaine d'avoir les joues en feu.

— Je ne sais pas ce qui m'a pris. Pardonnez-moi.

— Oublions. Mais retrouvons-nous après le cours. J'aimerais qu'on discute un peu.

Elizabeth hocha la tête, persuadée néanmoins de passer pour une imbécile.

— Entendu. Avec plaisir.

Jack avait reçu l'une des invitations – très convoitées – pour le nouveau film des studios Disney dont tout le monde parlait. Il avait choisi pour l'occasion un pull noir à col roulé et un pantalon anthracite, en tenant compte de l'avis de son assistante. Sally disait en effet que les couleurs sombres mettaient en valeur son bronzage, sa blondeur et le bleu de ses yeux. Il allait prendre son blazer et partir quand le téléphone sonna. Ce devait être le chauffeur de la voiture de service qui voulait l'avertir de son arrivée.

— Allô ?

— Papa ? fit la voix de Jamie.

Il avait raté tous ses appels depuis une semaine.

— Bonsoir, ma chérie. Comment vas-tu ?

— Tu aurais pu me rappeler.

— Je le sais. Excuse-moi. J'ai eu un travail monstre. Et pour toi ? Ça va ?

Jack regarda l'horloge qui marquait dix-huit heures trente-sept. La voiture allait arriver d'une minute à l'autre.

— Écoute, ma chérie, il faut que... Une minute, Jamie. J'ai un autre appel... Allô ?

— Monsieur Shore ? Votre voiture vous attend.

— Merci, Billy. Je descends... Jamie ? Ma voiture est arrivée. Il faut que je me sauve.

— Mais j'ai besoin de te parler.

— À quel sujet ?

Du regard, Jack cherchait son blazer. Où l'avait-il laissé ? Comment faisait-il pour égarer les choses dans un appartement si petit ?

— J'arrête la compétition.

Ah ! Jack avait retrouvé son blazer sur la table de la cuisine. Mais, au même instant, il prit conscience de ce que venait de lui dire sa fille.

— Tu fais quoi ?

Jamie soupira.

— J'abandonne la compétition.

Il était maintenant dix-huit heures quarante-trois. Dans dix-sept minutes, la projection commencerait. Jack songea que s'il ne partait pas immédiatement, il serait en retard.

— Tu es bousculée en ce moment, ma chérie. Tu oublies à quel point tu aimes le sport. Quand je jouais avec...

— Ah ! non ! Tes anecdotes de footballeur, je connais. Et puis, tu te trompes. Je n'ai jamais aimé la natation.

Il était dix-huit heures quarante-six. Jack s'assit sur son lit.

— Tu exagères toujours. Crois-moi, c'est difficile d'être au top. J'en sais quelque chose. Et parfois l'en...

— L'entraînement est trop lourd. Je suis au courant, papa. J'ai entendu ça je ne sais combien de fois. Mais tu n'écoutes pas ce que je te dis. Je jette l'éponge ! Je termine juste la saison, et après je ne veux plus jamais voir un pince-nez. Je t'en aurais déjà parlé la semaine dernière si tu m'avais rappelée. Demain, j'annonce la bonne nouvelle à mon entraîneur.

— Non, ne fais pas ça ! lança spontanément Jack, sans avoir le temps de réfléchir. Écoute, ma chérie, je dois absolument partir maintenant. J'ai une soirée importante. On compte sur moi. Je te téléphone demain, et on reparlera de tout ça.

— D'accord. Papa ?

— Oui ?

— Il n'y a pas que les étrangers qui comptent sur toi. Mais pourquoi ce sont les seuls qui t'intéressent vraiment ?

Jamie n'attendit pas la réponse pour raccrocher.

Qu'avait-elle voulu dire ? se demanda Jack, avant de se souvenir des paroles d'Elizabeth. Quelque chose comme : « Je ne suis plus là pour arrondir les angles entre tes filles et toi. Ta relation avec Jamie dépend de toi, maintenant. » En somme, Elizabeth et Jamie semblaient toutes les deux considérer qu'il était toujours resté à distance de ce qui se passait dans la famille. C'était ridicule ! Il avait toujours su ce qui était important et avait donné à ses filles toutes les opportunités que lui-même avait ratées. Il avait travaillé soixante, voire soixante-dix heures par semaine, afin de leur assurer une vie confortable, et il avait suivi de près toutes les équipes que Jamie avait intégrées.

Il reposa le téléphone d'un geste brusque et sortit. Le temps d'arriver dans le hall, la mauvaise humeur l'avait envahi. Il monta dans la voiture, claqua la portière, puis attrapa son portable et composa le numéro de ses filles.

Ce fut Stephanie qui répondit.

— Bonsoir, ma chérie. Je peux parler à Jamie ? demanda-t-il d'un ton sec qu'il regretta aussitôt.

Stephanie avait une émotivité à fleur de peau. Malheureusement, il s'en souvenait toujours un quart de seconde trop tard.

— Excuse-moi, bébé. Ta sœur vient de m'appeler en me faisant des reproches. Je n'ai pas voulu être grossier.

— Je comprends. Personne ne peut t'agacer autant qu'elle.

— La princesse est-elle là ?

— Elle vient de sortir. En compagnie de son petit ami.

— Keith ?

— Keith appartient déjà au passé, papa. Il faut téléphoner plus souvent si tu veux suivre la vie sentimentale de Jamie.

Le chauffeur regarda dans le rétroviseur.

— Nous sommes arrivés, monsieur Shore.

— Merci. Attends une minute, Steph.

Jack signa une fiche pour le chauffeur, sortit de la voiture. À l'abri des auvents, des projecteurs répandaient une lumière jaune sur le trottoir mouillé. Une foule de curieux et de paparazzis s'était rassemblée devant le cinéma, derrière un cordon de velours rouge. Jules Asner interviewait un homme en smoking.

Des flashes crépitèrent dès que l'apparition de Jack fut remarquée. Souriant, il salua la foule tout en se dirigeant résolument vers l'entrée du cinéma. À l'intérieur, il se réfugia dans un coin tranquille.

— Stephanie ?

— Je t'écoute, papa. Qu'est-ce que c'est que tout ce bruit ?

— Je suis dans le hall d'entrée d'un cinéma où je dois assister à la première d'un film. Il y a beaucoup de monde.

— Oh ! C'est super. Tu vois des stars ?

— Pas pour l'instant. Clooney est attendu. Danny DeVito aussi. Et l'une de ces chanteuses de pop dont j'ai oublié le nom.

— Fantastique ! Amuse-toi bien.

— Nous parlerons demain, d'accord, ma chérie ? Tu me raconteras où tu en es...

— Tu appelles ? C'est promis ?

— C'est promis. Dis à Jamie que je veux aussi lui parler.

— O.K. On sera à la maison jusqu'à onze heures. Ça ira ?

— Oui. Alors, rendez-vous demain. Je t'aime, Steph.

Jack referma son portable, le remit dans sa poche et pénétra dans la salle. Dès qu'elle fut remplie, un jeune homme apparut sur la scène ; il portait une queue de cheval filiforme, un pull à col roulé à grosses côtes avec des manches qui lui arrivaient jusqu'au bout des doigts, un pantalon de velours côtelé marron et fripé, et des sabots aux pieds.

L'assistance se tut.

— Je m'appelle Simon Aronosky. Je suis le metteur en scène du film qui va vous être présenté. *True Love* est l'histoire tragique d'une femme plongée dans le coma. Mais son profond sommeil est une représentation métaphorique de la vie. Le film explore les choix difficiles auxquels est confronté un homme pour sauver sa famille. À l'issue de la projection, je répondrai à vos questions. Ah ! et n'oubliez pas de remplir le questionnaire qui vous a été remis, avant de partir. Les souris de Disney veulent connaître vos appréciations.

Les lumières s'éteignirent progressivement, tandis qu'apparaissait le générique sur lequel figuraient George Clooney et Thea Cartwright. Tourné en noir et blanc, le film commençait par un gros plan sur le visage de Thea, assise à une table de cuisine, en train de noter la liste de ses courses. L'éclairage venait d'une unique bougie qui donnait à ses longs cheveux blonds et bouclés diverses nuances de blanc et de gris. Mais c'étaient ses yeux qui crevaient l'écran. De grands yeux gris sombre qui semblaient exprimer toutes les promesses du monde. Elle était magnifique. Jack tenta de se concentrer sur le film, en dépit de son peu d'attirance pour les films en noir et blanc et les mélos

– qu'aucun professionnel n'apprécie réellement, en fait, mais qui rapportent des fortunes.

Il fut réveillé par les applaudissements. Les lumières se rallumèrent. Simon revint sur la scène, les épaules tombantes, tout sourire.

— Merci. Je vais répondre à vos questions. Mais avant, j'aimerais vous présenter notre star. Mesdames et messieurs, voici Thea Cartwright.

Jack se redressa, tandis que Thea s'avançait sur la scène. Même de loin, sa beauté irradiait. Les flashes crépitèrent, les caméras ronronnèrent dans un tonnerre d'applaudissements. Elle était vêtue d'un bustier noir qui laissait voir la naissance de ses seins, de collants couleur chair et d'un corsaire taille basse en jean ; elle portait également une ceinture incrustée de cabochons, avec une boucle en forme de T, et des escarpins noirs à talons aiguilles. Elle salua le public de la main, puis glissa ses doigts dans ses mèches effilées.

— Bonsoir, New York ! lança-t-elle. Comment avez-vous trouvé mon film ?

L'assistance se déchaîna.

— Qui a eu envie de m'embrasser pour me réveiller ?

Les applaudissements redoublèrent. Pendant une demi-heure, Jack observa la manière dont Thea séduisait une foule d'étrangers qui lui auraient finalement mangé dans la main. Elle avait dans les yeux quelque chose qui faisait croire à chaque homme – Jack y compris – qu'elle s'adressait à lui seul et ne souriait que pour lui. Sa voix devint soudain un ronronnement sensuel quand elle annonça, comme déchirée :

— Maintenant, les amis, il faut que je coure ailleurs. J'ai une soirée chargée. Ciao !

Et elle disparut, laissant de nouveau la place au metteur en scène. Jack laissa échapper un grognement.

Peu disposé à écouter un discours sur la poésie du film – réelle ou supposée –, il préféra s'en aller. Une réception était prévue dans un restaurant du coin, où il prendrait un verre avant de rentrer directement chez lui.

Il arriva le premier. Le portier lui demanda son carton d'invitation, le regarda, hocha la tête et lui permit d'entrer. Jack passa devant une cuisine rutilante où des toques blanches préparaient leurs chefs-d'œuvre. Les tables étaient encore inoccupées, mais des serveurs en smoking se tenaient prêts à recevoir les invités. Au bar, Jack commanda un whisky glacé, puis sentit quelqu'un s'approcher de lui.

— Bonsoir, Jack. Je vois que vous avez reçu mon invitation.

Il se retourna et découvrit le sourire de Thea.

— J'ignorais qu'elle venait de vous. Merci.

— J'avais besoin d'une agréable perspective pour supporter les désagréments de la soirée. Où est votre bras droit ?

— Sally ? Elle prépare la prochaine émission. Elle aurait aimé voir votre film, elle aussi. À propos, c'est un bon film.

Thea eut un sourire trop éclatant pour être sincère.

— Je l'espère. Le dernier a fait un tel bide qu'il est déjà projeté dans les avions. Je l'ai vu en venant ici.

Dans la salle voisine, un orchestre commença à jouer une mélodie romantique qui serait bientôt couverte par le bruit, dès que la foule des invités envahirait le restaurant.

— Vous m'invitez à danser ? demanda Thea.

— Thea...

La bouche sèche, Jack s'interrompit. Il comprenait

tout à coup pourquoi un homme, perdu en mer, finit par boire l'eau salée.

Thea se colla à lui, glissa ses bras autour de son cou. Le regard plongé dans le sien, elle bougea langoureusement. Incapable de se détacher d'elle, Jack l'enlaça, constatant qu'elle était d'une extrême minceur. Il aurait même pu dire qu'elle était osseuse.

C'était la première fois, depuis plus de dix ans, qu'il tenait dans ses bras une étrangère. Des images de son ancienne vie resurgirent dans sa mémoire, des souvenirs de nuits blanches et torrides dans des lits d'hôtel, mais aussi celui de ce soir où tout avait pris fin.

Il était alors au Tavern, sur le Green, avec une femme dont il avait oublié le nom depuis. Une jolie blonde parmi beaucoup d'autres. La journée avait été radieuse, comme souvent à New York à la fin du printemps, avant l'arrivée du smog et de l'humidité estivaux. Ils dansaient dehors, joue contre joue, sous des guirlandes de lanternes chinoises. L'orchestre jouait *My Romance*. Ça, il ne risquait pas de l'oublier...

Soudain, il avait entendu un bruit qui ne cadrait pas dans le décor. En se retournant, il avait vu Birdie, son sac serré sur la poitrine, en larmes. Mais, avant qu'il ait pu aller vers elle, elle avait disparu. Lorsqu'il était rentré, il avait trouvé la maison vide. Elle avait emmené les enfants à l'hôtel. En guise de message, elle avait posé une valise ouverte sur leur lit, à côté d'une photo de leur famille. Et le message était clair : « Choisis ! » Atterré, il était resté un temps infini devant cette valise ouverte. Puis il l'avait finalement fermée et remise à sa place.

— Quelque chose ne va pas ? lui demanda Thea en s'écartant légèrement de lui.

Jack fut sauvé par l'arrivée bruyante des premiers invités.

— Merde ! fit Thea.

Elle se dégagea, lissa ses cheveux.

— J'occupe la suite présidentielle au St-Regis. Sous le nom de Scarlett O'Hara. Venez me rejoindre après la réception.

Jack fut tenté de dire oui. Nous sommes séparés, bon sang ! Et c'est Birdie qui l'a voulu. Tu as carte blanche, Jacko.

Mais il résista aux démons qui sommeillaient en lui depuis des années. Non, il n'était pas encore prêt à franchir les ultimes limites.

— Je ne crois pas que je viendrai, Thea.

— Vous ne croyez pas ? C'est-à-dire ? fit-elle d'une voix incrédule.

— Je ne peux pas.

— La voilà ! s'écria quelqu'un dans la foule qui avançait dans leur direction.

Tandis que Thea allait saluer ses admirateurs, Jack fila, sans se retourner.

S'il était resté, il aurait vidé son verre, en aurait repris un autre, et encore un autre et, tôt ou tard, il se serait trouvé une bonne raison de rejoindre Thea dans sa suite.

22

Eclectica, la dernière galerie d'art qui venait de s'ouvrir à Echo Beach, se trouvait à l'angle des rues First et Main. Quelques semaines plus tôt, ce n'était encore qu'un magasin vendant des cerfs-volants. La nouvelle propriétaire avait repeint l'extérieur et installé des jardinières fleuries au bas de la vitrine. Une vitrine masquée pour l'instant par un grand papier noir, et sur laquelle on pouvait lire : « Vitrine en cours de réalisation. Un peu de patience. Vous allez adorer. »

Elizabeth relut l'adresse indiquée par Daniel. Il n'y avait pas d'erreur : c'était bien ici.

« Allez voir la propriétaire. On ne sait jamais. Elle vient d'arriver, et elle a certainement besoin d'un coup de main », lui avait dit Daniel, dont le regard si bleu l'avait empêchée de refuser sa suggestion. Mais, déjà, elle le regrettait. La plupart des galeries d'art d'Echo Beach n'étaient en fait que des boutiques de souvenirs, de babioles, allant des objets taillés dans du bois flotté aux petites poupées de laine, en passant, à cette époque de l'année, par les traditionnelles décorations de Noël.

Soucieuse néanmoins de tenir sa promesse, Elizabeth poussa la porte. Un carillon tinta au-dessus de sa tête, et un oiseau poussa un cri sonore.

— Hello ? Il y a quelqu'un ?

Pas de réponse.

Elizabeth regarda autour d'elle. À sa gauche, une table était chargée de sculptures sur bois tout à fait étonnantes : des nus de femmes pour la plupart, sculptés dans un bois superbe, d'un rouge sombre et poli jusqu'à avoir un aspect soyeux. Elizabeth toucha spontanément l'une de ces pièces. Ses doigts glissèrent sur une épaule délicatement arrondie. Sur une autre table, on voyait une collection de photos en noir et blanc, dans des cadres dorés. Leur auteur avait su capter à la perfection l'atmosphère de la côte au travers de différents sujets : une plage à marée basse, un jour de grand vent, une image éthérée du phare de Terrible Tilly dans la brume, Haystack Rock se dressant, de nuit, au-dessus des vagues, comme un antique menhir.

Sur le mur du fond, plusieurs tableaux étaient exposés, dont un collage représentant des ombrelles ouvertes, peintes à l'aquarelle – un travail qui suggérait un spinnaker gonflé par le vent. Le plus grand tableau était une huile : une vue spectaculaire d'Orca Point.

— Étonnant, remarqua Elizabeth à voix haute.

— N'est-ce pas ?

Elizabeth se retourna et vit une femme sortir de derrière une tenture. Grande, fortement charpentée, les cheveux frisottés tombant jusqu'à la taille, elle portait une robe longue en grosse toile qui frôlait ses pieds nus – le pouce gauche était orné d'un papillon d'argent. Son décolleté laissait voir ses seins qui tressautaient à chacun de ses pas. Un énorme oiseau blanc était perché sur son épaule. Elle s'approcha d'Elizabeth, la main tendue.

— Je m'appelle Marge.

— Et moi, Elizabeth Shore. C'est Daniel Boudreaux qui m'a suggéré de venir vous voir.

Marge donna une vigoureuse poignée de main à sa visiteuse.

— Il m'a prévenue. Je suis heureuse que vous soyez venue. J'aimerais vous parler du Stormy Weather Arts Festival.

— C'est un événement qui attire du monde.

— Danny me l'a dit, en effet. Mais j'ai du mal à imaginer une manifestation de ce genre sous un pareil climat. Je n'ai jamais vu autant de pluie.

— Ici, nous sommes habitués. Quant aux touristes, il est trop tard lorsqu'ils s'en aperçoivent. Je serais ravie de vous aider, si cela vous intéresse. Je sais qui est qui à Echo Beach.

— M'organiser, je sais le faire. Mais les artistes valables et encore disponibles sont aussi rares que des poules avec des dents. Cela dit, notre ami Danny m'a laissé entendre que votre travail vaudrait la peine d'être exposé.

— Ah ? C'est ce qu'il dit ? remarqua Elizabeth en riant.

— Il savait que vous auriez peur...

Elizabeth perdit son sourire, commença instinctivement à reculer, puis s'en aperçut et s'immobilisa.

— Je viens à peine de me remettre à la peinture, après avoir arrêté pendant des années.

Le regard de Marge se posa sur l'alliance d'Elizabeth.

— Vous avez élevé des enfants...

— Oui.

— Vous avez du talent ?

— Il paraît.

Marge renifla, puis se tapa sur les cuisses.

— Je fais confiance à Danny. Je suis prête à vous exposer à l'occasion du festival.

— Non.

— Pourquoi ?

Elizabeth hésita, ignorant quelle pouvait être la réponse juste.

— Et si c'était mauvais ?

— Eh bien, on ne vendra pas. Ou on vendra malgré tout. N'oubliez pas, ma chère, que dans le domaine de l'art, tout peut arriver. Si vous cherchez la sécurité, travaillez dans une banque. À quoi bon peindre si personne ne voit vos tableaux ?

— Je crois que vous me donnez matière à réflexion.

Marge jeta un coup d'œil à l'horloge murale.

— Vous avez trois minutes pour me répondre.

— Attendez...

— Je vous connais, Elizabeth, déclara Marge en faisant un pas en avant. J'ai été comme vous. J'ai passé dix ans à essayer d'exprimer ma personnalité, tout en étant une femme mariée. Si vous ne me donnez pas votre réponse maintenant, on ne se reverra pas.

Elizabeth se sentit sérieusement interpellée, d'autant que Marge lui rappelait Meghann, toujours prête à la secouer. « Bon sang, Birdie, ce n'est pas le moment d'hésiter ! » lui aurait certainement dit son amie.

— Combien de toiles voulez-vous ?

— Cinq. C'est possible ?

Elizabeth l'ignorait. En revanche, elle savait qu'elle devait au moins essayer de satisfaire cette commande.

— Vous ne les vendrez pas, affirma-t-elle tout de même.

— Je suis persuadée que nous avons connu, vous et moi, des situations plus compliquées. Allez, Elizabeth ! Dites oui.

— Soit. Je vais essayer d'honorer votre commande.

— J'aime les femmes qui ont confiance en elles, fit Marge, le sourire satisfait.

La tape qu'elle lui donna dans le dos faillit faire vaciller Elizabeth.

— Vous êtes encore ici ? Filez. Vous devriez déjà être au travail.

Au cours des cinq derniers jours, Jack s'était rendu dans six villes différentes et, à chaque fois, il avait fait une interview montre en main. Puis il avait passé trois jours dans la salle de montage, afin de garder une heure d'émission spéciale, intitulée « Les dieux aux pieds d'argile ». Il ne s'était pas ennuyé une seule seconde.

— Vous et Sally, vous avez fait du bon boulot, remarqua Tom Jinaro en se rejetant contre le dossier de son fauteuil. Vous avez eu raison de recruter Sally. Elle est super.

— Merci.

Jack était venu à la conférence sans aucune appréhension. Il savait qu'il avait réussi un astucieux mélange d'information et de divertissement. Il avait mis ses émotions et ses souvenirs dans la balance, afin de s'assurer plus facilement la sympathie des téléspectateurs. Les sportifs interviewés n'avaient pas hésité à avouer leurs échecs, leurs désillusions, le désamour du public.

Tom se pencha de nouveau en avant.

— Je suis dans le métier depuis longtemps, expliqua-t-il. J'ai vu un tas de gens passer, mais personne n'a grimpé l'échelle aussi vite que vous. J'ai voulu que Mark produise l'émission parce qu'il est le meilleur producteur que nous ayons. Je n'ai pas eu trop de mal à le convaincre. En fait, il vous faisait beaucoup plus confiance que moi, au début. Alors, maintenant, que voulez-vous ?

— Pardon ?

— Simple question. Que voulez-vous ? Le show du dimanche ? Une heure d'interview à votre guise ? Une émission hebdomadaire ?

— Vous savez ce que je faisais, il y a trois mois, Tom ? Je suppliais qu'on m'accorde un job de présentateur sur une chaîne régionale, et ça n'a pas marché. Vous m'avez sorti du ruisseau, et je ne suis pas près de l'oublier.

Tom eut un sourire las.

— C'est ce qu'on dit. Et puis, au bout d'un moment, vous penserez à votre âge, votre agent vous conseillera de vous faire le maximum de blé pendant qu'il est encore temps. C'est le jeu... Écoutez, Jack, ce que je vais vous dire ne doit pas sortir de cette pièce. Si j'entends quelqu'un en parler, je saurai que ça vient de vous.

— Je vous écoute.

— L'un des quatre présentateurs du show dominical va nous quitter. Je ne vous dirai pas lequel. Mais on pense à vous pour prendre le relais l'année prochaine.

Jack respira profondément. C'était un vrai moment de bonheur.

— Merci, fit-il.

Un mot de plus, et il laissait éclater un rire de joie.

— Ce n'est pas encore sûr à cent pour cent. Mais ce n'en est pas loin. Alors, laissez-moi vous donner un conseil, mon vieux. On dit que vous avez installé votre QG au pub Kel...

Jack commença à protester, mais Tom l'arrêta par un éclat de rire.

— Gardez vos démentis pour votre femme, si jamais elle refait surface. Vous pouvez mener la vie que vous voulez, à condition que les journaux ne s'en mêlent pas. Sinon, l'Audimat sera en chute libre, et les opportunités comme celle qu'on vous offre ne courent pas les rues. Ne touchez pas à la drogue ni aux petites jeunes filles.

— N'ayez crainte. Rien ne me fera dérailler, cette fois-ci. J'ai quelques années de plus et une bonne dose de sagesse, maintenant.

— Je suis heureux de vous l'entendre dire. Bien. Pour l'instant, je veux qu'avec Mark vous me trouviez un autre accompagnement musical pour votre série d'interviews. Je crois revivre l'enterrement de ma tante Rose.

— D'accord. L'émission est programmée pour quand, en définitive ?

— La semaine prochaine. Je vais mettre au point avec Marion une série de bandes-annonces.

Dès qu'il sortit du bureau de Tom, Jack alla retrouver Mark dans la salle de montage, où ils passèrent trois heures à réenregistrer le fond sonore et à vérifier l'étalonnage au dixième de seconde près. Le résultat semblait promis à un Emmy Award.

Bien que fatigué et affamé, Jack ne s'était pas senti aussi bien depuis une éternité. Il rentra chez lui à pied d'un pas dansant, avec le refrain de *Staying Alive* en tête.

— Salut, Billy ! fit-il au portier de son immeuble, tout en se dirigeant vers l'ascenseur.

Il régnait dans l'appartement un silence de mort. Aucune bougie parfumée ne brûlait, personne n'avait mis de la musique, et de la cuisine ne s'échappait pas le moindre fumet appétissant. La bonne humeur de Jack en prit un coup. Quand on n'a personne pour partager son succès, la solitude devient immense, et il commençait à s'en apercevoir.

Il se versa un verre, mit un CD et, pendant que *We*

Are the Champions résonnait dans l'appartement, il s'approcha de la fenêtre et regarda la rue. Il ne vit qu'une foule d'étrangers et, pour la première fois dans cette ville surpeuplée, Jack se sentit seul. Il prit le téléphone, composa le numéro de Birdie, puis raccrocha avant qu'elle ait pu répondre. Que lui dire ? Les « Je t'aime » ne suffisaient plus, mais il se rendait compte que, sans elle, sa victoire n'avait pas de sens.

Il vida son verre, le remplit de nouveau, commença à trouver que l'appartement devenait brumeux. Alors, il s'assit par terre, le dos appuyé à son fauteuil, ouvrit le porte-verre aménagé dans l'un des bras du siège de velours, essaya de s'en servir, échoua deux fois et, vaincu, avala d'un trait le reste de son whisky. Il serait allé boire au Kel s'il avait eu le courage de ressortir. Mais il n'avait qu'une seule véritable envie : parler à sa femme, lui montrer la cassette de l'émission, revoir son sourire, l'entendre le féliciter, comme autrefois. Il avait soudain besoin de ce qui lui avait paru banal pendant des années.

En se relevant, il vit les murs monter et descendre pendant quelques instants. Il avait trop bu sans même s'en rendre compte. Mais pourquoi pas, après tout ? Il avait un tas de choses à oublier. La douceur de la peau d'Elizabeth, par exemple, la façon dont ses yeux verts brillaient de fierté devant ses succès. Il alla dans la cuisine en titubant, se servit un nouveau verre, puis entendit la sonnette de la porte d'entrée. Son cœur fit un bond. Contre toute vraisemblance, il pensa à Birdie et se précipita dans l'entrée pour ouvrir.

Sally s'appuyait à l'encadrement de la porte, une bouteille de champagne à la main. Les cheveux sur les épaules, elle portait une jolie robe au décolleté bateau, qui lui arrivait juste au-dessus des genoux.

— J'ai évité le gardien. J'espère que vous ne m'en voudrez pas.

— Euh... non.

— J'ai visionné le montage final, expliqua Sally, avec un sourire ravi.

Elle n'aurait pas pu trouver une entrée en matière plus irrésistible.

— Et alors ? C'est bon ?

— Vous avez du génie, Jack. Vous êtes un dieu. J'avais les larmes aux yeux quand j'ai entendu Alex Rodriguez dire qu'il songeait à quitter Seattle.

Quel baume au cœur ! Et Jack s'effaça pour la laisser entrer.

— Oh ! Désolé, fit-il en se heurtant au mur, le pas chancelant.

Sally l'attrapa par le bras et, d'un coup de pied, referma la porte.

— J'ai l'impression que vous n'avez pas besoin de champagne, remarqua-t-elle.

— C'est vrai que je suis un peu soûl, murmura Jack.

Elle se colla contre lui. Au contact de son corps svelte, il grogna, se rendant soudain compte à quel point il se sentait seul depuis quelques semaines.

— Sally... commença-t-il.

Puis il se trouva à court de mots. La tête vide, le sexe en érection, il se chercha des excuses, des prétextes, une bonne raison de la repousser.

— Sally, attendez...

Elle le fit taire en prenant ses lèvres. Il était perdu. Le temps sembla ralentir et s'accélérer en même temps, et il éprouva la vague impression de plonger du vingtième étage dans le vide. Pendant des mois – des années plutôt – il s'était retenu, contrôlé, soucieux de rester fidèle à sa femme. Seulement, maintenant, elle vivait à quelques milliers de kilomètres et lui avait clairement fait comprendre qu'elle ne voulait plus de lui. Rien, jamais, ne l'avait blessé plus profondément dans sa vie.

Sally releva la tête, chercha son regard, les yeux brillants de désir.

— Alors ? dit-elle.

— Vous savez que je suis toujours marié, fit-il, la bouche sèche, désespérément avide de garder son contrôle.

— Je le sais. Mais ce n'est pas une alliance que je veux. C'est ça...

Jack sentit la main de Sally ouvrir son pantalon, prendre son sexe. Il voulut parler, sans savoir que dire.

— Allons dans votre chambre.

Quatre petits mots qui firent basculer la vie de Jack.

23

Elizabeth acheva sa journée sur pilotage automatique. Elle avait fait décongeler un poulet et préparait maintenant la sauce, mais elle ne pensait qu'à l'exposition. Soudain elle s'aperçut qu'il y aurait à manger pour six personnes, haussa les épaules, mit le poulet au four, et retourna voir le tableau qu'elle achèverait probablement le lendemain matin. Peut-être laisserait-elle ensuite la peinture à l'huile pour l'aquarelle, plus douce au regard et surtout plus rapide, car elle disposait d'un temps limité pour remplir son contrat avec Marge.

Elle émergea de ses réflexions en entendant une voiture approcher, puis une portière claquer. Était-ce Meghann ? Avait-elle réussi à se dégager d'un emploi du temps chargé pour venir passer un week-end entre filles ?

Elizabeth se précipita dans le hall, ouvrit la porte toute grande et découvrit sur son perron Anita en robe blanche fluide, ballerines roses et grand chapeau rouge lui dissimulant la moitié du visage. Une énorme valise et un carton, long et étroit, étaient posés à côté d'elle. Tandis qu'un taxi vert s'éloignait, Anita salua sa belle-fille, le sourire incertain.

— Bonsoir, Birdie. C'est ta plage que j'ai choisie.

Elizabeth resta perplexe, d'abord devant l'accoutrement d'Anita qui semblait sortir d'un conte de Grimm, au lieu d'arborer l'une de ses tenues habituelles de chercheuse d'or. Où étaient passées les couleurs criardes, les cheveux oxygénés et crêpés ? Une natte blanche pendait sur une épaule, et toute son apparence trahissait autant de fragilité que de tristesse. Ensuite – et ce n'était pas la moindre chose –, son arrivée perturbait la solitude si chèrement acquise d'Elizabeth, qui tenta de se souvenir de leur dernière conversation téléphonique : euphorique à l'issue de son cours de peinture, un peu ivre de surcroît, était-il possible qu'elle ait invité Anita ? Non ! C'était inconcevable. En revanche, après la rupture avec Jack, dans un moment dépressif, elle avait bien écrit une lettre où elle assurait Anita de la solidité de leurs liens familiaux.

— J'espère que je ne te dérange pas en débarquant comme ça, fit Anita. Ma mère doit se retourner dans sa tombe, elle qui était tellement à cheval sur les convenances. Tu comprends, j'ai parcouru les brochures des agences de voyage et, quand je suis tombée sur une publicité pour les plages de l'Oregon, je me suis dit que c'était un signe.

— Tu as changé de look, remarqua Elizabeth maladroitement.

— Oh ! oui, tu as raison. Je m'habillais d'une certaine façon pour Edward. Je me faisais blonde... J'ai retrouvé ma couleur naturelle maintenant.

Elizabeth était sceptique. Était-ce son père, si élégant, aristocratique même, qui voulait que sa femme ressemble à Dolly Parton ? C'était invraisemblable. Elle aurait aimé résister à l'invasion de cette extraterrestre, mais elle entendait encore son père lui dire : « Tu prendras soin d'elle ? Tu me le promets ? »

— Entre, Anita.

Elizabeth prit l'énorme valise, qui laissait malheureusement présager un long séjour, et la tira dans l'entrée. Anita entra, regarda autour d'elle en se tordant les mains.

— Voilà donc la fameuse maison de la plage, fit-elle. Ton père comptait bien venir la voir un jour.

— Je l'ai supplié de venir pour le 4-Juillet.

— Je le sais, observa doucement Anita.

— On va monter au premier étage. Je vais te montrer la chambre d'amis.

Elizabeth se dirigea vers l'escalier en tirant la valise à roulettes derrière elle. Au pied des marches, elle se retourna et vit Anita, devant la cheminée, en train de tendre la main vers l'une des photos trônant sur le manteau. Elle avait été prise à Noël. Toute la famille était réunie devant le sapin richement décoré. Ils étaient tellement hilares qu'ils en grimaçaient, à l'exception d'Edward qui faisait la tête : il lui avait fallu près d'une demi-heure pour réussir à faire fonctionner le déclencheur automatique de l'appareil photo qu'il venait d'offrir à Elizabeth. « Je me moque que vous ayez mal aux mâchoires, avait-il tempêté, agacé par leurs rires, souriez, bon sang ! Ce n'est pas un enterrement. » C'était la dernière photo d'Edward.

Anita se retourna, les larmes aux yeux.

— Tu pourrais me faire faire un tirage ? demanda-t-elle.

— Bien sûr.

Anita s'attarda une seconde de plus devant la photo, puis rejoignit Elizabeth au pied de l'escalier, d'un pas gracieux, délié, qui trahissait au moins quelques années de danse. Les talons aiguilles et les trémoussements à la Bette Midler appartenaient aussi au passé.

— Je ne savais pas où aller, Birdie, avoua-t-elle calmement. Et je n'aurais pas pu rester là-bas une nuit de plus.

Elizabeth la comprenait facilement. Son père dispensait beaucoup de chaleur autour de lui. Depuis sa disparition, le monde d'Anita s'était refroidi.

Elizabeth ne retrouvait plus la femme contre laquelle elle s'était battue si longtemps. La nouvelle Anita était frêle, fragile, émouvante comme une âme perdue.

— Tu as eu raison de venir, Anita. Nous sommes parentes, non ?

Pour le meilleur et pour le pire...

Jack eut un réveil lent et douloureux, comme si on l'avait frappé à la tête avec une barre de fer. Il se retourna dans son lit tout en s'étirant. Son bras heurta la lampe de chevet et la fit tomber par terre. Il ouvrit un œil. Son réveil indiquait huit heures sept. Il se dit qu'il y avait certainement eu une coupure de courant dans la nuit. Il ne dormait jamais au-delà de cinq heures du matin. Puis son regard rencontra une petite chose rouge sur le sol. Il se redressa à demi, humecta ses lèvres sèches, plissa les yeux. N'était-ce pas l'emballage d'un préservatif, déchiré en deux ?

Il s'assit sur le lit dans un mouvement tellement brusque que sa migraine se déchaîna. Il regarda à sa gauche : le lit était vide. Penché en avant, la tête dans les mains, il resta les yeux fermés un bon moment. Puis, lentement, il rejeta la couverture sur le côté et se leva. Vacillant, il se dirigea vers la salle de bains où il trouva un message, écrit au rouge à lèvres, sur la glace : « C'était parfait. Bises. Sally. »

Le sang battait douloureusement à ses tempes, tandis qu'il se disait : Ça ne se serait jamais produit si Birdie m'avait suivi à New York. Si elle ne m'avait pas laissé tomber.

Le message lui rappela qu'ils avaient effectivement très bien fait l'amour. Pas avec une fougue déchaînée, mais avec art. Il s'était senti rajeuni, régénéré. Désiré, avant tout. Ce besoin impérieux de se sentir désiré avait toujours été sa grande faiblesse. Pendant sa cure de désintoxication, les psychiatres lui avaient expliqué qu'il tenait ce besoin de ses parents, que l'alcool avait fait disparaître prématurément. Vrai ou faux, il s'en moquait. Tout ce qu'il voyait, c'était la puissance nocive de ce besoin, qui avait failli ruiner complètement sa vie. Et qui finirait peut-être par y arriver.

Il se rappela la mise en garde de Tom Jinaro. Pas de drogues, pas de femmes trop jeunes. Les opportunités peuvent s'envoler en un instant. Si on apprenait qu'il avait passé la nuit avec son assistante... Si Sally le voulait, elle pouvait le détruire. Il lui suffirait de parler de harcèlement sexuel, et c'était fini pour lui. Il serait d'autant plus attaqué qu'il coiffait le chapeau de M. Moralité depuis l'affaire Grayland.

— Seigneur... murmura-t-il, face au miroir, le mot de Sally barrant son image. Plus jamais, fit-il d'une voix plus ferme. Ça restera l'aventure d'une nuit. Une erreur. Elizabeth ne doit jamais l'apprendre. Jamais. C'est l'aventure d'une nuit, répéta-t-il avec conviction.

Douché, rasé, habillé, il se mit en route pour son bureau en se sentant déjà beaucoup mieux, plus fort, plus sûr de lui. L'erreur était de taille, mais se perdrait vite dans la vaste prairie que représentaient les années à venir. À peine assis à son bureau, il se mit à relire les notes prises la veille. Elles concernaient un projet de reportage sur une école d'équitation, à Poulsbo, dans l'État de Washington, où des enfants handicapés apprenaient à monter à cheval.

Soudain, la porte s'ouvrit. Sally apparut, en tailleur noir et chemisier vert émeraude, le sourire épanoui, provoquant chez Jack le sentiment d'être à la fois très jeune et très vieux.

— Je suis désolée d'être partie alors que tu dormais encore, expliqua-t-elle, après avoir refermé la porte derrière elle. Il fallait que je me mette au travail de bonne heure.

— Ce n'est pas grave, déclara Jack, nerveux, embarrassé et excité tout à la fois.

Le sourire de plus en plus ravageur, les mains dans le dos, elle s'avança vers lui. Ses hauts talons résonnèrent dans la pièce, sans toutefois couvrir le bruit des battements du cœur de Jack.

L'aventure d'une nuit, se rappela-t-il dans son for intérieur.

— À propos d'hier soir...

Sally posa ses mains à plat sur le bureau, se pencha en avant. On pouvait voir la dentelle beige de son soutien-gorge, qui mettait en valeur le galbe des seins laiteux.

Non. Ne pense pas à la douceur de sa peau, au rose de ses mamelons...

— Tu ne devineras jamais qui a cherché à te joindre ce matin, dit-elle.

— Qui ?

— Ton agent. Il veut te parler d'une offre de *People*. Jack se leva.

— *People* ? Qu'est-ce qu'ils veulent ?

Sally souleva une hanche pour s'asseoir sur le bord du bureau.

— Ils te veulent pour leur numéro consacré aux cinquante personnes les plus séduisantes.

— Tu plaisantes ?

— Tu es au top, Jack. Tu es vraiment redevenu une star.

La tentation fut trop forte. Il tendit la main vers Sally et l'attira dans ses bras.

— Emmène-moi avec toi pour la séance de photos, demanda-t-elle. Ça se passera au Peninsula.

Les yeux posés sur son visage en cœur, il ressentit un violent accès de désir. Il était déjà prêt à oublier la promesse qu'il s'était faite.

Elizabeth passa une nuit agitée. Incapable de dormir, elle mesurait à quel point elle avait du mal à accepter l'intrusion d'Anita dans une vie solitaire à laquelle elle s'était déjà très bien habituée. Quand apparurent les premières lueurs du jour, elle s'habilla, traversa le couloir sur la pointe des pieds et entrebâilla doucement la porte de la chambre d'amis. Anita dormait encore.

Elle lui laissa un mot lui disant qu'elle descendait sur la plage, puis sortit. Son sac de toile serré sur la poitrine, elle descendit l'escalier de la falaise, face à un océan agité par une forte houle. Des milliers d'oiseaux marins tournaient autour des rochers, dans le lointain, en poussant des cris aigus.

Abandonnant son sac au pied de sa roche, Elizabeth continua à marcher le long du rivage, accéléra progressivement l'allure, jusqu'à ce que sa marche se transforme tout naturellement en jogging. Elle puisait de l'énergie dans la puissance des vagues. Un sentiment de liberté aussi. Deux cerfs-volants, au loin, semblaient se défier. Un engoulevent se posa sur son nid, dans un conifère aux branches mortes. L'espace de quelques minutes, Elizabeth eut le bonheur d'oublier qu'Anita avait débarqué chez elle, le soir précédent, avec une valise qui annonçait son intention de s'incruster pendant au moins deux mois.

Quand elle eut fait demi-tour, elle retrouva sa roche, complètement hors d'haleine, se laissa tomber sur la pierre plate, remonta ses genoux sous son menton et laissa son regard se perdre dans l'immensité bleue, tandis que quelques nuages diaphanes voguaient à travers le ciel.

Elizabeth savourait les effets de ses efforts physiques. Après avoir vécu des années sans s'occuper de son corps, elle avait finalement compris ce qui importait avant tout. Peu importait qu'elle fasse une taille quarante-six ou quarante-huit, ce qu'elle voulait, c'était être capable de courir le long de la plage, de monter des escaliers, de faire du vélo sans avoir mal partout. La santé, d'abord ! En apparence, elle ne faisait rien d'extraordinaire. Mais, pour une femme qui avait mesuré sa ration de calories journalière et porté des gaines pendant vingt ans, cette liberté de mouvement était aussi réjouissante qu'une sortie de prison.

— Birdie, ma chérie ? C'est toi ?

Elizabeth se retourna et vit Anita à un mètre d'elle, vêtue d'un jupe longue, fleurie, et d'un gros pull blanc. À contrecœur, elle lui fit de la place sur sa roche.

— Viens t'asseoir.

Anita s'installa à côté d'Elizabeth.

— Eh bien ! Cet escalier est mortel. Je comprends que tu aies perdu du poids.

— C'est vrai ? Tu trouves que j'ai maigri ?

— Au moins de cinq kilos, ma chérie. Tu flottes dans tes vêtements, remarqua Anita, l'air désapprobateur.

Elizabeth sentait revenir les critiques, les petites

pointes malveillantes qui avaient si longtemps entaché leurs relations. Souris, laisse courir, sinon tu risques de la mettre à la porte.

— Je manquais trop d'exercice, expliqua-t-elle. C'est tout simple.

— Moi, je fais du yoga.

C'était une révélation, et Elizabeth se dit qu'en fait elle savait très peu de choses d'Anita, en dehors de ce qui avait été sa vie conjugale. Voyant là un sujet de conversation, elle sauta sur l'occasion.

— Que fais-tu d'autre ? Sans indiscrétion...

— Les choses habituelles. Je fais partie d'un club de lecture. On se réunit chaque mois. Je joue au bridge tous les jeudis matin. J'assure une permanence au refuge pour femmes battues le mardi. Je tricote des plaids à n'en plus finir. Évidemment, ton père occupait presque tout mon temps.

Anita s'interrompit un long moment avant d'ajouter d'une voix douce :

— Je ne rêve pas de lui. Pourtant, je m'endors en m'attendant à le voir... et il ne vient pas.

— J'ai attendu toute ma vie de rêver de maman, avoua Elizabeth. Et ce n'est jamais arrivé.

— J'ai l'impression de le perdre une seconde fois... Tu vois, j'ai toujours su que je lui survivrais, et je m'y croyais préparée. Quelle idiotie ! On n'est jamais préparé à la disparition d'un être cher.

Elizabeth resta muette. Qu'aurait-elle pu dire ? Le chagrin est comme les vagues de l'océan qui déferlent vers vous et vous submergent quand la marée est trop haute. Cela arrive généralement la nuit, quand la solitude et l'angoisse s'accentuent. Anita était peut-être venue à Echo Beach parce que ses nuits étaient trop tranquilles. Ou parce qu'elle avait besoin de parler d'Edward.

— Comment vous étiez-vous rencontrés, papa et toi ? demanda Elizabeth.

Anita lui adressa un sourire de gratitude.

— Je travaillais dans un salon de beauté. Ah ! je me souviens de l'instant où je l'ai vu entrer ! Avec ses cheveux noirs hirsutes, ses yeux tout aussi noirs, il avait l'air d'un héros de feuilleton. À l'époque, il portait une moustache. Je me suis tournée vers mon amie, Mabel, et je lui ai dit : « Regarde un peu, bébé ! » Je peux dire que j'ai eu le coup de foudre. Mais lui m'a à peine remarquée.

Elizabeth s'étonna, car elle avait toujours pensé que son père avait définitivement rasé sa moustache quelques mois après la mort de sa mère.

— Ça s'est passé à quelle date ?

— Peu importe, répondit Anita en détournant le regard.

— Tu as connu ma mère ?

La réponse d'Anita fut négative, mais mensongère, songea Elizabeth. Quand leurs regards se rencontrèrent, Anita poussa un profond soupir et se courba en avant.

— Je ne l'ai pas vraiment connue. Elle était avec lui ce jour-là. Mabel lui a coupé les cheveux.

— Tu lui as parlé ?

— Moi ? Pas du tout. Je venais juste d'avoir mon diplôme d'esthéticienne. Je débutais. Personne ne m'accordait d'importance.

— Parle-moi d'elle.

— Je n'ai pas grand-chose à dire. Bien sûr, j'ai entendu raconter des choses sur elle. La seconde femme entend toujours parler de la première. En tout cas, je peux t'assurer que ta maman était la plus belle femme de Springdale, et aussi la plus aventureuse.

— On m'a raconté ça pendant des années. Comme pour éviter de m'en dire plus. Je voudrais la vérité. Pourquoi papa refusait-il toujours de parler d'elle ? Je t'en prie, Anita. Dis-moi.

— Eh bien... Avant ta naissance, ta mère a fait une fugue.

— Elle a quitté papa ?

— En pleine nuit, d'après ce que je sais. Il a fallu un certain temps à ton père pour la retrouver. Elle avait fui en Caroline du Nord. Il l'a ramenée à la maison, mais d'après les gens elle n'a plus jamais été la même. Elle était devenue triste, trop calme. Quelqu'un l'a vue éclater en sanglots, un jour, en plein magasin.

— Elle devait faire une dépression...

Jamais Elizabeth n'aurait imaginé que sa mère, dont tout le monde vantait l'audace et la force, avait connu la déprime. L'information était incroyable, impossible à assimiler.

— Elle t'aimait, poursuivit Anita. Cette brave Anna Deaver disait que Marguerite te surveillait constamment. Elle dormait même souvent avec toi. Mais d'après la rumeur, elle n'est plus jamais sortie de sa tristesse. Elle ne pouvait même pas sourire à sa petite fille. On disait qu'elle avait laissé sa joie de vivre en Caroline du Nord.

— Quand je demandais à papa de me parler d'elle, il me répondait invariablement : « Contente-toi de garder précieusement tes souvenirs, petit sucre. » Mais des souvenirs, je n'en avais presque pas.

— Il n'avait peut-être rien à te raconter, tu sais. Parfois, le chagrin enterre les choses si profondément qu'il n'en reste rien.

Elizabeth resta songeuse un moment.

— Je sais ce que c'est, finit-elle par dire. C'est pareil pour Jack et moi.

— Il est parfois facile d'oublier pour quelle raison on est tombé amoureux, observa Anita en regardant l'océan. Tu sais, moi aussi je l'ai quitté une fois.

— Je l'ignorais.

— Comment aurais-tu pu le savoir ? Tu vivais à des milliers de kilomètres, tu avais ta vie, et Edward n'était pas le genre d'homme à raconter à sa fille unique que son mariage battait de l'aile.

— Tu aurais pu me le dire.

— À l'occasion de l'une de nos conversations intimes ? Ma chérie, tu me disais à peine bonjour, quand tu appelais.

— Où es-tu allée ?

— Peu importe. Même à l'époque, c'était sans importance. Il fallait que je parte, c'est tout.

Entendant Anita soupirer, Elizabeth se demanda si le souvenir de cette fuite n'était pas plus douloureux maintenant que son père était mort.

— Nous ne devrions peut-être pas revenir sur le passé.

Anita resta silencieuse pendant quelques instants. Les vagues déferlèrent vers elles, s'échouèrent paresseusement sur le sable, refluèrent.

— Il me fatiguait parfois, ton père. Il avait un tel appétit de la vie, il était très exigeant, et j'étais jeune quand nous nous sommes mariés. Je ne savais pas ce que je voulais. Alors j'ai calqué ma vie sur la sienne. Ça a marché pendant des années.

Elizabeth connaissait cette situation. Jack, son père... Tous deux étaient comme le soleil. Tout devait tourner autour d'eux. Au début, on accepte. Puis, avec l'âge, les choses changent. On commence à penser aux chemins qu'on n'a pas pris, et on se demande ce qui se serait passé si...

Ramassée sur elle-même, les genoux sous le menton, Anita se tourna vers Elizabeth, puis regarda son alliance.

— J'aurais voulu avoir un enfant, avoua-t-elle.

Elizabeth se souvint de cette conversation, un soir, dans le jardin, où elle avait demandé à sa belle-mère pourquoi elle n'avait pas eu d'enfants. Anita lui avait répondu que c'était une question à réserver pour un autre moment, peut-être pour une autre femme. En d'autres termes, elle lui avait fait comprendre qu'elle se mêlait de ce qui ne la regardait pas. Sans doute parce que cela remuait trop de choses en elle.

— Je savais que je me retrouverais seule un jour, poursuivit Anita en jouant avec son alliance. Je pensais qu'un enfant comblerait le vide. Alors, quand on a repris la vie commune, on a essayé. J'ai perdu trois bébés. Tous des garçons. À chaque fois, c'était un peu plus de moi-même qui s'en allait, jusqu'à...

Anita haussa les épaules.

— Trois fausses couches m'ont suffi, j'imagine. Dieu devait tout de même savoir ce qu'il faisait.

Elizabeth commençait à s'attendrir. Anita lui apparaissait sous un jour insoupçonné et, bizarrement, elle avait l'impression de revenir à la maison.

— J'ai eu une fausse couche, moi aussi, confia-t-elle, surprise par son propre aveu. Seul Jack l'a su. J'en ai eu le cœur brisé.

Elle serra doucement la cheville d'Anita. C'était la première fois qu'elle faisait un geste de la sorte. Anita étouffa une exclamation, puis se tourna vers elle.

— Je t'ai apporté quelque chose qu'il n'était pas facile de transporter jusqu'ici.

Rien n'est facile, décidément, ni ta situation, ni la mienne, ni nos confidences, songea Elizabeth. Mais elle se tut, aida sa belle-mère à se relever, puis l'entraîna vers l'escalier de la falaise. Quand elles atteignirent la véranda, elle remarqua que le grand carton qui avait accompagné la valise d'Anita était appuyé contre un mur de la maison.

— Je me suis demandé ce qu'il y avait là-dedans, reconnut Elizabeth.

Anita se précipita à l'intérieur et revint avec un couteau.

— Ouvre-le. Mais pose-le d'abord à plat.

Le contenu du carton fit un bruit métallique sur le plancher de la véranda. Accroupie, Elizabeth fendit l'emballage : elle vit apparaître les grosses mailles d'un filet blanc et deux barres de suspension d'un vert brillant.

— C'est le hamac de papa...

— Nous nous sommes tous balancés dans ce truc pendant des heures, serrés les uns contre les autres. J'entends encore tes rires pendant que je préparais le dîner.

Soudain, Edward était là, à côté de sa fille. « Eh ! petit sucre, tu m'apportes une limonade ? »

— Nous avions l'habitude de regarder voler les lucioles, murmura Elizabeth. Elles venaient tout autour de nous quand nous étions allongés dans ce hamac.

— Je te l'ai apporté en me disant que ton père l'aurait voulu ainsi. Il sera parfait ici. Tu pourras dormir au soleil, bercée par le bruit des vagues, en te souvenant de tout l'amour qu'il te portait.

Quand Elizabeth leva la tête, les yeux humides, la gorge serrée, elle ne put même pas remercier Anita.

— De rien, lui dit néanmoins sa belle-mère en souriant.

Mars fit souffler sur New York une bise glaciale. Au milieu de la nuit, si froide que Times Square était complètement déserté, il se mit à neiger. Il n'y eut d'abord qu'un flocon par-ci par-là, puis, avec les premières lueurs du jour, la neige tomba en abondance, au point que Jack pouvait à peine voir les immeubles de l'autre côté de la rue. Debout devant la fenêtre, il buvait lentement un verre de lait de soja. En contrebas, de rares voitures circulaient à bonne distance les unes des autres. Les bus roulaient lentement et marquaient les arrêts sans s'approcher des trottoirs. Sous le ciel d'étain, les néons semblaient délavés, comme de vieux timbres datant d'une autre époque. Quant aux gratte-ciel, leurs sommets se perdaient dans des nuages cotonneux.

Jack venait juste de prendre la direction de la salle de bains quand le téléphone sonna.

— Bonjour, monsieur Shore. C'est la compagnie d'assurance L'Arnaque. Nous avons besoin d'une autorisation pour distribuer votre capital, étant donné que vous avez changé de planète.

Jack ne put s'empêcher de rire.

— Mea culpa ! fit-il.

Il valait toujours mieux reconnaître ses erreurs avec Jamie, sous peine de se faire rejeter.

— Laisse-moi rire avec toi. Qu'est-ce qui t'est arrivé ? Tu as été trop occupé à jouer les stars pour me rappeler à propos de la natation.

— Nous en avons parlé il y a seulement deux jours.

Je savais bien que tu ne voudrais pas prendre de décision tout de suite.

— Coucou, papa ! C'est l'ammoniaque qui te traverse le crâne ? Il y a déjà une semaine qu'on s'est parlé.

— Une semaine. Impossible !

— Oh ! si ! Une semaine. Sept jours.

— Je suis navré, ma chérie. Je n'ai pas vu le temps passer. Je voulais vraiment te rappeler, et puis ça a été la folie. Le magazine *People*...

— Je sais. C'est toujours la faute des autres.

— Je travaille quinze heures par jour, Jamie.

— C'est sûrement pour cette raison que je ne t'ai pas trouvé quand j'ai appelé hier... à deux heures du matin.

Heureusement qu'elle n'était pas en face de lui, car Jack ne put s'empêcher de rougir.

— J'avais pris un somnifère. Depuis quelque temps, j'ai du mal à dormir... Tu comprends, sans ta mère...

Jack se dit que c'était à la fois vrai et faux.

— J'ignorais qu'elle te manquait. Tu ne parles jamais d'elle.

— Elle me manque. Mais elle finira bien par me rejoindre.

Brusquement, Jack comprit ce qu'Elizabeth avait voulu dire en lui faisant remarquer qu'il était toujours difficile de mentir aux enfants.

— Tu racontes ça depuis trop longtemps. Stephie et moi, nous avons un plan, et on compte sur toi pour le réaliser.

Jack se détendit immédiatement. Jamie avait un plan, et si elle avait commencé par culpabiliser son père, c'était uniquement pour qu'il se rattrape en acceptant son idée.

— Que suis-je censé faire pour ça ? demanda-t-il.

Envoyer mes filles en Europe pour les prochaines vacances d'été ? Ou leur permettre de faire de la plongée à Aruba au printemps ?

— Non. Nous allons débarquer à Kennedy Airport vendredi matin. Tu nous y retrouves, et on part tous les trois passer le week-end dans l'Oregon.

— Euh...

— C'est l'anniversaire de maman. Tu ne l'as pas oublié ?

Merde !

— Bien sûr que non. Je comptais aller la surprendre. Mais mon travail...

— Inutile d'en dire plus. Tu viens avec nous. Pas de discussion, papa. Tu es animateur télé, pas chirurgien cardiologue. Personne ne mourra si tu t'absentes.

— Tu as raison, admit Jack d'une voix éteinte.

— Alors, on se retrouve à l'aéroport, d'accord ? On achète des billets sur le Net avec ta carte bleue.

— Pourquoi pas ?

— Papa, on lui fait une surprise, n'oublie pas. Tu ne l'avertis pas, promis ?

Jack ferma les yeux, soupira.

— Oh ! pour une surprise, ce sera une surprise ! C'est sûr.

24

Elizabeth et Anita se couchèrent tard, après avoir longuement prolongé leur conversation. Évitant de s'aventurer de nouveau en terrain intime, elles s'étaient parlé comme deux femmes qui se connaissaient depuis toujours, mais ne s'étaient jamais découvertes. L'une et l'autre furent étonnées de se trouver plus d'un point commun.

Le lendemain matin, après un petit déjeuner composé de toasts et d'œufs pochés, elles poursuivirent leur conversation en se promenant le long du rivage. La journée s'annonçait belle sous un grand soleil printanier. Plus tard, pendant qu'Anita se reposait, Elizabeth alla faire des courses en ville, revint en fin d'après-midi et prit son courrier au passage.

Lorsqu'elle se gara dans l'allée, le ciel commençait à se teinter des lueurs roses et lavande du crépuscule au-dessus de l'océan. Elle trouva Anita sur la véranda, perdue dans la contemplation de l'océan. Vêtue d'une longue robe blanche et d'une magnifique veste de laine corail, elle portait dans le dos une natte qui lui tombait jusqu'à la taille. La lumière, sublime, enveloppait la maison de sa douceur dorée et disputait aux ombres le visage d'Anita. La robe de sa belle-mère semblait tissée de nacre. Devant ce tableau vivant, Elizabeth sentit l'inspiration la saisir.

— Est-ce que je pourrais faire ton portrait ? demanda-t-elle.

Anita pressa sa main pâle et veineuse sur sa poitrine.

— Tu veux faire mon portrait ?

— Je ne te garantis pas le résultat. Je viens à peine de reprendre mes pinceaux. Mais, si ça ne t'ennuie pas...

— Je pourrais peut-être m'asseoir sur le tronc d'arbre mort, là-bas, au-dessus de la falaise.

Elizabeth se retourna et vit que ledit tronc d'arbre prenait des reflets argentés au soleil couchant. Au-delà, l'océan étendait jusqu'à l'horizon une nappe d'or liquide. Elle n'aurait pu choisir meilleur emplacement pour faire poser son modèle, mais il lui aurait fallu une heure pour comprendre ce qu'Anita avait saisi en cinq secondes.

— Tu es une artiste ?

Anita éclata de rire.

— Non. Mais j'ai lu un livre qui raconte l'histoire d'un peintre.

— Attends-moi. Je reviens dans quelques minutes.

Elizabeth se précipita dans la cuisine, assaisonna un poulet entier, le mit au four avec quelques pommes de terre et des carottes, rangea ses courses, puis attrapa son matériel de peintre.

Quand elle revint au bout d'un quart d'heure, Anita se tenait debout à côté du tronc, au lieu d'être assise dessus. Elle regardait vers l'horizon, les bras croisés sur sa poitrine – une attitude dans laquelle Elizabeth reconnut un réflexe de protection typiquement féminin.

Le crépuscule était particulièrement magique, tout de rose, d'or, de pourpre et d'orange, au-dessus des vagues scintillantes. Au loin, les arbres noueux étaient déjà noirs. La silhouette d'Anita semblait pâlir en revanche, comme si les couleurs du ciel puisaient en elle toute leur intensité. Bientôt, elle parut presque opalescente.

— Retourne-toi sans changer de place ! lui cria Elizabeth.

Guidée par son instinct, elle se mit à peindre avec une rapidité, une concentration et une vision du résultat qu'elle n'avait jamais connues. Elle ressentait un besoin absolu de capter toute la beauté de cette silhouette solitaire au soleil couchant. Superposant les couches de peinture, elle parvint à obtenir des couleurs uniques. Elle peignit avec fièvre, muette, jusqu'au moment où les ultimes lueurs disparurent sur l'horizon, aux confins du monde. L'obscurité était presque totale lorsqu'elle annonça :

— C'est fini pour ce soir, Anita.

La silhouette de sa belle-mère se tassant brusquement, elle se rendit compte de l'effort qu'elle avait demandé à son modèle.

— Pardonne-moi. Tu es fatiguée ? Je t'ai fait souffrir ?

— Non. Ce fut un plaisir de tous les instants.

— Tu dois mourir de faim. Comme moi. Rentrons vite.

Anita s'approcha du chevalet.

— Je peux voir ?

— Non, rétorqua Elizabeth avec une dureté qu'elle regretta aussitôt. Le dîner sera prêt dans un instant. Mais monte quand même prendre un bain chaud.

— Ma chérie, tu lis dans mes pensées.

Elizabeth mit la table, fit la salade, puis appela Anita. N'obtenant pas de réponse, elle monta au premier étage et trouva sa belle-mère, assise au pied du lit, un petit oreiller bleu orné de dentelle entre les mains, la tête sur la poitrine. Son immobilité alarma Elizabeth.

— Anita ?

Anita releva la tête, toute pâle, les joues creusées par l'éclairage de la lampe de chevet. Des larmes brillaient dans ses yeux.

— Ça va ? lui demanda Elizabeth en s'asseyant à côté d'elle.

— Je crois.

Que dire ? Quand le chagrin est là, on peut danser, puis pleurer sur un vieil oreiller la seconde suivante.

Anita caressa la dentelle bleue.

— Ton père voulait toujours que je me mette à la tapisserie. Mais je n'y suis jamais arrivée.

Elizabeth regarda l'oreiller, l'un des rares souvenirs de sa mère. Souvent, elle avait essayé de l'imaginer, dans un rocking-chair, en train de coudre ou de broder. Mais elle n'avait jamais réussi à susciter autre chose que l'image, en noir et blanc, d'une jeune femme fixant l'appareil photo.

— C'est ta mère qui a fait cet oreiller, n'est-ce pas ? Je reconnais ses petits points minutieux. Le jour où Mabel lui a coupé les cheveux, elle n'a pas arrêté de broder.

— J'essaie de l'imaginer parfois.

Anita reposa l'oreiller, se leva, puis posa ses mains sur les épaules d'Elizabeth et l'entraîna vers le miroir. Elizabeth affronta le reflet d'une femme un peu trop joufflue, des cheveux ébouriffés, le teint trop pâle, sans maquillage.

— La première fois que j'ai vu ta maman, je me suis dit que je n'avais jamais vu une femme aussi belle. Avec Edward, elle formait un couple digne de Hollywood.

299

Anita s'interrompit, le temps de tirer en arrière les cheveux d'Elizabeth.

— Tu es son portrait tout craché.

Enfant, Elizabeth avait passé des heures à chercher des photos de sa mère ; elle n'en avait trouvé que quelques-unes, parfois prises de loin, parfois un peu floues.

— Merci, Anita, dit-elle d'une voix émue.

— De rien, ma chérie.

Jack dormit à peine cette nuit-là. Dès qu'il se leva, les yeux vitreux, avec la gueule de bois, il se traîna jusqu'à la salle de bains et fit couler la douche. Mais l'eau chaude ne suffit pas à laver ses remords : il avait de nouveau couché avec Sally. Il aurait aimé se convaincre que c'était sans importance. Après tout, Birdie et lui vivaient séparés. Mais il restait persuadé que cette séparation, au lieu d'être un feu vert pour des nuits de sexe, n'était en fait qu'une pause, une période de recul, après de longues années de mariage. S'il découvrait que Birdie lui était infidèle, il tuerait son amant !

Elle lui avait déjà pardonné des incartades, mais c'était une autre époque, ils étaient différents. Elle avait accepté de se sacrifier pour sa famille. Quoique blessée, elle avait encore voulu croire en lui. En eux. Mais c'était loin, tout ça. Il y avait une nouvelle Birdie, et elle était imprévisible. Si elle apprenait son infidélité, elle demanderait peut-être le divorce. À moins qu'elle ne se soit tellement éloignée de lui qu'elle se moque de ce qu'il pouvait faire.

Il essuya la glace embuée, au-dessus du lavabo, et regarda son reflet. Autour des yeux, les rides étaient plus prononcées, et il avait le teint gris après une nuit passée dans les bras de Sally. Il s'imagina facilement, vieux, courbé par le temps et par le poids de ses erreurs, s'appuyant sur une canne pour assurer ses pas. Il avait toujours cru qu'Elizabeth et lui vieilliraient ensemble, qu'elle l'aimerait encore quand il n'aurait plus que son cœur et une main tremblante à lui offrir. Pas une seule fois, il n'avait pensé qu'ils n'aborderaient pas côte à côte le crépuscule de leur vie. Soudain, il eut peur. Était-ce lui qui avait tout gâché, définitivement ?

Il venait de prendre son rasoir quand le téléphone sonna. Il retourna dans la chambre, nu comme un ver, pour décrocher.

— Allô ?

— Allô, papa.

Jamie eut un soupir dégoûté et s'adressa à sa sœur.

— Je t'avais dit qu'il serait encore chez lui. Il nous a oubliées.

Flûte ! C'était aujourd'hui qu'ils devaient s'embarquer tous les trois pour l'Oregon.

— J'allais justement partir, mentit-il.

— Généralement, les gens partent pour l'aéroport avant l'arrivée de leur avion, ironisa Jamie.

— J'en avais bien l'intention.

— Il en avait bien l'intention, répéta Jamie, tournée vers sa sœur. Dans combien de temps seras-tu ici ? Dis-nous si on doit prendre une chambre en attendant.

Jack jeta un coup d'œil au réveil qui affichait huit heures quarante-huit.

— Je vous retrouve dans une heure, au plus tard, dit-il. J'espère qu'il n'y aura pas trop de circulation. L'avion décolle à quelle heure ?

— Onze heures quarante-cinq.

— Bien. Je vous rejoins à la porte d'embarquement, à dix heures.

Jamie soupira.

— On y sera, papa.

— Je suis désolé. Vraiment.

— On n'en doute pas. À tout à l'heure.

Dès qu'il eut raccroché, Jack prit deux aspirines, puis attrapa ses vêtements.

Et si Birdie comprenait, rien qu'en me voyant, que je sors du lit d'une autre femme ? Bon sang ! Un problème à la fois. Pour le moment, il devait éviter de décevoir ses filles irrémédiablement. Dix minutes plus tard, il était dans un taxi, en route pour Kennedy Airport, avec la ferme intention de se trouver de bonnes excuses. Stephanie serait sans doute conciliante, lui pardonnerait sans avoir besoin d'explications. Mais, avec Jamie, ce serait autre chose. Elle lui lancerait probablement des regards assassins et, de toute façon, quoi qu'il puisse dire, le bouderait aussi longtemps qu'elle en aurait envie.

Une fois de plus, il avait besoin de Birdie. Elle avait toujours été le ciment de la famille. Elle avait facilité, avec plus ou moins d'autorité, les relations entre le père et ses filles, le contraignant à s'excuser s'il le fallait, à prendre le temps d'écouter ses enfants dans les moments critiques. Sans Birdie, il se sentait perdu, et il n'avait pas la moindre idée de ce qu'il allait leur dire.

— Tu peux arrêter de faire semblant d'être forte, tu sais, fit remarquer Anita à Elizabeth.

Attablées dans la cuisine, elles déjeunaient de bonne heure. Quelques cadeaux étaient posés sur le comptoir.

— Que veux-tu dire ?

— Ta belle-mère et un petit cadeau pour ton anniversaire ne peuvent pas compenser l'absence de ta famille. Tu as regardé le téléphone cinquante fois aujourd'hui.

302

— Non. Ça va. Et puis j'attends avec impatience que tu m'apprennes à jouer au tarot, ce soir.

Anita eut un regard appuyé.

— Qu'est-ce que tu faisais, d'habitude ?

— À part commencer à avertir tout le monde, une semaine à l'avance ?

Anita hocha la tête.

— Voyons... Je me dégageais de toute obligation pour dormir le plus longtemps possible. À mon réveil, je trouvais la maison vide, mais des vœux partout. Une fois, il y a même eu des ballons attachés aux dossiers des chaises...

Dans un soupir, Elizabeth s'avoua qu'elle venait juste de retrouver ce souvenir précis.

— Jack faisait le dîner à ma place, poursuivit-elle. Le seul qu'il savait préparer : un poulet *piccata*. Il lui fallait deux heures et deux whiskys pour y arriver, et personne autour de lui. Après le repas, il me massait tout le corps, puis on faisait l'amour. Ah oui... Je pouvais embrasser les filles à satiété sans qu'elles aient le droit de protester.

— Un merveilleux programme.

— Absolument.

— Tu es très douée.

— Pour ?

— Faire comme si. Si je ne te connaissais pas, je me dirais que tu es heureuse.

— J'ai choisi d'être seule, Anita, remarqua Elizabeth, la voix un peu tendue.

La blessure était là, douloureuse et à fleur de peau. Oui, elle avait voulu oublier qu'elle passait, pour la première fois, son anniversaire loin de sa famille. De plus, personne n'avait appelé, et c'était peut-être le plus dur.

Elle s'efforça de sourire.

— Je vais prendre mes pinceaux maintenant. Il me faut encore quatre tableaux pour l'exposition.

Anita se leva, enleva son tablier.

— Ça ne t'ennuie pas si je te suis ? Je peux tricoter pendant que tu peins.

— Je serai contente d'avoir de la compagnie, affirma sincèrement Elizabeth. Je me change et je prends mon attirail.

Elle monta dans sa chambre, s'habilla en jean de la tête aux pieds, et elle allait redescendre quand elle s'aperçut qu'elle n'avait pas mis de ceinture. Elle retourna dans sa chambre, fouilla dans la penderie et tomba finalement sur une vieille ceinture de cuir, avec une grosse boucle en argent.

Quand elle fut redescendue, Anita lui sourit.

— Tu ressembles à une chanteuse de *country music*.

— C'est papa qui m'avait acheté cette ceinture à Opryland, tu te souviens ? Il y avait des années que je ne pouvais plus la mettre.

Elizabeth eut un sourire satisfait, puis elle ramassa son matériel. Un quart d'heure plus tard, les deux femmes commencèrent à descendre l'escalier de pierre.

— Je ne sais pas comment tu fais pour ne pas tomber sur ces marches, avec ce bazar dans les bras, observa Anita. Je suis tout le temps en train de me dire que je vais me tordre la cheville et atterrir sur le sable, la tête la première.

Elizabeth eut un rire amusé. Elle se sentait bien de nouveau. Les filles l'appelleraient ce soir. C'était sûr.

— La marée est basse, dit-elle. On pourra passer des heures ici avant qu'elle ne remonte.

Anita ramassa le sac de tricot qu'elle avait jeté du haut de l'escalier. Puis elle étala une couverture sur le sable, s'assit et se mit à tricoter. Sur ses genoux, la pelote de laine angora blanche faisait penser à un nid d'oiseau.

Son chevalet planté dans le sable, le papier en place, Elizabeth regarda autour d'elle, en quête d'un sujet. Il y avait plusieurs possibilités, mais le choix n'était pas facile. Elle arrêta son regard sur Terrible Tilly, le phare qui dressait sa tour, solitaire et sombre contre le ciel bleu, au-dessus de l'océan émeraude et topaze. Puis elle regarda Dagger Rock, le monolithe noir, entouré d'écume blanche, avant de suivre des yeux un cormoran dessinant des cercles dans l'air, en bordure de la plage. Finalement, elle opta pour l'océan lui-même, qu'elle avait envie de peindre à l'aquarelle. La clarté s'y prêtait, et puis le temps lui manquait maintenant pour travailler à l'huile ou à l'acrylique.

Elizabeth commença à travailler, mais elle dut s'arrêter à trois reprises, ayant du mal à trouver le bon dosage d'eau et de peinture, à cause de l'humidité de l'atmosphère. Les couleurs bavaient, et elle avait du mal à maîtriser son travail.

— Flûte !

Agacée, elle saisit le papier, le froissa, puis le jeta par terre.

— Ce n'est jamais facile de passer de l'idée à sa réalisation, commenta Anita, le nez sur son tricot. Il n'y a que les rêveurs pour ne pas rencontrer de difficultés.

Elizabeth soupira, puis se rendit compte qu'elle avait recommencé à oublier sa respiration.

— Je savais comment m'y prendre pourtant.

— Au lycée, je parlais espagnol, lui fit observer Anita.

Elizabeth comprit. Dans la vie, on perd sa dextérité si on ne l'exerce pas, et si on ne la retrouve pas sur commande, il faut s'accrocher. Alors, elle s'avança à la limite des vagues, resta là, face aux couleurs de l'océan, les laissant s'imposer à leur manière, à leur rythme. Elle avait besoin de les sentir, de s'en imprégner, de redevenir une enfant, de retrouver le sens de la magie.

À nouveau inspirée, elle retourna à son chevalet, y fixa une nouvelle feuille de papier et attendit. L'air marin caressait son visage, emplissait ses narines de senteurs iodées. Le bruit du flux et du reflux devint une mélopée. Elizabeth se laissa bercer et, quand elle reprit son pinceau pour le tremper dans la peinture, elle avait retrouvé la magie souveraine qui guide l'artiste.

Elle travailla longtemps, à un rythme fulgurant. Puis elle finit par faire trois pas en arrière afin d'examiner le résultat. Avec une palette de bleus pâles, de roses, de lavande, elle avait réussi à rendre l'essence du paysage : le contraste entre les rochers et la courbe de la plage, la présence sombre du monolithe, dressé contre un ciel d'un bleu vaporeux. Quelques touches de rouge et de gris esquissaient un promeneur sur le rivage, au loin. Toutefois, quelque chose clochait.

— Qu'est-ce qu'il y a, Birdie ? Tu n'es pas satisfaite ?

Elizabeth fit un bond. Complètement concentrée sur le tableau, elle n'avait pas entendu Anita s'approcher d'elle.

— Je n'arrive pas à peindre les arbres comme il faut.

— Tu les as faits trop droits. Tu ne vois pas qu'ils penchent en arrière ? On dirait qu'il prennent le vent de plein fouet depuis cent ans, mais qu'ils refusent de se rompre.

Elizabeth reprit son pinceau, mais quelques minutes plus tard, Anita s'exclama :

— Oh ! Il est plus de quatorze heures ! Il faut qu'on rentre. Dépêche-toi.

Elizabeth regarda sa belle-mère remettre son tricot dans son sac, se diriger vers l'escalier et monter les marches, haletante mais en y mettant toute son énergie, comme si une médaille l'attendait en haut de la falaise.

À son tour, Elizabeth rangea ses affaires, prit délicatement le tableau entre ses doigts et suivit Anita. Arrivée au milieu de l'escalier, elle sentit une odeur de fumée.

— Anita ? Tu sens ? cria-t-elle.

On entendait également des voix, comme si une radio marchait à tue-tête. Lorsqu'elle parvint en haut de la falaise, Elizabeth s'immobilisa, regarda autour d'elle. Des ballons multicolores sortaient par les fenêtres de sa maison. Soudain, la porte s'ouvrit toute grande pour laisser passer Marge, Anita et Meghann ! D'une seule voix, elles entonnèrent un *Happy Birthday* qui venait du fond du cœur.

Elizabeth faillit laisser tomber son matériel. C'était bien la première fois qu'on lui réservait une telle surprise. Meghann se précipita à sa rencontre, bras ouverts, et la serra contre elle en murmurant :

— Tu ne croyais tout de même pas que j'allais oublier ! Bon anniversaire, ma chérie !

Anita et Marge vinrent les rejoindre, riant et congratulant Elizabeth en même temps. Elle ne savait plus depuis combien de temps elle n'avait pas été fêtée à ce point, trop habituée pendant des années à organiser les anniversaires des autres, à faire la cuisine, à acheter les cadeaux. Même pour son propre anniversaire, c'était elle qui établissait la liste des présents et confectionnait le gâteau.

Pendant qu'Anita admirait un barbecue flambant

307

neuf, Marge prit l'aquarelle encore humide des mains d'Elizabeth.

— Oh ! Birdie ! Que c'est joli ! C'est pour moi ?

— Bien sûr, fit Elizabeth ravie par l'appréciation de Marge.

Marge s'éloigna, emportant l'aquarelle. Meghann s'approcha de nouveau d'Elizabeth.

— Anita a tout organisé, expliqua-t-elle. Elle m'a même envoyé un billet d'avion. Comme si je ne pouvais pas m'en payer un, ajouta-t-elle en riant. Tu sais, elle m'a agréablement surprise. Tu m'avais tellement parlé d'une femme sans cœur. Tu l'appelais plus volontiers Attila qu'Anita.

Elizabeth tiqua. Elle regrettait la réputation qu'elle avait faite à sa belle-mère, en éprouvait de la honte, d'ailleurs, depuis quelques jours.

— Elle n'est pas ce que je croyais. Je commence seulement à la découvrir... Attendez une minute, les filles. Je reviens tout de suite.

Anita avait passé un cardigan lavande sur sa robe de lin et torsadé ses cheveux sur sa nuque. Penchée sur un seau métallique, elle en sortait des huîtres qu'elle mettait sur le gril. Quand Elizabeth fut près d'elle, elle se redressa.

— Alors ? Surprise ?

— Grâce à toi.

— Je n'ai pas eu beaucoup de mal. Meghann et Marge sont le genre d'amies toujours prêtes à fêter un événement. Pour ma part, j'avais toujours rêvé de te surprendre de cette manière.

Après des années d'incompréhension, des années pendant lesquelles Elizabeth l'avait souvent blessée, Anita lui offrait ce qu'elle-même n'hésiterait pas à offrir à ses propres filles.

— Merci, dit-elle, tout en sachant que c'était un peu court.

Anita repoussa doucement la mèche qui balayait le front de sa belle-fille.

— De rien, Birdie.

— Je veux que nous prenions un nouveau départ, fit Elizabeth en serrant la main d'Anita dans les siennes.

— Oh ! ma...

Anita s'interrompit en voyant Meghann s'approcher d'elles, un pichet à la main.

— Je peux vous proposer un margarita, mesdames ?

Ce fut le début de l'animation. Marge installa une chaîne stéréo sur la véranda, Meghann apporta un tas de CD, et un concert de house music – qu'Elizabeth découvrait – commença, complètement incongru sur cette falaise où l'on était habitué au bruit de l'océan et aux cris des oiseaux.

Le repas se composa d'huîtres grillées, de praires cuites dans une sauce au beurre, au vin et aux épices. Un demi-saumon fut sorti de sa marinade pour griller à son tour, pendant que des crabes royaux attendaient dans un seau de glace pilée. Elizabeth et Meghann avaient transporté la table de la cuisine dans le jardin. En quelques minutes, celle-ci fut chargée de nourriture : pâtés, salades, épis de maïs cuits à l'étouffée, miche de pain à l'ail fait maison... Un véritable festin !

L'atmosphère était résolument festive, et Elizabeth, dansant, riant, bavardant avec entrain, retrouvait ses vingt ans, mais avec l'expérience de l'âge, des désillusions et des coups durs, la magie était plus grande qu'autrefois.

Tandis que le saumon achevait de griller, et qu'Elizabeth disposait les couverts sur la table, on entendit une voiture arriver.

Jack s'engagea dans Stormwatch Lane en pestant.

— Cette route est toujours aussi mauvaise !

Aussitôt, il se reprocha d'avoir laissé transparaître son humeur massacrante. Non seulement ses filles lui imposaient cette visite à Birdie, mais, en plus, elles le boudaient. Pendant tout le vol, Jamie, assise à côté de lui, lui avait à peine dit deux mots. En revanche, elles avaient beaucoup papoté entre elles, au point d'aggraver sérieusement la migraine de leur père. Qu'elles lui en veuillent d'avoir oublié leur rendez-vous à l'aéroport, il le comprenait. Mais il avait l'impression agaçante qu'il y avait autre chose, comme si elles lui reprochaient une éternelle insuffisance dans les relations familiales. Ils n'avaient jamais été réunis – que ce soit pour les repas, les vacances ou les jours fériés – sans que Birdie soit présente et s'évertue à les impliquer dans une conversation commune : « Jack, est-ce que tu as parlé à Jamie de... ? Stephanie, as-tu dit à papa que... ? »

Jack s'était toujours intéressé à la vie de ses filles, mais dans les grandes lignes, jamais dans le détail. Cela avait été du domaine de Birdie. Et pourtant, une conversation se nourrissait de détails. Depuis qu'Elizabeth était absente, une distance s'était établie entre le père et ses filles. N'ayant qu'une connaissance superficielle de leur façon de vivre, il ne pouvait communiquer réellement avec elles, craignait constamment de dire ce qu'il ne fallait pas, de trahir son ignorance. Et aujourd'hui n'était certainement pas un jour propice pour les inciter aux confidences.

Alors, il se rabattit sur des banalités.

— Nous avons de la chance, observa-t-il. Pour une fois, il ne pleut pas.

— C'est vrai, répondit Jamie, assise à l'arrière de la voiture. Je n'en reviens pas.

La vue était superbe. Pendant les deux années qu'il avait passées ici, Jack n'avait remarqué que la pluie et le ciel gris, trop occupé à chercher un moyen de sortir de ce bout du monde. Et voilà que maintenant il découvrait la beauté sauvage de la côte, avec ses rochers déchiquetés, ses falaises, la plage de sable gris s'étendant à l'infini. De plus, le soleil donnait à l'océan des reflets argentés. Il commençait à comprendre l'attachement d'Elizabeth pour ce lieu étonnant, et se demanda comment il avait réussi à se mettre de telles œillères jusque-là.

Après le dernier virage, il ralentit. Plusieurs véhicules étaient garés en bas de l'allée. En sortant de la voiture, il entendit de la musique, plus précisément un vieil air disco – peut-être chanté par Gloria Gaynor. Il se gara derrière une Toyota bleu pâle.

— On ferait bien de sortir les affaires du coffre et de continuer à pied.

— À t'entendre, on dirait qu'on va escalader le mont Rainier, papa.

Bien sûr, la remarque venait de Jamie, mais Jack l'entendit à peine. Son cœur lui faisait penser à un marteau-piqueur essayant de briser ses côtes. Il aurait dû appeler, prévenir Birdie. Les filles seraient évidemment les bienvenues, mais lui, il n'en était pas convaincu.

Les deux sœurs coururent vers la maison. Il les suivit, quelque peu ralenti par sa migraine. Quand ils eurent contourné la maison, il remarqua que des femmes étaient assises autour d'une table, mais Elizabeth se retourna avant qu'il ait pu noter la présence d'Anita et de Meghann.

Pendant que les filles se précipitaient vers leur mère, en poussant des cris, Jack se figea. Il comprit tout à coup ce que peut ressentir un homme qui, revenant de la guerre, revoit enfin le visage de la femme qu'il aime, sans oser y croire. Le souvenir de la nuit qu'il venait de passer avec Sally lui donna la nausée. Plus blonde, plus mince, Elizabeth avait une trace de peinture jaune sur la joue, et ce petit détail ramena Jack à leur toute première rencontre.

— Viens par ici, papa ! lui cria Stephanie.

Elizabeth s'aperçut enfin de sa présence. Il s'avança vers elle, puis la prit maladroitement dans ses bras.

— Joyeux anniversaire, Birdie !

— Salut, Jack ! Je suis contente de te voir.

Il y eut dans la façon dont elle prononça son nom un calme qui le blessa. Quand elle s'écarta de lui, il faillit la retenir.

La fête se prolongea très tard. À la tombée de la nuit, Marge sortit un grand sac en papier, plein de fusées de feu d'artifice qu'ils allèrent allumer sur la plage. Un peu en retrait, Elizabeth observait ses filles et ses amies, tandis que les lueurs rouges et jaunes des étincelles qui retombaient du ciel se reflétaient sur leurs visages. Jack avait gardé ses distances, bien qu'il se soit montré amical avec tout le monde. À l'instant où Elizabeth allait se diriger vers lui, Stephanie s'approcha d'elle.

— Tu n'as pas allumé un seul feu d'artifice, maman. Pourtant, c'est ton anniversaire.

Elizabeth rit.

— Franchement, ma chérie, je ne l'ai jamais fait de toute ma vie.

C'était son père qui lui avait appris à se méfier des feux d'artifice. « Les filles ne jouent pas avec ça, répétait-il chaque année, le jour de la fête de l'Indépendance. Tu risques de perdre tes petits doigts. Laisse faire les garçons. »

Stephanie plongea la main dans le sac en papier et en sortit le dernier feu d'artifice.

— Plante-le dans le sable, allume-le, puis recule-toi.

Elizabeth suivit ses consignes, mais, en reculant, heurta un tronc mort et perdit l'équilibre, tandis que le feu d'artifice explosait dans l'air, laissant retomber une pluie d'étincelles. Ce fut très beau, peut-être comme le sont toutes les choses dangereuses.

— C'est la fin du spectacle, les enfants, annonça Marge.

Quelques minutes suffirent pour nettoyer la plage et remonter l'escalier de pierre. L'une après l'autre, les femmes retournèrent à leurs voitures, Anita et Meghann ayant décidé de passer la nuit dans une auberge d'Echo Beach.

Elizabeth les embrassa, les regarda s'éloigner, puis se retrouva dans son jardin obscurci par la nuit, avec sa famille autour d'elle.

— Je suis crevée, déclara Stephanie. Faut pas oublier le décalage horaire.

Elle glissa un bras autour des épaules de sa mère, et tous les quatre rentrèrent dans la maison.

Elizabeth conduisit les filles à la chambre d'amis où flottait une odeur de talc et de sachet de lavande – la marque d'Anita. Jamie se laissa tomber sur le lit. Stephanie s'allongea à côté d'elle.

— Merci, mes chéries. Vous m'avez fait le plus beau cadeau du monde.

— Tu nous manquais, remarqua simplement Jamie en se débarrassant de ses chaussures.

Puis elle se déshabilla et se glissa sous la couverture.

313

Stephanie alla dans la salle de bains mettre une chemise de nuit de flanelle, se démaquiller, et revint le visage rose, brillant. Elle planta un baiser sur la joue de sa mère, puis se coucha à son tour. Mais Elizabeth avait envie de s'attarder auprès de ses filles.

— J'aimerais bien que tu me parles de ton nouveau copain, Jamie.

— Ça y est ! s'exclama Stephanie avec un petit rire. Elle va te raconter pendant une heure qu'il joue du jazz comme personne et qu'il a un regard tellement cool... Je préfère dormir. Bonne nuit, maman.

Stephanie se tourna sur le côté, tandis qu'Elizabeth s'asseyait par terre en s'adossant au mur.

— Raconte-moi, dit-elle.

Jamie rejeta la couverture et alla s'asseoir à côté de sa mère.

— Comment as-tu compris que papa était l'homme de ta vie ?

La tête renversée en arrière, Elizabeth regarda le plafond blanc où un ventilateur, rarement utilisé, était couvert de poussière.

— Le premier baiser a été décisif, expliqua-t-elle.

Elle se souvenait encore qu'elle avait éprouvé la sensation d'être transportée, de ne plus s'appartenir. Elle aurait pu tout abandonner pour Jack. De bien des façons, c'était ce qu'elle avait fait, en définitive.

— J'ai pleuré, ajouta-t-elle.

— Pourquoi ?

— C'est sans doute inévitable quand on se sent en chute libre et qu'il est impossible d'atterrir sans casse. L'amour est un terrain dangereux.

Jamie posa sa tête sur l'épaule de sa mère.

— Je crois être amoureuse de Michael, et j'ai peur.

— Tu es en train de grandir, ma fille.

— J'ai peur à cause de grand-père. Il est parti trop brutalement.

Elizabeth enlaça sa fille, la serra contre elle et, pendant un long moment, lui caressa les cheveux, muette.

— Ton grand-père n'aurait pas voulu que tu aies peur. C'était un sentiment qu'il ne connaissait pas.

— Je me le répète tout le temps. Mais il a laissé un vide en moi.

— Je le sais, ma chérie. Laisse faire le temps. Il apaisera la blessure, je te le promets.

— Il voulait que je participe aux Jeux olympiques. Il ne m'a parlé que de ça, à Noël. Et je n'arrive même pas à battre les filles de mon club.

— Ton grand-père songeait surtout à ton bonheur, Jamie. Il aurait le cœur brisé s'il savait que tu arrêtes la natation à cause de lui.

— Je peux te confier un secret, maman ?

— Bien sûr.

— Je n'ai pas vraiment envie d'arrêter. Je voulais simplement obliger papa à s'intéresser à ce que je fais. Et c'est plutôt raté.

— En ce moment, il mène une vie trépidante, tu sais. Sois patiente avec lui. Réaliser un rêve, à la moitié de sa vie, ce n'est pas rien.

— Je le comprends. Mais je souhaite que nous ayons une relation plus simple.

— Rien n'est simple dans la vie, ma chérie. Et si tu n'es pas championne olympique, qui s'en souciera ? Ce qui compte, c'est que tu essaies.

— Alors tu serais quand même fière de moi si je ne gagnais pas ?

— Tu cherches les compliments, j'ai l'impression.

— Et si je ne vais pas jusqu'au bout de mes études ?

— Tu crois que tu n'auras jamais ton diplôme ?

Jamie sourit.

— Si. En fait, Michael m'aide vraiment. Je voulais tester tes bonnes dispositions pendant que tu es tout sucre tout miel.

Ah ! l'humeur de Jamie ! Aussi changeante que la météo sur la côte.

— Tu es une chouette fille, Jamie. Maintenant, retourne au lit et fais de beaux rêves.

Jamie embrassa sa mère, puis retourna se coucher.

— Bonne nuit, maman. Je t'aime.

— Moi aussi.

Elizabeth se releva, éteignit la lumière, puis redescendit au rez-de-chaussée.

Un feu crépitait dans la cheminée, la lumière dorée de ses flammes dansait sur le tapis, mais Jack semblait extrêmement mal à l'aise, tel un homme qui essaie de se frayer un chemin dans la foule, un soir de réception.

Elizabeth s'assit sur le sofa, à côté de lui, tout en restant à une certaine distance. Pendant un bon moment, ce fut le silence. Puis Elizabeth finit par le rompre.

— J'avais l'habitude de vous rappeler mon anniversaire des semaines à l'avance, fit-elle. Tu t'en souviens ?

— Et comment ! répondit Jack en riant.

Il sembla soudain se détendre, comme s'il avait redouté ce qu'elle allait lui dire.

— Je craignais toujours un oubli, et je redoutais d'être profondément blessée. Pourquoi est-ce que je me comportais de cette manière, Jack ? Pourquoi est-ce que je me voyais si peu exister à vos yeux ?

Jack se tourna vers Elizabeth. Il y avait dans son regard une tristesse qu'elle lui avait rarement vue.

— J'aurais oublié, tu avais raison. Pas chaque année,

ni même souvent, mais ce serait arrivé. Et tu sais pourquoi ? Parce que je n'avais pas à y penser. Tu le faisais à ma place. Tu étais ma colonne vertébrale. Je tenais debout grâce à toi. Et je m'y étais habitué. Je trouvais ça normal.

Elizabeth fut convaincue qu'il n'aurait pas parlé de cette manière quelques mois plus tôt. Qu'il ne se serait même pas fait ce genre de réflexions.

— J'ai l'impression que nous apprenons à mieux nous connaître nous-mêmes depuis quelque temps.

— Je ne suis pas le père que je croyais être.

Jack parut surpris par son propre aveu, comme s'il lui avait échappé.

— Quand tu n'es pas là, poursuivit-il, les filles et moi n'avons aucune conversation. Elles me prennent pour un crétin.

— Elles sont très jeunes, Jack. Pour elles, tous ceux qui ont vécu l'époque Kennedy sont bons pour la maison de retraite. J'ai traité Anita de cette manière.

— Avec toi aussi, Jamie lève les yeux au ciel ?

— Bien sûr. Elle ne s'en prive pas, et c'est généralement quand elle va me dire : « Eh ! maman ! Tu pourrais redescendre sur terre ? » Quant à Stephanie, elle me roule des yeux de biche blessée et se tait en attendant que je lui accorde ce qu'elle demande. Elles me jouent cette comédie depuis l'école primaire.

— Comment réagis-tu ?

— Lorsque je suis de bonne humeur, je les ignore. Les autres jours, je me sens blessée. Fort heureusement, les bons jours sont plus nombreux que les autres.

Jack fronça brusquement les sourcils.

— Qu'est-ce qui te tourmente, Jack ?

— Nous allons leur dire, n'est-ce pas ?

Elizabeth faillit poser sa main sur le bras de Jack,

mais quelque chose la retint. Peut-être la peur que tout recommence alors qu'elle n'était pas prête pour cela. Son voyage n'était pas encore achevé.

— Oui, dit-elle.

— Elles me feront porter le chapeau, tu sais.

— Je leur expliquerai que c'est moi qui ai voulu cette séparation.

— Ça ne changera rien.

— Je ne crois pas. Elles sont tout de même assez grandes pour comprendre ce genre de chose. Nous ne parlerons pas de divorce.

Jack eut un sourire pâle, amer.

— Que tu parles de séparation ou même de vacances, d'année sabbatique, de je ne sais quoi encore, de toute façon, elles m'en voudront. Je vais les perdre.

Soudain, Elizabeth ressentit la même crainte.

— Finalement, nous ne sommes peut-être pas obligés de le leur dire. Il se peut qu'elles n'aient aucun doute.

— Birdie... fit Jack en souriant tristement. Mon éternelle rêveuse...

Sans trop savoir pourquoi, le ton de Jack donna à Elizabeth envie de pleurer.

— Nous n'avons pas encore pris de grande décision, Jack. Nous faisons une pause, rien de plus pour l'instant. Nous aurons peut-être une seconde chance.

Jack effleura la joue de sa femme, comme s'il craignait de fissurer un vase fragilisé par le temps.

— Je veux y croire, affirma-t-il.

— Moi aussi.

25

Ce fut le samedi, en fin d'après-midi, que la crise éclata. Assise en tailleur par terre, devant la cheminée, le menton relevé, Jamie faisait sa tête de bulldog qui annonçait l'orage.

— Bon. Allez-y, vous deux. C'est le moment d'accoucher, lança-t-elle brusquement.

Au fond du rocking-chair, dans un coin de la pièce, Stephanie changea de couleur.

— Vous voulez que je sois plus claire ? insista Jamie en haussant le ton. Nous ne sommes pas idiotes. Nous avons compris ce qui se passe entre vous.

— Je ne suis pas dans le coup, précisa Stephanie.

Sur le sofa, Elizabeth remonta ses genoux sous son menton, mais resta muette. Elle laissait Jack répondre, selon un protocole bien établi. Si elle avait toujours décidé de ce que pouvaient faire ou ne pas faire les filles, lui avait pour rôle de leur rappeler les règles, de leur faire la leçon, par exemple quand Elizabeth n'était pas satisfaite par leurs notes trimestrielles.

— Alors ? fit Jamie, revenant à la charge.

Jack observa ses filles chéries. Sur le qui-vive, prête à aboyer, Jamie n'en avait pas moins un regard triste. Quant à Stephanie, elle baissait la tête et fixait ses mains. Elle évoquait un petit soldat, attendant un tir d'obus, planqué à l'angle d'un immeuble.

L'idée de prononcer les mots empoisonnés amena Jack au bord de la nausée. Les filles n'oublieraient jamais que sa voix avait scellé la faillite de leur famille. Incapable de parler, pétrifié comme un animal pris dans les phares d'une voiture, il ne remarqua même pas qu'Elizabeth se levait et passait derrière le canapé. Il sentit brusquement sa main serrer son épaule en un geste qui, se voulant rassurant et tendre, eut plus d'impact sur lui qu'un coup de poing.

— Je sais que vous avez l'impression, toutes les deux, que ce n'est plus la même chose entre votre père et moi, fit-elle avec un calme surprenant.

Jack n'en crut pas ses oreilles. Birdie, la femme qui esquivait les conflits et ne parvenait jamais à prendre une décision pour elle-même, mais qui aurait été capable de s'offrir en sacrifice pour sauver ses filles, Birdie montait en première ligne, à sa place...

— C'est le moins qu'on puisse dire, remarqua Jamie, avec un air buté. Papa a dormi sur le canapé.

— On peut s'aimer et être en conflit de temps en temps, remarqua Stephanie. Ce n'est pas autre chose, n'est-ce pas ?

Elizabeth serra plus fort l'épaule de Jack. Il pensa poser la main sur celle de sa femme, mais ce qui était en train de se dérouler le paralysait. Il pouvait à peine respirer.

— C'est un peu plus sérieux que ça, avoua Elizabeth. En fait, nous nous sommes séparés.

Stephanie blêmit, bouche bée.

— Je comprends votre étonnement, s'empressa d'ajouter Elizabeth. Mais nous allons tous les quatre essayer de sortir de cette crise. De toute façon, nous formerons toujours la même famille.

— Oh ! quelle jolie formule ! lança Jamie. « Nous formerons toujours la même famille. » Tu parles ! Quelle merde !

Elle se leva d'un bond, visiblement au bord des larmes.

— Tu me fais penser au type qui annonce : « On restera toujours amis. » Ce qui veut dire qu'il a déjà quelqu'un d'autre.

— Ma chérie, laisse-nous t'expliquer. Ton père et moi, nous nous sommes mariés très jeunes...

— C'est la seule explication que vous ayez trouvée ? intervint Stephanie. Vous vous êtes mariés trop jeunes ? Je croyais... vous disiez toujours... Oh ! et puis merde !

Elle éclata en sanglots, déchirant le cœur de Jack. Jamais il n'avait eu si mal. Jamais.

— Ma chérie, commença-t-il.

Mais il s'interrompit, à court de mots, lança un regard d'impuissance à Birdie, vit ses lèvres trembler, puis ses traits s'affaisser et des larmes couler. Alors, il se leva pour aller la prendre dans ses bras.

— Nous allons arrêter ce gâchis, murmura-t-il contre sa joue humide.

Il ne l'avait jamais autant aimée qu'en ces instants. Elle venait de se montrer plus courageuse que lui, mais elle payait le prix de ce courage. Il la sentait brisée. Regardant ses filles, il sut que le souvenir de cette scène le poursuivrait jusqu'à la fin de ses jours. Il payait le prix de ses erreurs. Trop souvent il avait fait le mauvais choix, et le pire avait été de ne pas aimer suffisamment Birdie pour se battre et sauvegarder leur mariage.

— C'est... une épreuve... pour tous les quatre, bégaya-t-il, cherchant ses mots comme il aurait cherché son chemin, à tâtons, dans un tunnel. Mais nous vous aimons.

Il jeta un regard rapide à Birdie, en s'efforçant de retenir ses larmes.

— Et nous nous aimons, ajouta-t-il. Vous, les filles, vous pouvez essayer de nous aider, ou bien nous en vouloir et nous laisser nous débrouiller. Vous êtes adultes, maintenant. Vous faites comme vous voulez.

La voix presque brisée, il ajouta encore :

— Mais nous avons besoin de vous. Maintenant plus que jamais. Nous avons besoin d'être, de demeurer une famille.

Il n'en fallut pas plus pour balayer la colère de Jamie. Elle tomba à genoux en murmurant quelque chose qui échappa à Jack.

Aussitôt, Elizabeth s'effondra à côté de sa cadette.

— Mes filles... dit-elle.

Stephanie se précipita vers elle. Les deux sœurs s'accrochèrent à leur mère en pleurant. Jack les regarda toutes les trois, avec l'envie de se mêler à elles, d'être, pour une fois, inclus dans leur cercle, mais il resta figé. Il avait toujours été comme la pièce rapportée dans cette famille, essentiellement constituée par un trio.

Ce fut Jamie qui leva les yeux la première pour le regarder. Jamie, sa princesse guerrière dont il voyait maintenant le visage ravagé par le chagrin.

— Papa, fit-elle simplement, la main tendue vers lui.

Elizabeth chercha à son tour la main de Jack, puis la serra très fort. Alors, il se joignit aux trois femmes de sa vie et les enlaça.

Elizabeth avait le sentiment d'être descendue d'un ring de boxe, tandis qu'elle imprimait un rythme lent, apaisant, à la balancelle de la véranda. Devant elle, la pleine lune projetait sa clarté, comme un phare, sur l'océan bleu nuit. Elle venait de vivre les pires heures de sa vie. Tous les quatre, ils s'étaient attardés dans le séjour, alternant les larmes et les cris. Jamie avait oscillé entre la fureur et le désespoir. Stephanie s'était murée dans le silence, refusant d'imaginer une séparation définitive de ses parents. Finalement, les filles étaient montées se coucher.

La porte-moustiquaire s'ouvrit et se referma en claquant. Jack apparut et, dans un soupir et un grincement de chaînes, s'assit lourdement à côté d'Elizabeth. Elle serra plus étroitement autour de ses épaules la couverture de laine qui l'enveloppait.

— Nous aurions peut-être dû leur mentir, fit-elle.

— Je ne sais pas où tu as trouvé le cran de le leur dire. Quand elles ont éclaté en sanglots... Bon Dieu, c'était horrible !

— C'est ma faute. J'ai refusé de vivre à New York. Et puis il y a eu ma lettre. C'était à moi de les prévenir.

— Tu sais bien que nous étions deux à vouloir cette séparation, Birdie.

Ces quelques mots soulageaient Elizabeth d'un lourd sentiment de culpabilité.

— Je t'aime toujours, Jack, avoua-t-elle, sûre tout à coup de dire la vérité. Mais jusqu'à ce soir, je ne m'en étais pas rendu compte.

— Pendant des années, j'ai essayé de savoir ce qui n'allait pas. Je te l'ai demandé des dizaines de fois. Tu évitais de me répondre franchement, c'est vrai ou pas ?

— Tu ignores ce qu'on ressent quand on se perd de vue, Jack. Tu as toujours eu tellement confiance en toi. Tu as toujours eu tellement d'assurance.

— Tu plaisantes ? J'ai été une star du foot, puis je

suis tombé dans l'anonymat. Je n'étais plus personne. Personne !

— C'est autre chose. Je te parle de ce qu'on est intérieurement. Pas d'une position sociale.

— Tu n'as jamais compris. Un homme n'existe que par son activité professionnelle. Je me suis perdu en perdant le foot.

— Jamais tu ne me l'as expliqué.

— Comment aurais-je pu ? J'avais honte, et je savais ce que tu avais supporté pendant mes années de gloire.

Il avait raison. Elizabeth en était arrivée à haïr ces années-là. Plus il brillait sur les terrains de foot, plus il s'éloignait de sa famille. Mais elle comprenait aussi que, au creux de la vague, il n'avait pu compter sur son soutien. Au fond, elle avait été tout le contraire d'un refuge, d'un port d'attache.

— Je suis désolée, Jack.

— Ne recommence pas. Nous avons perdu tant d'années en contritions, en excuses.

— Tu oublies que nous avons fondé un foyer heureux, engendré deux belles jeunes femmes, remarqua Elizabeth avec douceur. Ce n'est pas si mal pour deux gamins qui se sont mariés avant même de finir leurs études. Combien de fois ai-je pensé que nous avions tout !

Jack se leva, offrit sa main à Elizabeth. Elle la prit, la serra avec une telle force qu'il sentit ses os bouger.

— Tu es quelqu'un d'exceptionnel, Birdie. Tu le sais ?

Jamais il ne lui avait dit une telle chose, et elle se sentit extrêmement touchée, surprise également de l'être à ce point.

— Toi aussi, Jack.

— Bonne nuit, Birdie.

— Bonne nuit.

Elle monta seule dans la chambre.

Quand Jack, garé dans le parking souterrain de l'aéroport, coupa le contact, le silence fut assourdissant. Jamie et Stephanie s'étaient assises à l'arrière, serrées l'une contre l'autre. Il jeta un coup d'œil dans le rétroviseur.

— Nous ferions bien de nous dépêcher, dit-il. Vous ne voudriez pas qu'on rate notre avion.

— C'est sûr ! lança Jamie, la main sur la poignée de la portière. Nous sommes pressées de nous éloigner d'ici.

Stephanie adressa à son père un regard de sympathie, puis sortit à son tour de la voiture. Sans attendre, les deux sœurs se ruèrent vers le terminal, comme si elles fuyaient le théâtre d'un crime. Tout au long des multiples contrôles de sécurité, elles ne se tournèrent pas une seule fois vers Jack. Jamie finit quand même par le regarder quand ils durent attendre devant la porte d'embarquement. Pendant la seconde où leurs regards se croisèrent, l'armure de Jamie se fendit. Ses yeux bleus reflétèrent une douleur si profonde qu'un mélange de culpabilité, de honte et de regret submergea le cœur de Jack. Le regret fut plus cuisant que tout le reste.

— Jamie, fit-il en s'avançant vers elle, les mains tendues.

Instinctivement, elle recula.

— Ne me touche pas ! s'écria-t-elle d'une voix forte.

Jack comprit alors ce que signifiait l'expression « avoir le cœur brisé » ; il eut en effet le sentiment que son organe se déchirait, et c'était bien plus douloureux qu'une rotule cassée.

— Je suis désolé, Jamie. *Nous sommes* désolés.

Les traits de Jamie s'affaissèrent, elle vacilla sur ses jambes.

— Tu parles ! fit-elle.

Puis elle se détourna de son père, s'éloigna au pas de charge, et ne jeta même pas un regard en arrière quand elle dut s'arrêter devant la porte d'embarquement.

— Tu la connais, observa Stephanie. Quand elle a peur, elle se met en colère.

— Nous avons tous peur, non ?

Stephanie s'efforçait visiblement de retenir ses larmes, et Jack ne reconnaissait plus sa Stephie toujours forte, courageuse, qui donnait maintenant l'impression d'avoir du mal à tenir debout.

— Je ne serais pas plus malade, avoua-t-elle, si je devenais schizophrène du jour au lendemain. Tout ce en quoi je croyais est maintenant suspect.

— Continue à croire en nous tous, Steph. Un jour, tu comprendras. Ta mère et moi, nous avons commencé à vivre ensemble quand nous avions ton âge. Ça fait un bail. Des choses... s'accumulent entre les gens. Mais il n'est pas question de divorce.

Stephanie eut un regard empli d'un espoir pathétique.

— On a cru que c'était un mensonge.

— Non. On prend le temps de respirer un peu, chacun de notre côté. Pour l'instant, ce n'est rien d'autre.

— Ah ?

Une voix annonça dans les haut-parleurs l'embarquement des passagers du vol 967. Jack regarda dans la direction de Jamie. Elle continuait à lui tourner le dos, et, même de loin, sa raideur était visible. Pauvre

Jamie ! Elle avait toujours tellement peur de s'effondrer, et même de plier. Intérieurement, elle devait être complètement défaite, mais elle s'efforçait de ne pas le montrer.

— Prends soin de ta sœur, Steph. Elle se veut forte, mais...

Jack dut s'interrompre. Il se souvenait du jour où Jamie s'était cassé le bras. Elle n'avait pas eu un seul gémissement, une seule larme chez le médecin. Elle avait tenu jusqu'au coucher avant de pleurer et de murmurer à son père : « J'ai mal, papa. »

— Elle est vraiment furieuse contre toi et maman. Tu as vu. Elle a refusé que maman vienne à l'aéroport. C'est la première fois que je la vois dans une telle colère.

— Je me demande pendant combien de temps elle refusera de nous parler.

— Combien de temps il faut à la calotte polaire pour fondre ?

— Prends soin d'elle, répéta Jack. De toi aussi. Je t'aime, Stephie.

— Papa. Sois honnête avec nous, d'accord ? Si un jour il n'y a plus d'espoir, il faudra nous le dire.

— C'est promis.

Lorsque l'annonce de l'embarquement des passagers fut diffusée pour la seconde fois, Jamie cria à sa sœur en lui faisant signe :

— Allez, Stephanie ! Qu'est-ce que tu attends ?

— Au revoir, papa.

Prenant son sac en bandoulière, Stephanie s'empressa de rejoindre Jamie. Ni l'une ni l'autre ne jeta un regard en arrière au moment de s'engager dans le couloir d'embarquement.

Jack s'approcha de la vitre. Par-delà le reflet flou de

son visage, l'avion commença à rouler vers une piste d'envol. Lentement, Jack se dirigea vers sa propre porte d'embarquement.

L'illusion du printemps dura jusqu'à fin mars. Ensuite, la pluie revint se venger. Chaque jour, Elizabeth marchait jusqu'à sa boîte aux lettres, pleine d'espoir, mais revenait la plupart du temps les mains vides. Au cours de ces dernières semaines, Stephanie lui avait envoyé deux lettres courtes, posant des questions brûlantes : « Qui a cessé d'aimer l'autre ? » « Vous nous avez menti pendant toutes ces années ? » « Vous allez divorcer ? »

Ces questions trahissaient son angoisse et sa quête juvénile de certitudes et de réponses clairement tranchées, là où l'on ne pouvait qu'offrir des réponses vagues, tout en nuances, obscurcies par les silences accumulés au fil des années, et qui comportaient elles-mêmes beaucoup de points d'interrogation.

Jamie n'avait pas envoyé le moindre mot. Elle n'avait pas non plus répondu aux messages que lui laissait sa mère. Elizabeth avait toujours été si proche de ses filles que leur douleur et leur colère lui étaient insupportables. L'ancienne Birdie en serait tombée malade, mais la nouvelle – avec son regain de force – savait qu'une femme devait pouvoir s'affirmer, se battre pour elle-même, y compris contre ses propres enfants. Néanmoins, le silence de ses filles la rongeait, l'empêchait de dormir d'un sommeil serein.

— On aurait dû leur mentir... ou alors j'aurais dû retourner vers Jack, expliqua-t-elle à Anita pour la énième fois depuis son anniversaire. J'aurais pu aller à New York, recommencer à vivre comme avant. Tout le monde aurait été plus heureux, finalement.

Elle s'écarta du chevalet, plissa le front, puis alla ajouter une légère touche écarlate au soleil couchant. Elle avait repris le tableau commencé le jour de l'arrivée d'Anita. Les quatre autres étaient achevés, et elle terminait celui-ci à l'intérieur, en raison de la pluie. Assise à la table de la cuisine, Anita tricotait. Elle releva à peine la tête.

— Je ne crois pas que tout le monde aurait été plus heureux, observa-t-elle.

— Les autres, en tout cas... Bien, je t'annonce que le tableau est fini.

— Je peux le voir ?

Elizabeth hocha la tête, soudain nerveuse. C'était une chose d'être satisfaite de son œuvre, une autre de la montrer, mais elle laissa sa belle-mère s'approcher.

Anita ne fit aucun commentaire, et comme son silence se prolongeait, Elizabeth craignit qu'elle soit profondément déçue.

— Tu n'aimes pas ? Les couleurs du ciel sont un peu violentes, je le sais. J'ai voulu, par un effet de contraste, faire ressortir ta douceur.

Elizabeth chercha des défauts à son travail. Anita avait une apparence frêle, éthérée, et en même temps elle dégageait une impression de force. Elle avait un soupçon de tristesse dans le regard, mais un léger sourire flottait sur ses lèvres.

— Tu te dis que je t'ai fait trop de rides, c'est ça ? J'ai pensé que...

Anita posa sa main sur le bras d'Elizabeth, mais prolongea son mutisme.

— Dis quelque chose. Je t'en prie.

— Je ne suis pas aussi belle, finit par déclarer Anita d'une voix sourde.

— Mais si !

— Dieu, comme j'aimerais que ton père puisse voir ce portrait ! Il l'accrocherait au mur, de façon que tout le monde l'admire. Il dirait : « Entrez, entrez. Venez voir ce que ma petite fille a fait. »

Se tournant vers Elizabeth, elle ajouta :

— Je suppose que c'est moi qui le dirai à sa place...

Le premier jeudi d'avril, Elizabeth emmena Anita avec elle à son groupe de parole. Elle trouva une place de parking près de l'entrée du bâtiment, où un lampadaire éclaira l'intérieur de la voiture d'une lumière blanche, teintée de curieux reflets bleus. Assise à côté de sa belle-fille, Anita lui lança un regard anxieux.

— Je ne sais que penser de cette réunion, Birdie. Je n'ai pas l'habitude de parler de mes difficultés en public.

— Ne crains rien. Ça t'apportera un soulagement. Contrairement à ce que je croyais au début, ces femmes ont une passion. Elles sont comme tout le monde.

— Bon. On verra, répondit Anita, peu convaincue.

À l'entrée du long couloir où apparaissaient, à intervalles irréguliers, des portes bleues, Anita hésita. Elizabeth lui prit la main, la serra doucement dans la sienne. Elle se revoyait, quelques mois plus tôt, dans la situation d'Anita, tout aussi angoissée qu'elle.

— Allons-y.

— Est-ce que j'ai l'air prête pour ce genre d'expérience ? Non. Mais ma belle-fille s'en moque.

Quand Anita se redressa, la poitrine en avant, le menton relevé, Elizabeth se souvint qu'elle avait eu cette même attitude, comme l'oiseau effrayé qui tente de paraître plus impressionnant. Elle tira Anita par la main dès qu'elle eut ouvert la porte de la salle, où la première chose qu'elles virent furent de jolis ballons, attachés au dos des chaises. Quelques-uns avaient réussi à s'envoler et rebondissaient maintenant contre le plafond.

— La voilà ! s'écria une voix.

Aussitôt, toutes les femmes se regroupèrent en applaudissant.

— Une nouvelle venue est toujours bien accueillie, commenta Elizabeth à l'adresse d'Anita. Mais je trouve que tu es particulièrement gâtée.

Sarah Taylor se détacha du groupe et s'avança, un sourire jusqu'aux oreilles. En robe jaune d'or, elle évoquait un rayon de soleil entre les murs gris.

— Vous vouliez garder le secret, Elizabeth, n'est-ce pas ? Quelle petite cachottière !

Elizabeth resta perplexe, et Joey s'avança à son tour.

— J'ai appris la nouvelle dans le journal. Je n'arrivais pas à y croire. Vous ne nous aviez rien dit !

— Joey m'a aussitôt appelée, fit Mina. J'ai pris ma voiture pour aller acheter le journal, et ensuite j'ai prévenu Sarah.

Fran sourit.

— Quand j'ai lu... expliqua-t-elle, les lèvres tremblantes, prête à pleurer, je me suis précipitée à la chorale. Je participe au prochain concert, dimanche.

Seule Kim se taisait. Au fond de la salle, près de la machine à café, dans son éternelle tenue de croque-mort, elle jouait nerveusement avec ses cigarettes. De temps à autre, elle levait les yeux, puis recommençait à fixer le sol.

— Mais de quoi me parlez-vous ? demanda Elizabeth dès qu'il y eut un instant de calme.

— De l'exposition, expliqua Joey, d'un ton admiratif.

— Ah ! de ça ! fit Elizabeth, rougissante.

Elle sentit Anita serrer plus fort sa main.

— Nous sommes si fières de vous, déclara Mina. Il fallait du cran pour accepter d'être exposée.

— De sacrées tripes, souligna Fran.

— Vous m'avez donné de l'espoir et de l'audace, Elizabeth, avoua Joey. Je me suis inscrite à l'école dentaire.

— De l'audace ? répéta Elizabeth. Si vous saviez, les unes et les autres, comme je meurs de peur.

— On n'en doute pas, dit Fran. C'est justement ce qui nous rend si fières de vous.

— Ah... merci, fit Elizabeth, submergée par l'émotion.

— Vous nous présentez votre amie ? demanda Sarah.

— Voici Anita. Ma belle-mère.

— J'ai récemment perdu mon mari, déclara Anita précipitamment, comme si elle voulait se débarrasser d'une corvée. Bien entendu, ajouta-t-elle avec un rire nerveux, « perdu » n'est pas le terme exact. Il est... mort.

Mina se rapprocha, glissa son bras sous celui d'Anita.

— Venez vous asseoir à côté de moi. Je vais vous parler de mon Bill. Et vous raconter comment j'apprends à vivre sans lui.

Elizabeth parla un bon moment avec les femmes qui l'entouraient, puis se dirigea vers Kim.

— Bonsoir, dit-elle.

Kim la regarda en plissant ses yeux lourdement maquillés.

— Que ressentirez-vous si c'est un échec ?

Cette question, Elizabeth se la posait régulièrement depuis des semaines. À chaque fois qu'elle ajoutait une touche de couleur sur un tableau, elle s'interrogeait sur son choix et son talent.

— Je m'attends à un échec, en fait, déclara-t-elle.

— Et vous foncez quand même ?

Elizabeth haussa les épaules.

— Pendant des années, j'ai été en situation d'échec par manque d'initiative. Rien ne peut être pire.

— On verra, Elizabeth, répliqua Kim en mettant son sac en bandoulière. À chaque fois que je me dis que ma vie ne peut pas être pire, mon mari m'envoie de nouveaux papiers. Mais je vous souhaite bonne chance. Les bonnes choses doivent bien tomber sur quelqu'un de temps en temps.

Elizabeth cherchait encore une réponse lorsque Kim sortit de la salle.

PRINTEMPS

La distance et l'obstacle sont difficiles à évaluer.
La chance à saisir est juste devant vous.

John Burroughs

26

Elizabeth n'en pouvait plus. Elle n'avait pas dormi plus de deux heures, s'était tournée et retournée dans son lit, en nage. Elle avait même crié, de peur ou de frustration, elle l'ignorait. En revanche, elle savait que le Stormy Weather Arts Festival commençait dans moins d'une heure, et qu'elle considérait comme une folie d'avoir accepté d'exposer ses peintures à la vue de tous.

— Est-ce que j'avais bu ? marmonna-t-elle en changeant de vêtements pour la troisième fois.

Choisir ce qu'elle allait porter lui semblait tout simplement au-dessus de ses forces. Elle se laissa glisser du canapé par terre. Si elle avait déjà éprouvé une telle frayeur dans sa vie, elle ne s'en souvenait pas. Avec toute son énergie, elle avait voulu changer de vie, trouver sa voie. Elle avait ressorti ses vieux pinceaux et accompli l'inimaginable : elle avait rêvé.

— Ressaisis-toi, Birdie.

Finalement, elle se releva, opta pour une longue robe de tricot noir, avec une ceinture en cuir très ouvragée, laissa ses cheveux retomber sur les épaules – au cas où elle éprouverait le besoin de se cacher derrière eux – et se regarda dans le miroir. Elle trouva qu'elle avait une tête comme un ballon de volley, serra les poings pour ne pas hurler et s'obligea à se concentrer sur une seule chose à la fois. D'abord, le fond de teint. Elle en mit plus que d'habitude, puis ajouta du blush, du mascara sur les cils. Le résultat la rassura à moitié : elle avait quand même retrouvé un aspect humain.

À huit heures quarante-cinq, comme prévu, le téléphone sonna. Elizabeth hésita quelques secondes à répondre, puis renonça à une fuite qui ne la mènerait pas loin. Meghann enverrait probablement la garde nationale à sa poursuite.

— Allô ? dit-elle en espérant dissimuler sa panique.

— J'ai eu peur que tu ne répondes pas, avoua Meg. Comment te sens-tu ?

— Je préférerais m'arracher les ongles des pieds que d'aller à la galerie. Je n'arrive pas à croire que j'ai accepté de faire ça !

— Comme je regrette de ne pas être auprès de toi...

— Franchement, je préfère que tu sois occupée. Je t'appelle dès que je rentre.

— Birdie ? Tu es mon héroïne. Ne l'oublie pas. Je suis si fière de toi ! Et je sais que cette journée va changer ta vie.

— Merci, se contenta de répondre Elizabeth, très peu convaincue.

Elles parlèrent encore un moment, puis, dès qu'elle eut raccroché, Elizabeth chercha fébrilement dans ses tiroirs le bijou que Jack lui avait acheté quand il travaillait à Albuquerque. Une petite calebasse en turquoise. « Un porte-bonheur navajo, mon cœur. »

Quand elle descendit, elle trouva Anita dans l'entrée, vêtue d'un pantalon et d'une veste d'un joli bleu lavande, un gros chignon sur la nuque.

— Ça va ? demanda-t-elle.

— Je me demande si je vais y aller. L'art devrait se

338

vendre tout seul, non ? Rien n'est plus pitoyable qu'une femme de mon âge qui pleure en public. Et je risque même de vomir ! conclut Elizabeth.

— Contrôle ta respiration, lui ordonna Anita. Inspire avec le ventre. Expire lentement.

Elizabeth suivit ce conseil, se sentit un peu plus détendue.

— Merci, dit-elle.

Puis elle vit Anita sortir de sa poche une petite pierre grise, veinée de noir, de vert et de rouille, qu'un soigneux polissage faisait briller.

— C'est la pierre qui soulageait ton père de ses anxiétés, expliqua Anita. Il l'avait toujours sur lui. Il prétendait qu'elle avait la taille d'une boule de billard à ta naissance, et qu'il n'en restait plus grand-chose parce qu'il l'avait trop souvent frottée entre ses mains.

Elizabeth eut du mal à imaginer son père muni d'un talisman contre l'anxiété. Elle ne l'avait même jamais imaginé anxieux. Devant son étonnement, Anita ajouta :

— Nous avons tous nos peurs, nos angoisses. Mais ce qui compte, c'est d'avancer tout de même.

Elizabeth prit la pierre, la posa au creux de sa paume, comme un baiser. Elle crut presque entendre son père tonner : « Prends ton envol, Birdie. Tu peux le faire. » Elle serra sa belle-mère dans ses bras et l'embrassa.

— Merci, Anita.

— Maintenant, il faut y aller, Birdie. Sinon, nous serons en retard.

Elizabeth se concentra sur sa respiration jusqu'à ce qu'elle trouve – difficilement – une place de stationnement dans Echo Beach en fête. Partout on voyait des bannières et des ballons. Le ciel était gris, et le vent, froid, mais comme il ne pleuvait pas, on pouvait presque parler de beau temps. Tous les magasins étaient décorés de couleurs vives. Quelques touristes intrépides, en parkas et bottes, se promenaient le long de l'étroite rue principale. En revanche, la plage grouillait de monde. Certains faisaient voler des cerfs-volants, d'autres jouaient au Frisbee – les chiens aussi. Des enfants construisaient des châteaux de sable.

Depuis le trottoir opposé à la galerie, Elizabeth vit un grand panneau blanc dans la vitrine : RENCONTRE AVEC NOTRE ARTISTE LOCALE : ELIZABETH SHORE.

— Je vais être malade, déclara Elizabeth.

— Certainement pas ! La fille d'Edward Rhodes ne vomira pas devant tout le monde. Allez, bouge !

— Elizabeth !

Marge fit de grands gestes sur le seuil de la galerie. Elle portait une robe de velours côtelé bordeaux et s'était fait deux grosses nattes ; un collier en cloisonné d'une étonnante beauté se nichait entre ses seins.

— Dépêchez-vous ! cria-t-elle avant de disparaître dans la galerie.

— Bonne chance, ma chérie, fit Anita en poussant Elizabeth derrière Marge.

À l'intérieur, les femmes du jeudi soir attendaient. Des applaudissements éclatèrent quand Elizabeth mit le pied dans la galerie.

— Salut, les filles ! dit-elle, honteuse d'entendre sa voix trembler. C'est gentil d'être venues me soutenir.

— Tu es notre nouvelle héroïne, déclara Mina.

Joey sourit.

— Je voulais t'acheter un tableau, mais mes pour-boires sont insuffisants. Je te demanderai plutôt de me signer une nappe, ajouta-t-elle.

Puis tout le monde se mit à complimenter Elizabeth en même temps. L'enthousiasme général apaisa ses nerfs tendus. Pour la première fois depuis des heures, elle se sentit optimiste, et osa même rêver de succès : une critique élogieuse de l'*Echo Location*... Les cinq tableaux vendus... Un appel d'une importante galerie de Portland ou de San Francisco.

Marge lui apporta un bouquet de roses.

— C'est pour vous, Elizabeth.

— Oh ! il ne fallait pas...

— Ce n'est pas moi qui vous offre ces fleurs. Tenez. Il y a une carte. Lisez-la.

« En dépit de notre colère, nous t'aimons toujours. Bonne chance. Jamie et Stephanie. P.-S. Nous sommes fières de toi. »

Les larmes aux yeux, Elizabeth vit Anita se rapprocher d'elle.

— Je les ai prévenues. Tu ne m'en veux pas, j'espère ?

Trop émue pour prendre Anita dans ses bras sans fondre en larmes, Elizabeth murmura :

— Non, je ne t'en veux pas. Merci, Anita.

— Tout va très bien se passer, assura Anita, la main sur le bras de sa belle-fille.

Marge commença à disposer les canapés et les amuse-gueules, et à réchauffer les petits fours salés, dont les arômes se répandirent dans toute la petite galerie. Vers dix heures, les rues étaient déjà envahies de touristes et de gens du cru. Un orchestre jouait des airs anciens sur un parking, et tous les magasins regorgeaient de clients, tandis qu'il commençait à bruiner. On achetait des glaces, des cerfs-volants, des sets de table, des décorations de Noël, confectionnées à partir de bois flotté et d'algues séchées, des carillons fabriqués avec de vieilles cuillères, des photos de

Haystack Rock, des aquarelles du littoral. Bref, on achetait un tas de choses, sauf les peintures d'Elizabeth.

L'échec se confirmait douloureusement à mesure que le jour avançait. Joey fut la première à partir en disant qu'elle devait aller travailler, mais Elizabeth remarqua de la compassion dans son regard. Joey ne pouvait pas supporter l'évidence du fiasco.

Aux environs de quatorze heures, Fran annonça qu'elle devait aller chercher ses enfants. Une heure plus tard, Mina sortit acheter d'autres victuailles, alors que le buffet n'en manquait pas. Anita fut la seule à attendre la suite de pied ferme. Assise sur un tabouret, elle tricotait, apparemment très concentrée sur ses aiguilles, alors qu'Elizabeth savait qu'elle la surveillait du coin de l'œil, prête à intervenir aux premiers signes de vacillement.

Appuyée contre un mur, Elizabeth serrait si fort ses bras sur sa poitrine qu'elle pouvait à peine respirer. Ses articulations étaient douloureuses, mais son sourire résistait encore. Elle se reprocha d'avoir nourri quelque espoir de succès, puis elle balaya les remords inutiles en se disant qu'elle ne pouvait revenir en arrière. L'important, c'était de ne plus jamais s'exposer à pareille mésaventure. Se sentir comme un chiffon mouillé, ce n'était pas non plus la fin du monde, et si elle évitait les mouvements brusques, elle pourrait tenir jusqu'au soir. Puis elle rentrerait chez elle, remiserait ses pinceaux une bonne fois pour toutes et les oublierait à jamais.

Quand le carillon de la porte tinta, pour la énième fois de la journée, elle se prépara à sourire à quelqu'un qui venait jeter un coup d'œil, la féliciter peut-être, mais ressortirait sans avoir voulu de son travail.

Daniel resta un instant sur le seuil de la galerie, un

rayon de soleil rehaussant le blond de ses cheveux. Puis il s'avança vers Elizabeth.

— Alors ? Comment ça marche ?

— Pas très bien. Et c'est un euphémisme.

Daniel alla vers ses tableaux, les examina, se retourna finalement vers elle.

— C'est très beau. Vous avez vraiment du talent.

— Oui, oui, bien sûr...

Sentant qu'elle allait s'effondrer, elle se précipita dehors.

Elle commençait à maîtriser sa respiration lorsque Daniel la rejoignit.

— Si on allait boire quelque chose ? proposa-t-il.

— Avec plaisir.

Ils descendirent la rue animée, s'arrêtèrent chez le marchand de glaces, prirent deux cornets et deux verres de lait végétal. Puis ils allèrent s'asseoir sur l'un des bancs de la promenade maritime. Sur la plage, un homme apprenait à un enfant à manœuvrer un cerf-volant. Elizabeth fixa son cône de glace comme s'il contenait la recette de la paix mondiale.

— Vous n'avez pas à avoir honte, finit par dire Daniel.

— Je le sais, répondit-elle d'une voix blanche, trop fatiguée pour donner encore le change.

— Vous vous étiez attendue à ce que ce soit facile ?

— J'espérais vendre quelque chose.

Daniel effleura la joue d'Elizabeth, l'incitant à se tourner vers lui.

— C'était si important pour vous ?

— Non... Mais... Oh ! merde !

Les larmes trop longtemps refoulées roulèrent sur les joues d'Elizabeth. La prenant dans ses bras, Daniel caressa ses cheveux, la laissa pleurer. Quand, finalement, elle se redressa, prise d'un insupportable hoquet, elle se sentit stupide.

— Pardonnez-moi, mais la journée a été très pénible.

— Accrochez-vous, Birdie. Vous avez un incontestable talent. Je l'ai tout de suite compris dès que je vous ai vue peindre. Vous aviez sans doute renoncé trop vite, autrefois.

Soudain, elle réalisa qu'elle était toujours dans les bras de Daniel. Elle sentit son souffle sur son front, puis elle le vit prendre son visage entre ses mains, essuyer ses larmes.

— Il vous a fallu du courage pour exposer aujourd'hui. Je sais ce que c'est. Rien n'est plus terrible. En fait, c'est soi-même qu'on expose, et on se sent nu. Ce serait criminel de ne pas être fière de vous.

Daniel se pencha sur ses lèvres. Elle vit le baiser venir, se raidit pendant que son cœur battait la chamade. Mon Dieu...

Il l'incita à entrouvrir les lèvres. Sa bouche avait le goût du café et de la glace à la menthe. Elle enroula ses bras autour de son cou et l'attira contre elle. Mais rien... Pas d'éblouissement, pas de feu d'artifice. Lorsque leurs lèvres se séparèrent, Daniel fronça les sourcils.

— Pas terrible, hein ? fit-il en essayant de sourire.

— Je dois être plus mariée que je ne le pensais, conclut Elizabeth.

— Dommage.

Daniel se leva, tendit la main à Elizabeth pour qu'elle l'imite, puis, gardant sa main dans la sienne, il l'entraîna vers la rue principale, la foule, la galerie.

— Non, Daniel. Je n'y retourne pas, dit-elle dès qu'elle comprit où il la reconduisait. J'en ai assez.

— J'attends de grandes choses de vous, Elizabeth

Shore. Mais il faut les vouloir vous-même. Allez, retournez à votre poste.

Marge sourit, visiblement soulagée, en la voyant entrer.

— Je suis contente que vous soyez revenue.

— On m'y a forcée, avoua Elizabeth.

Se retournant, elle constata que Daniel avait déjà disparu.

— Le lâche, marmonna-t-elle.

— C'est toujours difficile pour l'artiste. J'aurais dû vous prévenir.

— Difficile ? Mortel, vous voulez dire.

Marge eut un éclat de rire, puis redevint sérieuse.

— Désolée. Je sais que ce n'est pas drôle.

— Je suis ravie que mon humiliation vous amuse, fit Elizabeth en souriant franchement. Mais si je suis renversée par un bus tout à l'heure, ce sera peut-être moins joyeux.

— Soyez tranquille. Il ne vous arrivera rien.

Le carillon tinta au-dessus de la porte. Depuis le coin où elle s'était réfugiée, Elizabeth s'efforça d'afficher un sourire avenant, tandis que Kim entrait dans la galerie, sans remarquer sa présence. La démarche hésitante, elle jeta des regards nerveux autour d'elle. Elizabeth observa que, pour la première fois, une écharpe de cachemire rouge jetée sur son épaule égayait sa tenue.

— Bienvenue à Eclectica, lui dit Marge.

Kim fit un geste de la main et se dirigea vers les tableaux d'Elizabeth.

— L'artiste est ici, précisa Marge d'une voix forte.

— Bonsoir, Kim, dit Elizabeth en s'approchant d'elle. Vous avez raté le groupe.

— Quel dommage... fit Kim, acide. Ce sont vos tableaux ?

— Oui.

Le regard de Kim s'adoucit l'espace d'une seconde. Elle enviait Elizabeth d'avoir su s'exprimer, sortir d'elle-même. Elizabeth savait ce que c'était d'être enfermée en soi, de ne pas avoir de moyen d'expression.

— Je prends celui-ci, annonça Kim en montrant le paysage marin.

— Non. Désolée. Cette galerie refuse les achats charitables.

— C'est-à-dire ?

— Eh bien, comme on pouvait le prévoir, j'ai fait un flop. Seules les glaces au tofu se sont encore moins bien vendues que mes tableaux.

— Mais un achat charitable, qu'est-ce que c'est ?

— C'est l'achat d'une amie de l'artiste, dicté par la pitié. Non, franchement, merci. Mais j'apprécie le geste.

— Vous pensez que nous sommes amies ?

— Bien sûr, affirma calmement Elizabeth.

Kim eut un brusque sourire et changea complètement d'attitude.

— Décrochez ce tableau, fit-elle avec autorité, emballez-le, et arrêtez de me parler d'achat charitable. Je veux le mettre dans mon séjour. À chaque fois que je le regarderai, je me dirai que c'est possible de prendre un nouveau départ. Vous ne pouvez pas refuser de me vendre de l'espoir.

L'intention était charmante, mais Kim ignorait l'effet douloureux qu'elle produisait sur Elizabeth. Celle-ci décrocha le tableau et le porta à la caisse.

— Il y a une erreur dans le prix, dit-elle à Marge. C'est...

— Pas question ! intervint Kim. Je veux payer le prix juste.

— Soit !

Quand elle eut payé, Kim se tourna vers Elizabeth.

— Vous viendrez à la réunion, cette semaine ?

— Évidemment.

— On pourrait peut-être dîner ensemble après ? Si vous n'êtes pas libre, je comprendrai. Je vous demande ça au dernier moment.

— Non. C'est possible. Et ce sera avec plaisir.

— Ah ! formidable ! Alors on se voit jeudi.

Elizabeth resta encore un moment à la galerie, observant les touristes qui entraient, par curiosité. Puis elle ne put résister plus longtemps à l'envie de rentrer chez elle.

Debout devant la fenêtre de son bureau, Jack admirait la belle journée que le printemps faisait régner sur New York. Ce jour aurait pu être le plus beau de sa vie. Vingt-quatre heures plus tôt, il s'était vu offrir la meilleure émission sportive de la chaîne : celle du dimanche. Il avait rêvé d'un moment comme celui-là pendant des années, voire pendant toute sa vie, et pourtant, maintenant que c'était arrivé, il ne ressentait aucun enthousiasme.

La porte de son bureau s'ouvrit brusquement.

— Ah ! tu es ici ! fit Warren. Je viens d'entendre parler de ta séance de photos. Pour *People*. Tu fais dans le sexy, dis-moi.

— Je serai sûrement le plus vieux du lot.

— C'est tout ce que tu trouves à dire ? Allez, en route !

Jack attrapa sa veste et suivit Warren. Selon un accord tacite, dès qu'ils furent dehors, ils prirent la direction du pub du coin, où ils s'installèrent dans le fond.

— Un double bourbon glacé, commanda Warren à la serveuse.

— Un soda avec une lamelle de citron, demanda Jack.

— Maintenant, je suis sûr que quelque chose cloche, fit Warren. Un soda ?

— J'ai pas mal bu ces derniers temps. Ça me brouille les idées.

— C'est la vraie raison ?

— Je le croyais, mais je n'en suis plus certain... La chaîne vient de me proposer l'émission dominicale.

Warren se rejeta contre le dossier de la banquette.

— Bon sang, Jack ! J'en connais plus d'un qui donnerait n'importe quoi pour ce job. Et toi, tu es là, à siroter un soda, presque au bord des larmes. Qu'est-ce qui se passe ?

Jack détourna le regard. Il n'avait pas pour habitude de raconter sa vie, mais sa solitude commençait à lui peser sérieusement. Et si quelqu'un pouvait comprendre les problèmes d'un couple, c'était bien Warren qui en était à son troisième mariage.

— Nous avons dit aux filles que nous étions séparés.

— Aïe ! Je suis content de ne pas avoir d'enfants. Comment ont-elles réagi ?

— Mal. Elles ont pleuré, se sont roulées par terre, puis elles ont repris leurs cours et maintenant c'est le silence radio.

— Ça leur passera. Elles finiront par se faire une raison. Crois-moi.

— Et si c'était moi qui n'y arrivais pas ?

— C'est-à-dire ?

— Birdie me manque, avoua Jack, surpris par sa propre révélation.

— Tu t'es trompé, Jacko, mais tu n'es pas le premier.

Tu as pensé d'abord à ton travail, mais, à la fin de la journée, rien n'est plus important que de retrouver une femme qui t'aime pour ce que tu es réellement. Qui est là quand le vent tourne. Et pour ça, il n'y avait pas mieux que Birdie, mon vieux. Tu n'aurais jamais dû te séparer d'elle.

— C'est elle qui m'a quitté.

— Birdie t'a quitté ?

— Notre mariage s'était lentement dégradé. Je ne sais même pas quand ça a commencé. Peut-être quand j'ai dû abandonner le foot. Je ne pensais qu'à ce que j'avais perdu. Je me suis marié très jeune, mais avant, j'avais eu le temps de rêver d'une vie de superstar qui couche avec une femme différente tous les soirs. Et je n'y suis pas arrivé.

Jack soupira avant de poursuivre :

— Pendant des années, j'ai voulu oublier cet échec. J'ai cherché une nouvelle célébrité. Je suis allé de ville en ville, et Birdie a dû suivre. Elle m'en a voulu, et moi, j'avais l'impression qu'elle me freinait. Les rancœurs se sont accumulées. Et puis il y a eu ce job à New York, et j'ai jubilé, évidemment, sans trop me soucier des désirs de Birdie, comme d'habitude. Je trouvais normal qu'elle continue à suivre. Enfin, voilà : je suis libre, riche, célèbre, je couche avec une très belle femme qui a la moitié de mon âge, et au fond, je hais tout ça. Je pense sans cesse à Birdie. Elle me manque.

— Tu le lui as dit ?

— Non. Je crains que ce ne soit trop tard.

Warren but une gorgée de bourbon.

— Je n'ai jamais rencontré une femme qui serait restée avec moi vingt-quatre ans, constata-t-il. Qui m'aurait sorti de la drogue et pardonné mes incartades. Si j'étais tombé sur une telle femme, je l'aurais gardée.

— Et si elle me répondait que c'est trop tard ? Qu'elle ne m'aime plus ?

Warren plongea son regard dans celui de Jack.

— Dans ce cas, je te plains. Il arrive qu'une erreur te poursuive jusqu'à la fin de ta vie.

27

Entre la galerie et la maison, Elizabeth trouva la route interminable. Son échec commençait à la ronger, et il était inutile d'essayer de penser à autre chose. Elle sentait le regard anxieux d'Anita peser sur elle toutes les dix minutes. Fort heureusement, sa passagère gardait ses pensées pour elle, évitait surtout d'essayer de lui remonter le moral et de l'engager à l'optimisme. Entre Anita, Meghann et Daniel, Elizabeth avait eu sa dose de paroles encourageantes. Ces paroles l'avaient conduite, à quarante-six ans, à la plus grande humiliation de sa vie.

Quand elles furent arrivées, Elizabeth se tourna vers sa belle-mère en lui adressant un sourire fatigué.

— Merci d'avoir été présente aujourd'hui. C'était important pour moi.

— Birdie, je ne sais que te dire, avoua Anita, l'air affligé.

— Ne dis rien. L'épreuve a été assez difficile pour que je n'aie pas envie de la revivre en la commentant.

Anita hocha la tête.

— Bien. Je vais nous préparer un bon petit dîner.

— Je n'ai pas faim. Je préfère me plonger dans un bain chaud.

Elizabeth sentit qu'elle devait courir vers sa salle de

bains si elle ne voulait pas craquer comme se brise une porcelaine fragilisée par le temps. Cela serait pénible pour toutes les deux.

Sa chère maison l'accueillit avec ses lumières douces, ses senteurs fleuries, son atmosphère sécurisante. Dès qu'elle entendit Anita derrière elle, Elizabeth se précipita au premier étage et s'enferma dans la salle de bains. Puis elle s'approcha de la fenêtre, espérant puiser quelque réconfort dans la contemplation de l'océan, mais il était trop tard : la nuit était déjà tombée. Elle ouvrit les robinets de la baignoire, versa une dose d'huile d'amande douce et laissa l'eau dépasser le niveau maximum ; tant pis si elle faisait déborder la baignoire en s'immergeant dans son bain. Elle épongerait. Ça, elle savait le faire.

Comme prévu, l'eau déborda et se répandit sur le carrelage quand elle se plongea dans le bain parfumé. La tête renversée en arrière, elle ferma les yeux. Des images de cette journée sans fin se bousculèrent dans son esprit. Elle revit des gens acheter des sculptures, des lithographies, des photographies, toutes sortes de tableaux... sauf les siens. Elle aurait pleuré si elle ne s'était pas sentie complètement engourdie. Ce qui venait de se passer lui faisait penser à l'histoire d'un prisonnier auquel on accordait une liberté conditionnelle, puis que l'on renvoyait aux oubliettes.

Elle y avait cru, et c'était le plus douloureux. Elle aurait dû se méfier, mais la tentation, l'espoir, le rêve avaient été trop forts et l'avaient entraînée dans le piège, l'avaient poussée à mettre le pied sur des sables mouvants.

L'échec était évident. Son travail n'était pas assez bon. D'ailleurs, elle n'était pas vraiment une artiste ; c'était pour cela qu'elle avait abandonné ses pinceaux :

vingt-cinq ans plus tôt, son instinct lui avait épargné ce genre de débâcle.

Elle resta dans son bain jusqu'à ce que l'eau soit froide et qu'elle commence à avoir la chair de poule. Puis, à contrecœur, elle sortit de la baignoire, s'enveloppa dans une serviette et se laissa tomber sur son lit. Elle regarda le téléphone et songea à appeler Jack. Pourquoi ? Peut-être parce qu'il avait toujours été son refuge. Elle tendit la main vers le cadran et appuya sur son numéro en mémoire. Des bribes de conversation lui revinrent à l'esprit, tandis que le téléphone sonnait à New York. Elle chercha l'entrée en matière idéale : « Je t'aime » – direct et gentil –, « Tu me manques » – certainement vrai –, « J'ai besoin de toi » – l'absolue vérité...

Elle tomba sur le répondeur, qui lui annonça que Jack et Birdie étaient absents pour le moment. *Jack et Birdie.* Au moins, c'était encourageant de constater qu'il n'avait pas changé le message.

— Bonsoir Jack, dit-elle dans le vide, les yeux fixés au plafond. Je me disais qu'on pourrait peut-être parler de l'avenir.

Vainement, elle chercha quelque chose à ajouter sans éclater en sanglots, finit par raccrocher, puis appela ses filles. De nouveau, elle tomba sur un répondeur, laissa un message sur un ton qui se voulait allègre, glissa quelques excuses et un remerciement pour les fleurs, puis raccrocha. Elle resta longtemps allongée sur le lit, les yeux fixés sur le plafond où une petite araignée noire tissait sa toile entre deux poutres. Elizabeth avait beau la chasser régulièrement, elle revenait toujours, au même endroit. Il devait y avoir une leçon à tirer de cet acharnement.

On frappa à la porte.

— Birdie, ma chérie ?

Elizabeth ferma les yeux, décidée à rester seule un peu plus longtemps avec sa déroute.

— Ça va, Anita. Ne t'inquiète pas.

— Le dîner est prêt.

— Je n'ai pas faim. Je suis désolée. Mais merci d'avoir fait la cuisine. Je te verrai demain matin.

Elizabeth entendit Anita s'éloigner... puis revenir sur ses pas. La porte s'ouvrit. Anita tenait dans les mains un petit coffret métallique plat.

— Viens, Birdie. Il est temps que tu voies ce qu'il y a là-dedans. Ce coffret et son contenu appartenaient à ta mère. Descends si tu veux que je l'ouvre.

Anita s'éclipsa, certaine d'avoir trouvé le plus sûr moyen de faire bouger Elizabeth. Dans un soupir, Elizabeth se leva, puis elle s'habilla et descendit rejoindre sa belle-mère sur le canapé du séjour. Anita avait posé le coffret sur la table basse.

Pendant quelques minutes bénies, Elizabeth oublia sa débâcle. Elle imagina une lettre écrite pour elle ou, mieux, un journal intime. Des photos. De petits souvenirs. Elle se tourna vers Anita, qui paraissait très pâle, fragile à la lumière du lampadaire, et se mordait la lèvre jusqu'au sang.

— J'attendais le bon moment pour ouvrir ce petit coffret, dit-elle en essayant de sourire, malgré son évidente nervosité. Ton père t'aimait, Birdie. Plus que tout.

— Je le sais.

— C'était l'homme d'une époque, d'une tradition. Il pensait que les hommes doivent éviter aux femmes tout ce qui est... déplaisant.

— Ça, je le sais aussi. Que dois-je comprendre ?

Anita prit le coffret, l'ouvrit, puis le tendit à sa belle-fille d'une main tremblante.

354

Elizabeth le posa sur ses genoux et découvrit à l'intérieur des photos aux bords dentelés, entourées d'un élastique, et un étui en carton, placé en diagonale à cause de sa longueur.

Elle sortit d'abord les photos. La première montrait sa mère, assise sur la balancelle de la véranda, vêtue d'un pantalon rose et d'une tunique fleurie, avec de petits volants pour manches et un col rond. Ses jambes étaient repliées sous elle, mais l'on apercevait un pied nu, aux ongles peints. Elle ne souriait pas, elle ne posait pas, elle riait, une cigarette entre les doigts et un verre à moitié vide posé au sol devant elle. Elle était pleine de vie, et, pour la première fois, Elizabeth voyait une femme réelle, qui fumait, buvait, se vernissait les ongles des pieds.

— Elle était très belle, dit-elle.

— Oui.

La photo suivante était celle d'une femme complètement différente, avec des yeux brillants, une longue crinière noire et bouclée qui tombait sur de lourdes hanches. Elle ressemblait à une paysanne italienne, rustique et volcanique, à l'opposé de sa mère, fine et aristocratique.

Tous les autres clichés représentaient cette femme brune. Sur la plage... Sur une véranda blanche... À une fête foraine... En train de faire voler un cerf-volant. Elizabeth plissa le front, déçue. Puis elle prit l'étui cartonné, enleva le couvercle à son extrémité. Il contenait une toile qu'elle déroula et étala sur la table basse.

C'était le portrait, peint à l'acrylique, dans des couleurs très vives, d'une femme à demi allongée, le dos appuyé à une montagne de coussins rouges, les cheveux artistiquement étalés autour d'elle. Seul un

355

châle d'angora rose, drapé autour de ses hanches, dissimulait partiellement sa nudité. Le tableau, aux détails exquis, rappelait un Modigliani de la première époque. On pouvait presque sentir le moelleux du châle, le velours de la peau bronzée. Des centaines de pétales de roses, jaunes et roses, avaient été éparpillés sur les coussins et le corps de la femme. Mais il y avait de la tristesse dans ce tableau, du chagrin dans les yeux noirs du modèle. Comme si elle regardait un amant qui s'apprêtait à la quitter.

Elizabeth s'aperçut que l'œuvre était signée et se pencha en avant pour déchiffrer : Marguerite Rhodes. Le temps sembla s'arrêter, son cœur se mit à cogner dans sa poitrine.

— Maman était une artiste ?

— Oui.

C'était cela le lien entre la mère et la fille, l'héritage qui coulait dans les veines d'Elizabeth.

— Pourquoi papa ne me l'a-t-il jamais dit ?

— Il n'y a que cette toile.

— Et alors ? Il savait que je rêvais de devenir peintre. Il devait savoir ce que la découverte du talent de ma mère aurait signifié pour moi.

La tristesse se peignit sur le visage d'Anita. Elizabeth redouta que sa belle-mère ne prenne peur et ne renonce à en lui dire plus.

— Tu sais, je t'ai dit que ta maman avait fait une fugue à un moment donné. C'était en 1955.

Elizabeth remarqua que le portrait était daté de la même année.

Anita soupira.

— À l'époque, les gens n'étaient pas aussi ouverts, aussi tolérants qu'aujourd'hui.

Elizabeth regarda à nouveau la toile et, cette fois-ci,

elle vit la passion qui l'imprégnait. La légèreté subtile des coups de pinceau, le chagrin poignant dans le regard de la femme. Enfin, elle découvrait la vérité qu'on lui avait cachée pendant toutes ces années.

— Ma mère était amoureuse de cette femme, n'est-ce pas ?

— Elle s'appelait Missy Esteban. Et elle était, effectivement, la maîtresse de ta mère.

Un flot brumeux de souvenirs d'enfance envahit Elizabeth. Elle avait souvent entendu sa mère pleurer derrière la porte de sa chambre.

— Elle a fait une dépression à cause de cela, dit-elle à voix haute.

Les pièces du puzzle de sa vie commençaient à se recoller. Elle aurait pu se sentir profondément trahie, mais surtout, elle regrettait d'avoir si peu connu sa mère.

— C'est ce qui empêchait papa de me parler d'elle. Il avait honte ?

— Tu connaissais ton père. Il se croyait meilleur que les autres. Les gens le traitaient comme s'ils respiraient grâce à lui. Que sa femme fasse une fugue, il pouvait l'encaisser, d'autant qu'elle était revenue. Il pouvait même plaisanter avec ses copains sur le fait que tout le monde n'avait pas la chance d'avoir une épouse originale. Mais quand il a découvert qu'elle était tombée amoureuse – et d'une femme, en plus –, il n'a pas pu faire face. Alors il a voulu refouler ça, prétendre que ce n'était jamais arrivé.

— Comment l'as-tu appris ?

— Grâce à un bourbon de vingt ans d'âge. Un soir, ton père en a abusé, et il a tout déballé.

Maintenant, les silences, le manque de photos et

d'histoires de famille, tout s'expliquait. Elizabeth imaginait la blessure d'amour-propre de son père. Ce qui expliquait aussi qu'il se soit tellement accroché à Anita.

— Mais pourquoi n'ai-je pas vraiment de souvenirs d'elle ? J'avais pourtant déjà six ans quand elle est morte.

— Elle t'aimait profondément, Birdie. Mais quand elle est revenue, quelque chose s'était brisé en elle. Elle ne pouvait plus s'occuper de toi comme elle l'aurait voulu. Tantôt elle te serrait très fort dans ses bras, tantôt elle s'enfermait dans sa chambre pendant des semaines. Elle prenait beaucoup de médicaments. À l'époque, les gens la prenaient pour une folle. D'ailleurs, elle-même se considérait comme telle, à cause de son éducation religieuse.

Un souvenir précis revint à la mémoire d'Elizabeth. Le lendemain de son quatrième anniversaire, elle s'était levée très tôt et avait couru dans la chambre de sa mère. Elle l'avait trouvée assise par terre, les genoux repliés sur la poitrine, en larmes. Elle ne se souvenait plus de la question qu'elle lui avait posée, mais, en revanche, elle se rappelait ce que sa mère lui avait dit : « Ne fais pas comme moi, petite Birdie. N'aie jamais peur. »

Anita posa sa main sur celle d'Elizabeth.

— Ta maman avait trouvé sa vérité, mais elle s'en est détournée. Elle a cédé aux pressions familiales plutôt que d'écouter son cœur. Elle a étouffé son amour et son talent, et elle en est morte. Je te connais, Birdie. Je sais que dans ta chambre, tout à l'heure, tu te reprochais d'avoir cru à ton talent.

Elizabeth se sentit transparente tout à coup.

— Comment as-tu appris à si bien me connaître ?

— Ne t'avise pas de renoncer, Elizabeth Shore. Tu es allée trop loin pour revenir à ton ancienne vie. Si tu faisais marche arrière, si tu te laissais dominer par la peur, tu commettrais la même erreur que ta mère. Tu n'en mourrais peut-être pas, mais tu serais brisée à jamais.

Elizabeth eut un sourire ému en regardant Anita.

— Toutes ces années, j'ai cru que je n'avais plus de mère. J'avais tort, n'est-ce pas ? Je t'aime, Anita. J'aurais dû te le dire il y a longtemps.

Les lèvres tremblantes, Anita fit un geste conciliant de la main.

— Ton père me disait toujours que tu arriverais à cette conclusion un jour ou l'autre.

Dans la salle de bal de l'hôtel, tandis qu'il attendait de prendre la parole, Jack s'étonnait de penser tellement à Birdie. Dès qu'il songeait à la nouvelle proposition de la chaîne ou à la séance de photos pour *People*, il avait envie de décrocher le téléphone et d'appeler sa femme. Sans elle pour lui dire « Tu as réussi, chéri », ses triomphes avaient un arrière-goût amer.

Depuis qu'il s'efforçait de rester sobre, ses idées étaient plus claires, c'était certain. Tout apparaissait dans une lumière crue, trouvait son sens, et depuis sa dernière conversation avec Warren, devant un soda, il comprenait que, toute sa vie, il avait voulu *plus*. Rien n'était jamais suffisant. Même pas Birdie. Il le reconnaissait maintenant, renonçait à se mentir. Mais, à cause de cette avidité, il était seul aujourd'hui. Il était devenu un étranger pour sa femme, pour ses filles. À part sur le plan professionnel, il avait fui ses responsabilités, et la liberté n'était pas ce qu'il avait imaginé.

Repartir de zéro, il en avait rêvé si longtemps ! Il s'imaginait retrouver la gloire, les fans, une seconde jeunesse. Et puis, surtout – Sois honnête, Jack –, il avait rêvé de femmes. De femmes jeunes au corps ferme et souple, en jupe courte et talons aiguilles, qui faisaient l'amour avec lui, se rhabillaient et rentraient chez elles. Comme Sally. Avec ce genre de femme, il n'était même pas nécessaire de parler de sentiments. Mais il n'y avait pas non plus de confiance, de rire, d'harmonie.

Warren avait raison : Jack avait fait le mauvais choix. Il avait troqué la chaleur de la complicité et du partage pour une chaleur épidermique. Quant aux plateaux de télévision, avec leurs projecteurs et leurs caméras, ils étaient un monde vide. Sa vie était prétendument exaltante, mais lui se sentait vide et abandonné.

— Jack ? fit Sally en lui tapotant le bras.

Il sortit brusquement de ses réflexions pour se rendre compte que l'assistance, impatiente, tapait dans ses mains. Il se leva, se fraya un chemin entre les tables aux nappes blanches, prit le micro et entama le discours qu'il avait déjà répété une dizaine de fois au cours des derniers mois. Un discours moralisateur qui prônait les vraies vertus du sport, sur le terrain comme dans la vie privée des athlètes. Le club local de la jeunesse américaine lui fit un triomphe.

Il passa l'heure suivante à répondre à des questions, à signer des autographes et à poser devant les objectifs. Sally s'approcha de lui.

— Merci d'avoir répondu à l'invitation de mon beau-frère. Tout le monde pense que c'est lui qui t'a fait venir, et du coup on le prend pour un dieu.

— J'aime aider la jeunesse, répondit Jack, aussitôt effaré de tenir des propos tellement conventionnels.

Sally plissa légèrement le front, le prit par le bras et l'entraîna hors de la salle, en direction du bar.

— Il y a quelque chose qui m'intrigue, dit-elle en s'asseyant avec lui dans un coin tranquille.

Elle commanda un verre de vin blanc au serveur, puis répondit à l'étonnement de Jack.

— Tu m'as évitée toute la semaine. Pourtant, je n'exige rien. Je sais que tu es marié. Que se passe-t-il ? Je croyais que nous étions sur la même longueur d'onde.

Dans la lumière tamisée, elle semblait tellement jeune que Jack prit un coup de vieux.

— Pendant quinze ans, j'ai été fidèle à ma femme. Mais je comptabilisais les femmes avec lesquelles je m'étais interdit de coucher. J'étais fier de parvenir à résister. Chaque soir, je me glissais dans le lit conjugal, je disais à ma femme que je l'aimais, et c'était vrai.

— Pourquoi me racontes-tu ça ?

La décision que Jack avait plus ou moins vue venir s'imposait maintenant comme une évidence.

— Je ne veux plus être cet homme. Je ne veux plus coucher avec une femme simplement parce que j'en ai l'occasion.

— C'est moche de me dire ça. Je sais que nous ne sommes pas fous amoureux l'un de l'autre, mais je croyais que nous étions amis.

— Écoute, Sally. Parlons franchement. Les amis se parlent, apprennent à se connaître. Ils ne couchent pas ensemble le soir pour se réveiller seuls le matin.

— Tu n'as jamais voulu que je reste, rétorqua Sally, le regard blessé. Quand je proposais de passer la nuit avec toi, tu changeais de sujet.

— Tu es quelqu'un d'exceptionnel, Sally.

— Tu prends encore la tangente, Jack. Tu essaies de me dire que je ne suis pas Elizabeth, et je le sais déjà. Mais moi, je t'ai suivi à New York. Pas elle.

— Je l'aime encore, avoua Jack, doucement. Il a fallu que je la perde pour le comprendre vraiment.

361

— Dois-je comprendre que c'est fini entre nous ? Comme ça, du jour du lendemain, juste parce que tu as changé d'avis ? Et ce que je ressens, moi, tu t'en soucies ?

— Tu mérites autre chose que ce que je peux te donner.

— Non, je ne le pense pas.

— Tu devrais.

En dépit des efforts que Sally faisait pour garder son calme, ses lèvres tremblaient. Elle éprouvait des sentiments que Jack n'avait jamais soupçonnés. Comment avait-il pu être aveugle à ce point ? Il posa sa main sur la sienne et, soudain, mesura leur différence d'âge.

— Je ne suis pas l'homme de ta vie, Sally. Crois-moi. Quand tu le rencontreras, tu comprendras ce que je veux dire, insista Jack en se souvenant des larmes d'Elizabeth la première fois qu'il l'avait embrassée.

— Foutaises ! Et tu sais ce qui est vraiment insupportable ? C'est que ta charmante confession te rend encore plus séduisant. Et mon travail, à propos ?

— Tom pense que tu as toutes les qualités requises pour te lancer dans la production.

— Géniale, la promotion canapé ! remarqua Sally avant de finir son verre.

Puis elle ajouta :

— Je te laisse. Je ne peux qu'être fière de moi, j'imagine. Au revoir, Jack.

Elle se leva, fit quelques pas, se retourna.

— D'accord quand même pour la promotion.

— Tu l'as vraiment méritée.

— C'est quelque chose dont je douterai toujours. Tu ne m'as pas laissé le choix.

Jack regarda Sally s'éloigner, curieux de voir ce qu'il allait éprouver. Autrefois, il aurait eu des regrets. Cette fois-ci, il se sentit soulagé. Il paya et sortit, indifférent à la foule des touristes, des invités, des portiers en livrée. Dans la rue, quand il sentit la pluie sur son visage, il pensa à l'Oregon. À son foyer. Il découvrait qu'il n'avait pas Elizabeth dans la peau mais dans le sang, et c'était grâce à la profondeur de cet amour qu'il avait toujours tenu le coup. Il savait où il avait envie d'être ce soir, et ce n'était certainement pas dans son appartement vide, à ruminer ses regrets. Ne plus voir sa femme quand il le voulait devenait intolérable. Lui qui avait voulu croire qu'une vie d'homme offrait une infinité de chances, il savait maintenant combien il est facile de se tromper et de tout perdre.

Pour la première fois depuis très longtemps, il pria : Mon Dieu, faites qu'il ne soit pas trop tard.

28

Assise sur sa roche favorite, Elizabeth contemplait la vue si chère à son cœur. Aujourd'hui, elle était seule. Aucun phoque ne se prélassait sur les roches. Pas une seule otarie ne montrait son nez, pas un seul oiseau ne plongeait vers les vagues aux flux et reflux éternels.

Elle avait passé une nuit blanche à se tourner et à se retourner dans son lit, cherchant vainement un peu de repos. Elle n'avait cessé de penser à sa mère, victime d'un amour interdit, à son père, à ses enfants, à son mariage, à sa peinture. Elle avait eu à l'esprit tout le panorama de sa vie, avec les bons et les mauvais souvenirs, les choix qu'elle avait faits, les routes dont elle s'était détournée, et une seule certitude s'était imposée : elle aimait Jack. Bien sûr, l'intensité de cet amour avait parfois diminué, il y avait eu des déceptions et des regrets, elle-même s'était perdue de vue, mais l'amour avait survécu, profond et honnête.

Sa plus grande erreur avait été de ne pas s'aimer elle-même comme elle avait aimé sa famille. Mais elle avait fini par se réveiller, par prendre sa vie en main et par l'engager sur une voie nouvelle, à la poursuite de ses propres rêves. Elle avait travaillé avec acharnement, peint jusqu'à ce que ses doigts deviennent gourds et son dos, douloureux.

Mais voilà qu'au premier obstacle elle s'écroulait. Elle redevenait l'ancienne Birdie, la velléitaire, la perdante. Elle était en train de renoncer, comme si l'art ne produisait que des marchandises qui devaient se vendre à tout prix. C'était insupportable !

Elizabeth se leva, s'avança vers les vagues, qui semblaient vouloir la repousser. L'eau glacée s'infiltra dans ses sabots de caoutchouc, mouilla l'ourlet de son pantalon. Mais rien ne pouvait la faire reculer maintenant. C'était décidé : *plus jamais* elle n'abandonnerait la peinture, même si personne n'appréciait ce qu'elle faisait. L'essentiel était de peindre !

Brusquement, elle se mit à courir dans l'écume des vagues jusqu'au moment où, la marée montant, elle prit une gerbe d'eau en plein visage. À cet instant-là, elle comprit qu'elle continuerait à avancer, malgré tout. Pour la première fois, elle eut le courage de plonger la tête la première dans une vague. Puis elle ressortit dans une eau plus calme. La vie est ainsi, se dit-elle. Quelquefois, il faut plonger dans les difficultés pour pouvoir les franchir. L'échec de son exposition lui avait appris, en définitive, à regarder plus loin. Ce qu'elle devait faire était simple : reprendre ses pinceaux, travailler, étudier, encore et encore. Rien n'est facile dans la vie, et il était temps pour elle de l'admettre.

Une grosse vague la souleva et l'envoya tituber vers la plage, où elle s'affala, les bras en croix, dans un éclat de rire.

Quand elle rentra, trempée et frissonnante, la maison sentait la vanille, la cannelle, le café frais, et ces divines odeurs la ramenèrent à son enfance. Anita avait toujours préparé de merveilleux repas, le dimanche, après la messe. Elle se débarrassa de ses sabots.

— Ça sent bon, dit-elle.

Anita cuisinait, les joues rougies par la chaleur.

— Qu'est-ce qui t'est arrivé ?

Le visage dégoulinant, Elizabeth sourit.

— Je ne renonce pas, annonça-t-elle. Je prends un nouveau départ.

Anita lui rendit son sourire.

— Pour le moment, va te changer. Je meurs de faim, et ne me parle plus de tes histoires de calories. J'ai fait un tas de toasts.

— Tu sais bien que je mange de tout quand quelqu'un d'autre prépare les repas.

Elizabeth monta en courant au premier étage, se sécha, mit un sweater et un jogging, puis redescendit précipitamment. Quand elle arriva dans la cuisine, tout était déjà sur la table : des toasts, des fraises, des œufs... et Anita avait déjà dévoré la moitié d'une tartine.

— Je n'ai même pas pu t'attendre.

Elizabeth s'attabla en riant.

— J'ai rêvé de ton père, cette nuit.

— Vraiment ? Qu'est-ce qu'il faisait ?

— Il était assis dans le rocking-chair d'osier de la véranda, contre lequel il pestait tout le temps – tu te souviens – parce qu'il le trouvait trop étroit pour les fesses d'un homme. Mais il ne se plaignait pas, cette fois-ci. Il fumait l'un de ses cigares en regardant les champs. Je me suis assise à ses pieds, et il m'a serré la nuque, comme il l'a fait des millions de fois. « Il est temps maintenant, ma chérie », m'a-t-il dit.

— Il devait penser aux semailles.

— Je ne le crois pas, fit Anita en posant sa fourchette. De toute façon, ça serait un peu tard. Non, il m'a semblé qu'il parlait de moi.

Elizabeth mordit dans un toast, savoura sa bouchée, avant de demander :

— Que voulait-il dire, alors ?

— Qu'il était temps pour moi de rentrer à la maison. De commencer une nouvelle vie. Je me suis suffisamment réfugiée ici. L'autre soir, à la réunion, j'ai eu une longue conversation avec Mina. Elle m'a convaincue de me lancer de nouveau dans la vie. Nous avons envisagé de faire une croisière ensemble.

Elizabeth regarda sa belle-mère, surprise de constater qu'elle n'avait absolument aucune envie de la voir partir.

— Tu es sûre d'être prête ?

— J'ai quitté Sweetwater parce que je ne supportais pas d'être seule. Mais maintenant, je ne le suis plus, grâce à toi. Je peux te laisser ? Ça ira ?

— Oui. Nous avons toutes les deux appris, il me semble, que nous pouvions vivre sans personne à côté de nous. Mais tu me manqueras.

— Est-ce que tu aimes toujours Jack ? demanda brusquement Anita.

Si Elizabeth parut étonnée par cette question, la réponse fusa pourtant, sans hésitation :

— Oui.

— Eh bien ! ma chérie, laisse-moi te dire deux ou trois choses, bien que ce ne soit pas dans mes habitudes de dispenser doctement des conseils. L'amour véritable est rare. Il peut durer toujours, mais la vie, elle, n'est pas éternelle. Tu es dans ton lit, avec ton mari, sans te poser de questions, et la minute suivante tu te retrouves seule. Réfléchis bien à ça.

Anita avait raison. Séparée de Jack, Elizabeth n'avait cessé d'attendre que sa vie se déroule devant elle comme une route bien droite, sans virages en épingle, sans dénivellations. Elle avait attendu des certitudes. Mais la vie n'était pas comme ça.

Seul l'amour comptait. Elle savait depuis l'âge de six ans qu'on peut se réveiller un dimanche matin ensoleillé en croyant que le monde est merveilleux, et quelques heures plus tard apprendre qu'on a perdu une personne qu'on aime. Elizabeth aimait Jack, elle avait besoin de lui. Ce n'était plus un besoin désespéré, tyrannique, parce qu'elle avait découvert qu'elle pouvait être autonome, mais elle avait l'impression que, finalement, la vérité qu'elle avait cherchée était là, et pas ailleurs. Lorsqu'elle essayait d'imaginer l'avenir, elle ne se voyait pas sans lui à ses côtés, sa main dans la sienne, lui murmurant qu'elle était encore belle. Elle avait envie de voir ses cheveux blanchir en se disant que c'était sans importance, que leur amour vivait au-delà des apparences. Quoi qu'elle puisse faire, Jack resterait toujours au centre de sa vie, il serait toujours son port d'attache.

Anita l'observait attentivement.

— Tu me manqueras, lui répéta Elizabeth, la gorge serrée.

— Les avions volent aussi vers l'est, tu sais, remarqua Anita avant de finir son toast.

Puis elle eut un sourire détendu.

— Et la peinture ? fit-elle. Si on en parlait ?

— Que veux-tu dire ?

— Tu n'abandonneras pas, n'est-ce pas ?

— Abandonner à cause d'un petit échec de rien du tout ? Jamais, je te le promets, répondit Elizabeth en riant franchement.

Des années auparavant, quand sa vie professionnelle s'était effondrée, Jack avait supplié son patron de lui accorder une seconde chance. Mais il était jeune à l'époque, encore imbu de lui-même, et supplier lui était apparu vraiment trop humiliant. Pas étonnant qu'il s'y soit pris si mal.

Beaucoup de temps avait passé, il avait vécu d'autres désillusions, d'autres échecs, et aujourd'hui Jack savait que certaines choses valent la peine qu'on supplie pour les sauvegarder. Qu'on se mette à genoux, même si on a des genoux de verre qui risquent de se briser en touchant le sol. Assis dans sa voiture de location, il passait en revue toutes les erreurs qu'il avait commises, et la liste était longue ! La pire avait été de considérer sa famille comme un acquis définitif.

Il sortit de la voiture. La température qui régnait sur Washington était glaciale. Le printemps semblait encore loin, en dépit des cerisiers japonais en fleur. En gravissant l'escalier de béton qui menait à la piscine, il se rendit compte que c'était la première fois qu'il venait ici, et il en eut honte. Quand il poussa la double porte vitrée, il fut assailli par cette odeur de chlore et cette chaleur humide qui lui rappelèrent le temps où il allait, en famille, passer des heures sur des gradins de bois pour soutenir Jamie et l'applaudir.

— C'est bien ici qu'a lieu le championnat inter-universitaire ? demanda-t-il à la réception, au jeune garçon assis devant un ordinateur.

— Oui, mais c'est presque fini, expliqua le garçon sans quitter l'écran des yeux. Passez par le vestiaire des hommes. Puis prenez la première porte sur la gauche.

Quand Jack poussa la porte de la piscine couverte, il découvrit des gradins noirs de monde. Le long du mur du fond, des dizaines de nageuses, en maillot de compétition et bonnet de caoutchouc aux couleurs vives, formaient un groupe compact où, visiblement, on échangeait ses impressions. Un signal retentit. Aussitôt, une rangée de nageuses entra en lice, tandis que Jack allait s'asseoir sur un gradin. Les yeux plissés, il chercha sa fille parmi l'équipe de Georgetown et la vit : elle dépassait d'une tête les autres filles et était en train de crier des encouragements à l'une des nageuses en compétition. Il se rendit compte soudain, avec une certaine amertume, combien le temps avait passé sans qu'il s'en aperçoive. Hier encore, Jamie avait sept ans et, petite sirène fascinée par l'eau, plongeait même quand ce n'était pas son tour – « J'avais seulement envie de nager, papa. » Il était si fier d'elle, alors. Pourquoi ne l'avait-il pas prise dans ses bras en lui murmurant « C'est bien, je comprends », au lieu de la gronder et de la prier d'attendre sa course ?

L'épreuve était terminée. Une nouvelle rangée de nageuses prit place au bord du bassin. Il vit Jamie se mettre en position pour plonger. Le deux cents mètres n'avait malheureusement jamais été son parcours de prédilection. Au signal, les nageuses plongèrent. Jack se leva pour mieux les suivre. Jamie terminait la première longueur en deuxième position.

— Vas-y, Jamie ! cria-t-il.

Elle perdit deux places sur les cinquante mètres suivants, mais finit par reprendre de la vitesse sur la dernière longueur. Jack avait quitté sa place pour encourager sa fille de plus près.

Jamie termina troisième en deux minutes et trente secondes. Si elle ne battait pas son propre record, elle n'en était pas loin, et Jack n'avait jamais été aussi fier d'elle. Le temps où il aurait voulu la voir gagner à tout prix était révolu. Il n'était plus obsédé par la victoire et saluait la performance de sa fille.

Dès qu'elle sortit de l'eau, Jamie fut entourée, félicitée, embrassée par ses coéquipières. Jack attendit qu'elle remarque sa présence, mais, quand elle finit par l'apercevoir, elle perdit son sourire. À cet instant, tout ce qui les entourait devint flou. Ils n'étaient plus que tous les deux.

Ce fut Jack qui s'avança vers elle, se préparant à une volée de bois vert. Dieu, que la colère de Jamie pouvait être brutale !

— Salut, Jamie ! Belle performance !

Elle croisa les bras, releva le menton, mais Jack remarqua une certaine douceur dans son regard.

— Je ne suis que troisième, fit-elle.

— Mais tu as très bien nagé. Je suis fier de toi.

Jamie baissa les yeux.

— Pourquoi es-tu ici ? Tu avais quelque chose à faire à Washington ?

— Je suis venu te voir nager.

— Ce n'était pas arrivé depuis longtemps, remarqua Jamie en relevant lentement les yeux, émue alors qu'elle se voulait cassante.

— Depuis trop longtemps.

— Bien. Merci d'être venu. Je dirai à Stephie que je t'ai vu.

L'espace d'une minute, Jack resta interdit en la voyant s'éloigner. Puis il l'appela.

— Jamie ! Attends.

Tandis qu'elle s'immobilisait, sans se retourner, Jack la rejoignit.

— Pardonne-moi, murmura-t-il. J'ai passé trop de temps à ne m'intéresser qu'à ma vie.

— Tu voudrais que je te pardonne ?

— Tu te souviens du jour où je t'ai sermonnée parce

que tu avais raté ton plongeon ? Eh bien, ce jour-là, j'aurais dû te serrer dans mes bras et t'expliquer que ce n'était pas grave du tout. Ce qu'on fait n'est rien à côté de ce qu'on est. Il m'a fallu du temps pour le comprendre. Jamie, je suis désolé de t'avoir laissée tomber.

Quand, lentement, elle se retourna, elle avait les yeux humides.

— Je t'en prie, ne pleure pas.

— Je ne pleure pas. Où en êtes-vous, toi et maman ?

— Je n'en sais rien.

— Qu'est-ce qui s'est passé ? Je n'arrive pas à comprendre.

— Pense à toi et à ton copain, Mark.

— Michael.

— Pardon. Mais peu importe. Imagine que tu l'épouses et que tu vives vingt-quatre ans avec lui. Vous élevez des enfants, vous déménagez trente-six fois pour des raisons professionnelles. Au fil des ans, vous enterrez vos parents, vous voyez vos amis divorcer, vos enfants se séparent de vous. Rien n'est plus facile, en chemin, que d'oublier pourquoi vous êtes tombés amoureux l'un de l'autre. Mais tu sais ce que j'ai découvert finalement ?

— Non. Quoi ?

— On arrive à se souvenir si on le veut.

— Tu l'aimes toujours ?

— Je n'ai jamais cessé de l'aimer. Comme je n'ai jamais cessé d'aimer mes filles. Nous sommes une *vraie famille*, Jamie. J'ignore ce qui va se passer avec ta mère. En revanche, je sais que tu es dans mon cœur, ma Jamie. Et que tu y resteras.

Jamie regarda son père, les yeux emplis de larmes qui ne voulaient pas couler.

— Je t'aime, papa.

Jack serra sa fille dans ses bras.

Lorsque, de retour de l'aéroport, Elizabeth se gara devant chez elle, la nuit enveloppait déjà les arbres, silhouettes noires qui se détachaient sur les couleurs du couchant. Dès qu'elle eut franchi la porte, elle ouvrit la bouche pour prévenir Anita, mais se souvint que sa belle-mère se trouvait à l'heure actuelle dans un avion, en route vers l'est.

Elizabeth monta dans sa chambre, où elle retrouva sur la table de nuit le dossier que Meghann lui avait envoyé. Elle le prit, regarda l'en-tête : université de Columbia, district universitaire de New York.

À deux pas de Jack. Bien joué, Meg...

Elle coinça le dossier sous son bras, attrapa un bloc de papier à lettres et un stylo, descendit, alla s'asseoir à la table de la cuisine et commença à remplir les formulaires. Quand elle eut terminé, elle appela Meghann.

— Bonsoir, Meg, dit-elle. J'ai besoin d'une lettre de recommandation. Je présente ma candidature.

— Oh ! Seigneur ! hurla Meghann. Ce que je suis fière de toi ! Je raccroche tout de suite pour certifier que tu es un Léonard de Vinci en soutien-gorge et panty de dentelle.

Elizabeth téléphona ensuite à Daniel, qui eut une réaction pratiquement identique. Elle lui parla pendant quelques minutes, lui transmit l'adresse où elle envoyait son dossier, raccrocha.

Il ne lui restait plus que deux choses à faire : photographier ses tableaux et rédiger sa demande d'admission, en expliquant ses motivations de femme de quarante-six ans en quête d'une seconde chance. Elle se versa un verre de vin, puis ouvrit le bloc de papier à lettres et commença à écrire :

Je tiens à dire, d'emblée, que j'ai quarante-six ans. Cela n'a peut-être d'importance que pour moi, je l'ignore. Mais je suis certaine que vous devez être submergés de candidatures émanant de jeunes de vingt et un ans, dûment diplômés et de grand talent. En toute honnêteté, je me vois mal en compétition avec eux.

À moins que les rêves comptent. Car c'est bien d'un rêve qu'il s'agit. Pour une femme comme moi, qui a passé la moitié de sa vie à encourager les aspirations des autres, suivre des cours et obtenir un diplôme est plus qu'un but à atteindre, plus qu'une récompense à décrocher.

Il y a bien des années, on m'a dit que j'avais du talent. À l'époque, je pensais que le talent était une sorte d'héritage génétique, quelque chose comme la couleur des cheveux ou le sexe d'une personne. J'ignorais qu'à partir de ce don on pouvait construire toute une vie. Je l'ai donc négligé pour ne m'intéresser qu'à la vie quotidienne. Je me suis mariée, j'ai eu des enfants, et j'ai oublié que j'avais voulu être quelqu'un d'autre.

La vie passe très vite. On a vingt ans, on déborde d'énergie, puis on se retrouve sans savoir comment à quarante-six ans, avec beaucoup moins de tonus. Mais, si la chance vous sourit, tout peut changer en quelques secondes.

C'est ce qui m'est arrivé cette année. Je me suis réveillée. Comme la Belle au bois dormant, j'ai ouvert les yeux, j'ai bâillé et j'ai osé regarder autour de moi. J'ai alors découvert une femme qui avait complètement oublié ce qu'on ressent un pinceau à la main.

Maintenant, je me souviens. Ces derniers mois, je les ai passés à laisser s'exprimer mon âme et mon cœur sur la toile, et j'ai constaté que, miraculeusement, mon talent avait survécu. Il est, certes, affaibli, moins sûr qu'autrefois, mais moi, je me sens plus forte. Je vois mieux les choses, et je sais, cette fois-ci, que j'ai quelque chose à dire à travers mon art.

Me voilà donc assise à ma table de cuisine, en train de vous expliquer que, si vous m'acceptez à vos cours pour la prochaine rentrée, je ne vous garantis pas que je deviendrai célèbre ou que je manifesterai un talent hors du commun, mais je peux vous assurer que je donnerai le meilleur de moi-même.

Jamais je n'y renoncerai.

Au volant de sa voiture de location, Jack s'engagea dans Stormwatch Lane. Quand il se gara devant la maison, il faisait nuit noire, mais les fenêtres éclairées brillaient d'une lumière dorée sur le fond sombre de la colline. Il frappa à la porte, puis, n'obtenant pas de réponse, entra.

Elizabeth se trouvait dans le séjour, en long tee-shirt blanc et chaussettes roses. Elle avait mis un CD, et elle dansait et chantait, tenant un verre vide devant ses lèvres à la manière d'un micro.

Quand, brusquement, elle se retourna, un sourire illumina son visage, et ce fut pour Jack comme si Cupidon lui avait décoché une flèche en plein cœur. Maintenant, il comprenait ce que les poètes veulent dire lorsqu'ils chantent le retour chez soi. Mais autrefois, lorsqu'il revenait après une longue absence, Elizabeth se précipitait dans ses bras. Ils s'imbriquaient l'un dans l'autre comme deux pièces d'un puzzle. Encore une chose qu'il avait cru définitivement acquise.

Aujourd'hui, ils se regardaient à distance, tandis qu'il pensait à tout ce qu'il était venu lui dire, aux paroles qu'il s'était répétées pendant tout le voyage. Mais Elizabeth aurait-elle envie de les entendre ?

— Tu ne croiras jamais ce que j'ai fait ce soir, lui dit-elle, en s'avançant vers lui, au rythme de la musique.

— Et qu'est-ce que tu as fait ?

La voir si épanouie le désarçonnait. Elle n'avait jamais eu l'air si heureux. Peut-être parce qu'elle se trouvait très bien, loin de lui.

— J'ai envoyé ma candidature pour suivre des cours de peinture en vue d'un diplôme.

Jack fut de nouveau surpris, puis ressentit une fierté vite tempérée par la peur.

— Où ? demanda-t-il dans un souffle.

— Oh... Je... J'essaie New York. C'est là que mon mari habite, non ? Je ne vois pas pourquoi j'irais ailleurs.

Jack recommença à respirer.

— Je suis fier de toi, Birdie. J'ai toujours cru à ton talent.

— J'espère qu'ils m'accepteront.

— J'en suis sûr.

— Mais, tu vois, si ça ne marche pas, je recommencerai l'année prochaine, et s'il le faut l'année suivante. Je me retrouverai peut-être dans le *Guinness des records*.

— On m'a offert l'émission du dimanche.

— C'est formidable ! Tu commences quand ?

— Ils attendent ma réponse. Je leur ai dit que je devais d'abord demander l'avis de ma femme.

— Tu plaisantes ?

Jack osa prendre la main d'Elizabeth et l'entraîna vers le canapé, sans rencontrer de résistance. Il pensa de nouveau à ce qu'il voulait lui dire. Mais un « Je t'aime, Birdie » pouvait tout résumer à la perfection, s'il pouvait redonner à ces mots leur profondeur.

— Je refuse de vivre plus longtemps sans toi, déclara-t-il.

— Vraiment ? rétorqua Elizabeth en perdant son sourire.

Jack voyait dans ses yeux quelque chose qui lui échappait, qui l'effrayait et qui lui rappelait qu'elle avait changé.

— Tu es mon centre, Birdie. Si tu ne m'avais pas quitté, je n'aurais jamais su à quel point je t'aimais.

Elizabeth se pencha vers Jack et l'embrassa en murmurant :

— Tu m'as beaucoup manqué.

Ces mots, tant attendus, lui certifiaient qu'il était bien de retour à la maison. Quand leurs lèvres se séparèrent, Jack chercha le regard d'Elizabeth.

— Cette fois-ci, nous allons vivre *notre* vie, Birdie. Rien n'est plus important que notre couple. Rien. C'est pour cette raison que je n'ai pas encore répondu à l'offre qu'on m'a faite.

— Oh... Jack...

Elizabeth effleura son visage et ce geste, qu'elle avait toujours eu et qu'elle retrouvait si naturellement, bouleversa Jack.

— J'ai appris quelque chose en matière de rêves, Jack. Ils ne se réalisent pas tous les jours. Et l'amour... L'amour, qui peut être si fragile, peut aussi être plus solide que tout ce que l'on peut imaginer. Accepte ce job. Nous trouverons un joli loft à Chelsea, par exemple. Ou ailleurs, du moment que je pourrai peindre.

Cette fois-ci, Jack était convaincu qu'après vingt-quatre ans de mariage et deux enfants, ils avaient finalement trouvé leur voie.

— Montre-moi ton travail.

Radieuse, Elizabeth prit son mari par la main, lui fit traverser la cuisine, ne lâcha sa main que le temps de sortir d'un placard une toile gigantesque.

Elle l'appuya contre le mur, recula.

— Tu as le droit de ne pas aimer, dit-elle.

Le tableau représentait un long rivage en hiver ; il était chargé de tristesse, peint dans diverses nuances de gris, d'ocre rouge et de noir. Au loin, une longue silhouette marchait sur la plage, suggérant combien il est facile de passer à côté de sa vie, à côté de tout ce qui compte, simplement parce qu'on est trop préoccupé par l'avenir.

— Birdie... c'est fantastique ! s'exclama Jack.

Tourné vers Elizabeth, il ajouta :

— Tu peignais le jour de notre rencontre, tu te souviens ? C'était près des marais, au bord du lac Washington. Tu avais peint une jetée, et elle paraissait aussi très solitaire, abandonnée comme cette plage. Je me souviens. Je voulais te dire que le tableau m'inspirait de la tristesse, mais je n'ai pas osé.

— Tu te souviens de tout ça ? Je n'en reviens pas.

— Je l'ai longtemps oublié. Mais sans toi, tout clochait. J'étais passé de la couleur au noir et blanc... Tu m'éblouis toujours, Birdie.

— Je t'aime, Jack. Et plus jamais je ne l'oublierai.

Cette fois-ci, ce fut lui qui pleura en se penchant sur les lèvres d'Elizabeth.

ÉTÉ

Lorsque vous recevez un souhait,
Vous recevez également le pouvoir
de le réaliser.
Mais vous devez parfois travailler dur pour y arriver.

Richard Bach, *Illusions*

La lettre arriva environ six semaines plus tard.

Chère madame Shore,

Nous serons heureux de vous accueillir à l'École des beaux-arts de l'université de Columbia...